FINNLAY HOUSE

MOIRA ASHLY

Bibliografische Information
der Deutschen Nationalbibliothek

Die Deutsche Nationalbibliothek verzeichnet diese Publikation in der Deutschen Nationalbibliografie. Detaillierte bibliografische Daten sind im Internet über http://dnb.dnb.de abrufbar.

Moira Ashly
Parkweg 2, 29578 Eimke
Deutschland

E-Mail: kontakt@moira-ashly.com
Website: www.moira-ashly.com
Facebook: www.facebook.com/ghoromari

Covergestaltung: Elan On Web, Moira Ashly
Photo Images © Hitdelight/Shotshop.com
Satz und Layout: Elan On Web, Moira Ashly
Korrektorat: Gerhard Böhler

Hinweise zum Druck:
Informationen am Buchende

ISBN: 978-3-9820265-5-8

KAPITEL 1

Julie verließ mit gesenktem Haupt das Gerichtsgebäude. Die Scheidung war nun endgültig und aus den Augenwinkeln konnte sie ihren Ex Arm in Arm mit seiner Neuen die Treppe hinunter gehen sehen. Nein, ihm wollte sie nun wirklich nicht über den Weg laufen. So schlug sie einen Haken und verschwand in einer Seitenstraße des Gerichtsgebäudes, ohne dass Brandon sie gesehen hatte.

Nach ein paar weiteren Schritten lehnte sie sich schwer atmend gegen einen Müllcontainer und würgte. Nun war es also offiziell und endgültig! Spätestens morgen wusste ganz New York Bescheid, dass Brandon Miller wieder zu haben war.

Wie hatte Julie gekämpft, dass genau das, was nun geschehen war, nicht eintreten würde. Sie hatte verloren. Wieder einmal fühlte sie ihre Meinung bestätigt, die sie seit Beginn des Scheidungskrieges verfolgte: Da wo das Geld war, da war auch das Recht.

Nein, sie war nicht ganz mittellos, obwohl Brandon das sicher nur zu gerne so gehabt hätte und ihr aus diesem Grund auch den Unterhalt verweigerte. Julie musste ihr Recht einklagen. Bis hier das Urteil gefällt werden würde, würde es sicher noch einige Zeit dauern. Sie verdiente sich ein wenig Geld mit ihren Büchern, die sich recht gut verkauften. Und doch, das wusste sie ganz genau, würde sich in ihrem Leben jetzt einiges ändern müssen. Sie brauchte unter anderem eine bezahlbare Wohnung, und das ziemlich schnell.

Es fing an zu regnen und Julie blinzelte gegen den Himmel. Die Regentropfen vermischten sich mit ihren Tränen, die sie Brandon immer noch hinterher weinte. Es war nicht ihre Schuld gewesen, dass diese Ehe in die Brüche ging. Sie beide, Julie und Brandon, hatten sich irgendwann verloren und auseinander gelebt. Er arbeitete zu viel. Sicher, er brachte gutes Geld nach Hause und so konnten sich die beiden auch ein angenehm luxuriöses Leben erlauben. Doch als Julie dahinter kam, was Brandon hinter ihrem Rücken sonst noch so trieb, konnte sie nicht schweigen. So kam es, wie es kommen musste: Brandon wollte die ständigen Frauengeschichten nicht lassen und Julie spielte da nicht länger mit. Sie hatte ihm die Pistole auf die Brust gesetzt, nichts ahnend, dass er den Spieß umdrehen und die Scheidung einreichen würde. Nun war es geschehen. Sie war nicht länger die Frau an der Seite des erfolgreichen Finanzmäzens. Sie war jetzt auf sich allein gestellt.

Allein! Julie atmete heftig aus und schluckte die Tränen hinunter. Sie sah sich um und erkannte am Ende der Seitenstraße, in die sie vor Brandon und dem Schwarm Reporter geflohen war, ein kleines Bistro. Fast unscheinbar ganz am Ende der Straße.

»Warum nicht«, dachte sie und steuerte zielstrebig darauf zu. Es regnete inzwischen heftig und Julie beeilte sich, das Bistro zu erreichen, bevor sie völlig durchnässt sein würde.

Das Bistro war sehr klein und wirkte ziemlich veraltet. Es gab, wie Julie durch das eine, etwas größere Fenster sehen konnte, nur 5 kleine, runde Tischchen mit jeweils zwei Stühlen daran und es war fast leer. Lediglich an einem der Tischchen saß ein älterer Herr in eine Zeitung vertieft. Julie spähte noch immer durch das Fenster. Hinten im Raum gab es einen Tresen, hinter dem jetzt ein ebenfalls älterer Herr auftauchte und Tassen in ein Regal räumte.

Ein lautes Donnergrollen trieb Julie nun endgültig in das Bistro hinein. Es goss inzwischen wie aus Eimern und sie war pitschnass geworden.

Unschlüssig und triefend blieb Julie in der Nähe der Tür stehen und sah zu dem Mann hinter dem Tresen hinüber. Dieser eilte dienstbeflissen auf sie zu und half ihr, ganz Gentlemen der alten Schule, aus dem nassen Mantel. Julie hatte nun Zeit, ihn näher zu betrachten. Er mochte schon Mitte 60 sein, trug ein weißes Oberhemd, eine schwarze Weste darüber und um die Hüften eine fast bodenlange, weiße Schürze. Bei seinem Anblick fühlte Julie sich in das neunzehnte Jahrhundert zurück versetzt. Sein Haar war schütter und grau und sehr sorgfältig nach hinten gekämmt. Seine Augen waren eisblau und er hatte alles in allem ein sehr gütiges Gesicht, das Julie nun freundlich anlächelte.

»Ein richtiges Unwetter da draußen«, sagte er und deutete mit einer ausladenden Geste auf die leeren Tische des Bistros.

»Da haben Sie recht«, bestätigte Julie seine Worte und ließ sich zu einem der Tischchen geleiten. Der Mann rückte ihr den Stuhl zurecht und sah sie daraufhin fragend lächelnd an:

»Was darf ich Ihnen Gutes tun, Miss?«

»Ein Kaffee wäre schön«, seufzte Julie.

»Kommt sofort!«

Der Mann begab sich hinter den Tresen, wo schon gleich darauf die Kaffeemaschine fauchte und dampfte. Julie sah sich im Inneren des Bistros um.

»Sonderbar«, dachte sie. »Ich bin schon so oft diese Straßen hier entlang gegangen, aber dieses Bistro ist mir noch nie aufgefallen.«

Ihr Blick glitt über freundlich gestaltete, in hellgelb gestrichene Wände, an denen alte Fotos hingen. Zum Teil waren diese schon recht verblasst und man konnte kaum mehr etwas darauf sehen. Dann huschten ihre Augen über den Mann, der immer noch zeitungslesend und unbeweglich zwei Tische von ihr entfernt saß. Sie konnte kaum etwas von ihm erkennen, da er das Gesicht hinter der aufgeschlagenen Zeitung verborgen hielt und sehr interessiert zu lesen schien.

Nun sah Julie nach draußen. Der Regen prasselte gegen die Scheibe des Fensters, auf dem in einem Bogen die Wörter „Daniels Bistro“ aufgebracht waren. Fast erschrak sie, als der Kellner ihr den gewünschten Kaffee an den Tisch brachte.

Sie bedankte sich und legte ihre eiskalten Hände um die Tasse. Der Mann entfernte sich, um hinter dem Tresen seiner Beschäftigung wieder nachzugehen.

Kurz dachte Julie darüber nach, ob er wohl der Besitzer war, dieser Daniel. Ein ungewöhnlicher Name für einen Herrn im besten Alter. Julie schmunzelte bitter und starrte in ihre Kaffeetasse.

Wieder glitten ihre Gedanken zurück zur Verhandlung. Gleich einem Opferlamm hatte sie alles über sich ergehen lassen. Sie hatte einfach keine Lust mehr gehabt, sich mit Brandon zu streiten. Sie hatte aufgegeben. Nun galt es, ihr Leben wieder zu organisieren und in den Griff zu bekommen. Sie wollte Brandon nie mehr wiedersehen und sich selbst beweisen, dass sie auch ganz gut allein zurechtkam.

Gedankenverloren wanderten Julies Augen durch den Raum und blieben an einem großen Spiegel bei der Garderobe, an der nur ihr nasser Mantel hing, hängen. Sie konnte sich darin sehen. Sie saß gebeugt am Tisch, die dunkelblonden Haare klebten ihr in Nacken und Stirn und ihr Gesicht sah sie fragend an. Sie hatte dunkle Ringe unter den Augen, trug heute keinerlei Make-up und wirkte in ihrem dunkelblauen Kostüm wie eine Stewardess, die in einen heftigen Regenschauer geraten war. Sie hasste dieses Kostüm. Sie mochte es nie. Es war ein Geschenk Brandons gewesen und inzwischen wusste sie, dass die Ähnlichkeit dieses Kostüms zur Uniform einer Stewardess nicht nur rein zufällig war. Brandons Neue war schließlich auch Stewardess! Er schien ein Faible für Uniformen zu haben. Julies Blick wanderte wieder zu ihrem Gesicht, das ihr wie eine Maske vorkam. Es wirkte versteinert und alt, so wie es ihr entgegen blickte. Dabei war Julie gerade Mitte dreißig. Ihre grünen Augen hatten, so schien es ihr, jedes Feuer verloren und neben den Nasenflügeln gruben sich tiefe Falten in Richtung ihrer Mundwinkel. Sie sah so ganz anders aus als noch vor einigen Wochen. Damals hatte sie noch die Hoffnung gehabt, Brandon würde sich besinnen, was er aber nicht tat.

Brandon! Julies Blick wanderte zurück in ihre Kaffeetasse, die sie immer noch umfasst hielt. Vor ihrem geistigen Auge sah sie Brandon Millers bezauberndes Lächeln, seine veilchenblauen Augen und das blonde, dichte Haar, das immer so aussah, als hätte er sich nicht gekämmt. Trotz seiner 45 Jahre wirkte er viel jünger. Er war die Liebe ihres Lebens gewesen.

Julie schluckte trocken und kämpfte gegen die erneut aufkommenden Tränen an.

»Aus und vorbei«, sagte sie sehr leise zu sich selbst und führte schließlich die Tasse an ihre Lippen. Der Kaffee schmeckte sehr gut. Er war genau das, was sie jetzt brauchte. Ihre Hand zitterte ein wenig, als sie die Tasse auf den Unterteller zurückstellte.

Der Mann am Nachbartisch erhob sich, legte ein paar Münzen auf den Tisch und die säuberlich gefaltete Zeitung daneben. So leise, wie er sich hier im Raum befunden hatte, so leise verließ er jetzt das Bistro. Julie hatte nicht einmal Zeit genug, ihn genauer zu betrachten. Vor dem Bistro schlug er den Kragen seines etwas schäbig wirkenden Sakkos hoch, zog den Kopf tief zwischen die Schultern und rannte die Straße hinunter, die Julie vor wenigen Minuten gekommen war. Er bog um die Ecke in Richtung des Gerichtes und verschwand.

Julie seufzte leise. Der Mann hinter dem Tresen polierte ein Glas und sah schweigend lächelnd zu ihr herüber. Julie begann, sich unwohl zu fühlen und beeilte sich, ihren Kaffee auszutrinken. Leider machte ihr der immer noch starke Regen einen Strich durch die Rechnung. Ohne Schirm würde sie es nicht einmal bis zur Bushaltestelle um die Ecke schaffen, ohne völlig durchnässt zu sein.

»Darf ich Ihnen noch etwas bringen? Einen Cognac vielleicht? Sie sehen so aus, als könnten Sie einen gebrauchen«, hörte sie vom Tresen her.

Julie nickte mechanisch. Ein Cognac würde sie jetzt sicher wärmen und vielleicht gegen ihre Schwermut helfen.

»Wenn es Sie nicht stört, dann trinke ich einen mit Ihnen mit«, sagte der Mann und kam mit zwei Gläsern und einer Flasche in den Händen zu Julies Tisch. Sie hatte nichts gegen seine Gesellschaft einzuwenden und hoffte, ein nettes Gespräch würde sie ablenken. Also willigte sie ein.

Der Cognac war sehr mild und wärmte Julies Magen. Es wurde ihr ein wenig behaglicher.

»Darf ich mich vorstellen?«, fragte der ältere Herr und machte einen komisch steif wirkenden Diener vor Julie. »Daniel, mir gehört dieses Bistro.«

»Ich bin Julie, Julie Miller«, entgegnete Julie.

»Julie«, wiederholte der Mann und setzte sich nun ihr gegenüber. »Ein sehr schöner Name. Sie sind nicht von hier?«

»Doch. Doch das bin ich. Allerdings wohne ich am anderen Ende der Stadt.«

»Ah, bei den Reichen und Schönen«, lächelte Daniel milde und Julie konnte ihm diese Äußerung nicht übel nehmen. Sein Gesicht wirkte einfach zu gütig und schließlich hatte sie diesen Ausspruch selbst so oft gebraucht, wenn sie über ihr Zuhause berichtete. Wie oft hatte sie sich dort fehl am Platze gefühlt. Sie war stets bodenständig geblieben und selbst die reiche Heirat konnte daran nichts ändern.

»Wenn ich fragen darf: Was hat Sie dann in diese Ecke

New Yorks verschlagen?«, fragte Daniel nun weiter und sah Julie dabei aufmerksam an.

»Ein Termin«, antwortete Julie so beiläufig wie nur möglich.

»Bei Gericht also«, kombinierte Daniel nun und nippte an seinem Glas.

»Wissen Sie, hier kommen immer nur Leute her, die bei Gericht waren. Ich habe selten andere Gäste. Solche verlaufen sich nicht in diese Seitenstraße.«

Julie versuchte ein Lächeln.

»Ein – schlimmer Termin?«, fragte dieser Daniel nun sehr vorsichtig weiter.

»Scheidung«, antwortete Julie.

»Oh!«, machte Daniel, als könne er mit diesem Wort die ganze Tragweite von Julies Schicksal erfassen. Er schenkte Julies Glas noch einmal nach.

»Dann verstehe ich, dass Sie so betrübt aussehen«, sagte er dabei.

»Lieber ein Ende mit Schrecken als ein Schrecken ohne Ende«, hörte sich Julie daraufhin sagen. Sie drehte den Cognacschwenker in ihren Händen und blickte in die bernsteinfarbene Flüssigkeit.

»Also war es nicht so schlimm?«, fragte Daniel weiter.

»Wie man es nimmt«, entgegnete Julie und kippte den Inhalt des Glases auf einen Zug herunter. Ein Blick zum Fenster verriet ihr, dass es fast aufgehört hatte, zu regnen. Sie erhob sich und fragte nach der Rechnung.

»Das geht schon in Ordnung«, antwortete der Mann, der sich nun ebenfalls erhob und Julie in den Mantel half. Sie wollte protestieren, doch der Mann winkte gütig lächelnd ab:

»Besuchen Sie mich doch bald wieder, wenn Sie hier in der Gegend sind. Es würde mich freuen, Miss.«

Immer noch verwundert über diese Reaktion trat Julie aus dem Bistro auf die Straße und schlug den Weg zur

Bushaltestelle ein.

»Das ist mir ja noch nie passiert!«, sagte sie zu sich selbst. »So ein komischer Kauz! Wenn der das bei allen Gästen so macht, verdient er ja nichts!«

Ihr Bus kam. Julie stieg ein und fuhr fast bis zur Endhaltestelle mit. Sie wohnte seit einiger Zeit bei einer Freundin. Es war zwar alles sehr beengt, doch so hatte sie wenigstens ein Dach über dem Kopf, auch wenn sie aus dem Koffer leben musste. Auf dem Weg zur Wohnung kaufte sie sich eine Tageszeitung, um nachher in Ruhe die Wohnungsangebote durchgehen zu können. Sicher war Shirly, die Freundin, bei der Julie untergekommen war, noch auf der Arbeit. Also würde sie niemand stören, wenn sie die Wohnungsangebote durchstöbern würde. Sie musste einfach eine Wohnung finden. Shirly hatte zwar bislang noch nie etwas gesagt, aber Julie merkte, dass die kleine Zweizimmerwohnung für zwei Leute einfach zu eng war und Shirly darunter litt.

Zu Hause angekommen hängte Julie ihren immer noch nassen Mantel sorgfältig über einen Bügel an die Badezimmertür. Sie trocknete ihr nasses Haar und sah sich dann lang im Spiegel an. Ja, ihre grünen Augen schienen sie traurig anzustarren. Sie glaubte, um Jahre gealtert zu sein. Mit spitzen Fingern kniff sie sich in die Wangen, um wenigstens ein bisschen Farbe im Gesicht zu bekommen. Nein, sie wollte jetzt Brandon nicht mehr hinterher trauern. Sie hatte dieser Trauer schon zu viel Zeit geopfert. Sie wollte sich jetzt nach vorn orientieren und sich selbst beweisen, dass sie es schaffen würde! Auch ohne das Geld von Brandon Miller!

»Jawohl!«, sagte sie laut zu der Gestalt im Spiegel. »Ich schaffe das!«

KAPITEL 2

»Julie bist du da?«, rief Shirly vom Flur aus, indem sie ihren nassen Regenschirm weit von sich weg hielt.

»Im Wohnzimmer«, antwortete Julie, ohne von der Zeitung aufzusehen. Sie hatte schon etliche Wohnungsangebote markiert und sich einige Rufnummern der Anbieter auf einem Zettel notiert.

»Was machst du da?«, hörte sie Shirly von der Tür her fragen. Julie hob den Kopf und betrachtete ihre Freundin, die sich gerade aus einem pitschnassen Anorak schälte.

»Wohnungsangebote studieren«, antwortete sie knapp.

»Aber warum denn? Du weißt doch, dass du hier wohnen kannst, bis sich eben mal was ergibt.« Shirly trug ihren nassen Anorak ins Bad, um dann gleich wieder in der Wohnzimmertür zu erscheinen.

»Ich weiß, Shirly. Aber es wird Zeit, dass ich was passendes finde und dir nicht ständig auf die Nerven gehe«, seufzte Julie.

»Das tust du doch gar nicht«, gab Shirly zu verstehen und ging schnurstracks in den Küchenbereich. Wie in vielen amerikanischen Apartments war die Küche in den Wohnraum integriert und nur durch eine Theke von diesem abgetrennt.

»Tee?«, fragte Shirly, während sie mit dem Wasserkessel herumhantierte.

»Ja, gern«, antwortete Julie, auf der Kappe des Textmarkers kauend. Sie blickte zu ihrer Freundin hinüber. Shirly war eine wahre Schönheit und immer noch Single. Aus Überzeugung, wie sie immer betonte. Sie war schwarz. Allerdings sah ihre Haut mehr so aus, als habe sie lange in der Sonne gelegen. Mit ihrer sportlich schlanken Figur und dem kurzen, krausen Haar wirkte sie sehr grazil. Ihr Gesicht wurde von zwei großen, braunen Augen dominiert. Sie war wirklich eine wahre Augenweide.

»Wie war denn der Termin heute?«, fragte Shirly weiter. Sie und Julie waren übereingekommen, von der Scheidung nur als „dem Termin" zu reden.

»Na ja, wie ich es erwartet hatte«, antwortete Julie und steckte die Kappe auf den Textmarker. »Brandon, der Strahlemann. Sieger auf der ganzen Linie, dank seiner Staranwältin!«

»Also ist das Thema jetzt endlich durch?« Shirly kam mit zwei Teetassen in den Händen in das Wohnzimmer und setzte sich Julie gegenüber. Diese nahm die heiße Tasse dankend zwischen ihre kalten Hände und schwieg zunächst.

»Auf ein neues Leben«, lächelte Shirly und prostete ihrer Freundin zu. Sie wollte ihr unbedingt Mut machen.

»Neues Leben«, seufzte diese.

»Ja, ein neues Leben. Ganz ohne Brandon Strahlemann. Hey, du bist noch jung genug. Da wird sich sicher bald was anderes finden!«

»Da habe ich momentan gar keine Lust zu«, sagte Julie, während sie an dem heißen Tee nippte. »Ich würde viel lieber irgendwo aufs Land reisen und ein paar Wochen für mich haben wollen, um alles zu ordnen und mich zu orientieren!«

Shirly schwieg und griff nach der halben Zeitung, die Julie neben dem Tisch auf den Boden gelegt hatte. Wortlos fing sie an, darin zu blättern und Julie zückte den Textmarker. Es war eine ganze Weile sehr still in dem Zimmer, bis Shirly plötzlich anfing, laut zu lachen:

»Hier, das wäre genau das Richtige für dich!« Sie reichte Julie den Teil der Zeitung und sagte: »Ganz unten, die Anzeige in dem kleinen Kästchen!«

Julie faltete das große Papier umständlich zusammen und suchte nach der Anzeige, die ihre Freundin so amüsiert hatte. Schließlich fand sie diese.

„Erholung an Schottlands Küste“, stand da zu lesen. Und weiter: „Verbringen Sie traumhaft ruhige Tage in einem herrschaftlichen Pförtnerhaus. Ruhe und Entspannung pur bietet Ihnen Finnlay House.“ Dann gab es noch eine Telefonnummer.

Shirly mochte sich gar nicht mehr beruhigen.

»Du liebst doch Schottland. Warum also nicht? Ich stelle mir gerade vor, wie du in diesem herrschaftlichen Pförtnerhaus –«, weiter kam sie nicht, denn ein wiederholter Lachanfall lies ihr dazu keine Luft.

Julie hingegen saß schweigend und betrachtete die unscheinbare Anzeige. In ihrem Kopf überstürzten sich die Gedanken. Was, wenn sie es wirklich wahrmachen würde und für zwei oder drei Wochen Amerika den Rücken zuwandte? Ruhe und Einsamkeit, das könnte sie jetzt wirklich gut brauchen, selbst wenn dafür ihre letzten Ersparnisse draufgehen würden. Dazu noch in Schottland! Weit weg von Brandon Miller. Der Gedanke gefiel ihr immer mehr.

Shirly sah das Gesicht ihrer Freundin und verstummte.

»Du willst doch nicht im Ernst da anrufen?«, fragte sie.

»Wer weiß? Verlockend ist es ja schon!«, antwortete Julie gedankenverloren.

»Komm, hör auf! Das war ein Spaß! Was bitte willst du in Schottland und dann noch in so einer einsamen Gegend, von der man noch nicht mal gehört hat?«

»Ich habe ja nicht gesagt, dass ich da anrufen werde!«

»So wie du guckst, machst du das!« Shirly fixierte ihre Freundin mit ihren großen, braunen Augen.

»Denk nicht mal im Traum darüber nach!«, bat sie. »Ich bitte dich. Das war nur Spaß!«

»Ich könnte eine Auszeit echt gut gebrauchen«, dachte Julie laut nach.

»Aber doch nicht in Schottland, Julie! Hier gibt es auch wundervoll ruhige Plätze!«

Julie schwieg. Im Geiste sah sie sich schon auf hohen Klippen stehen. Der Wind zerrte an ihrer Kleidung und trieb ihr die Gischt des Meeres ins Gesicht. Je mehr sie sich in dieses Bild vertiefte, umso mehr gefiel es ihr.

»Nein!«, sagte Shirly ungläubig. »Ich kenne diesen Blick an dir. Und ich sage dir: Mach das nicht!«

Julie schüttelte sich, als könne sie damit das Bild von ihrem geistigen Auge loswerden.

»Natürlich nicht«, beruhigte sie ihre Freundin, ohne jedoch überzeugend zu wirken. Shirly warf ihr deshalb auch einen schrägen Blick zu.

»Wirklich nicht?«

»Wirklich nicht!«

»Dann bin ich ja beruhigt.«

»Ich werde jetzt mal ein paar Besichtigungstermine klar machen«, lenkte Julie ab und griff nach dem Telefon. Während sie die Nummern, die sie sich notiert hatte, abtelefonierte, bereitete Shirly in der Küche ein leichtes Abendessen zu. Sie traute dem Frieden nicht. Zu oft hatte sie schon erlebt, was geschah, wenn Julie von etwas besessen war. Und die Idee, in Schottland einige Tage Ruhe zu genießen, schien ihrer Freundin mächtig zu gefallen. Warum hatte Shirly ihr nur die Anzeige zu lesen gegeben!

»Fünf Besichtigungen«, hörte sie Julie aus dem Wohnzimmer. »Alle Morgen!«

»Das ist doch ein Anfang!«, antwortete Shirly.

»Schon«, mäkelte Julie etwas. »Die Wohnungen liegen alle in dem Viertel, in dem auch das Gericht ist.«

»Zufall!«, konterte Shirly.

»Mag sein. Ich sehe sie mir an und entscheide dann.« Julie erhob sich, um beim Eindecken des Tisches zu helfen. Shirly hatte nicht bemerkt, wie Julie die kleine Anzeige von Schottland vorsichtig aus der Zeitung herausgetrennt und in ihre Hosentasche gesteckt hatte.

KAPITEL 3

Julie fuhr am nächsten Morgen mit dem Bus in den Stadtteil, in dem sie die Wohnungsbesichtigungen für heute klar gemacht hatte. Es war nicht schwer, sich zurechtzufinden. Pünktlich stand sie vor dem ersten Haus und genauso pünktlich fand sie sich auch zu den anderen Besichtigungen ein. Die Wohnungen waren fast alle gleich. Abgewohnt, schmutzig und wenig einladend aber billig. So ernüchtert trottete Julie am Nachmittag wieder in Richtung der Bushaltestelle, als sie feststellte, dass sie noch eine Menge Zeit hatte. Der Bus würde erst in etwas mehr als einer Stunde kommen! Was sollte sie in der verbliebenen Zeit machen? Es fing wieder an zu tröpfeln und sie erinnerte sich an das kleine Bistro, in dem sie schon tags zuvor gewesen war. Fast automatisch lenkte sie ihre Schritte in diese Richtung.

Im Bistro angekommen fand sie, dass hier seit ihrem letzten Besuch gestern offenbar die Zeit stehen geblieben war. Daniel, wie immer sehr dienstbeflissen, half ihr aus dem Mantel und rückte ihr den Stuhl zurecht, auf dem sie schon gestern gesessen hatte. Er fragte nicht nach ihrem Wunsch, sondern brachte den Kaffee, ohne dass Julie auch nur eine Bitte danach geäußert hatte. Ebenso kam er, wie gestern auch, mit zwei Gläsern und dem Cognac an ihren Tisch und fragte höflich:

»Darf ich?«

Julie nickte nur.

»Es ist schön, Sie so bald wieder zu sehen, Miss«, redete Daniel drauf los. »Wieder ein Termin?«

»Mehrere«, antwortete Julie, während sie ihn dabei beobachtete, wie er sorgfältig die Gläser füllte. Genau zwei Finger breit. Nicht mehr und nicht weniger.

»Wieder bei Gericht?«, fragte Daniel interessiert weiter und sein Blick fing den ihren ein.

»Nein, ich bin auf Wohnungssuche«, antwortete Julie und wunderte sich im selben Moment, warum sie dem älteren Herrn dies erzählte.

»Aha«, machte dieser. »Nun, die Wohnungen hier sind nichts für eine Lady wie sie.«

»Das habe ich leider auch festgestellt«, lächelte Julie bitter. Daraufhin breitete sich eisiges Schweigen aus. Es war wieder kein Mensch im Bistro. Lediglich am Nachbartisch zeugte eine zusammengefaltete Zeitung davon, dass offenbar der Herr, der gestern auch schon hier gewesen war, dieses Bistro heute ebenfalls aufgesucht hatte.

»Möchten Sie etwas essen?«, fragte Daniel plötzlich in die Stille hinein und machte Anstalten, sich zu erheben.

»Nein, danke«, erwiderte Julie lächelnd. »Der Kaffee und ein Cognac sind völlig in Ordnung.«

Daniel setzte sich wieder auf seinem Stuhl zurecht.

»Hier kommen ja nicht viele Leute her«, dachte Julie laut.

»Das stimmt. Oh, im Sommer ist hier mehr Betrieb. Nur jetzt, wenn der Frühling so verregnet ist wie dieses Jahr, dann bleiben die Gäste aus.« Daniels Blick glitt zum Schaufenster und fast verträumt sagte er: »Das ist ein Wetter wie zu Hause.«

»Wie zu Hause?« wiederholte Julie fragend.

»Ja. Ich bin nicht von hier, müssen Sie wissen, Miss.«

»Und woher kommen Sie?«

»Aus Schottland.«

Schottland! Wieder Schottland! Julie schluckte trocken.

»Aus Schottland also«, sagte sie nachdenklich.

»Ja.«

»Und warum gehen Sie nicht dahin zurück?«

»Einen alten Baum soll man nicht umpflanzen.«

»Aber so alt sind Sie doch noch gar nicht!«

»Alt genug«, lächelte Daniel gütig, ehe er wiederholte: »Alt genug.«

Das Klingeln der Bistrotür riss Julie aus ihren Gedanken. Ein junges Pärchen war vor dem Regen ebenfalls in das Bistro geflüchtet und Daniel erhob sich, um deren Wünsche entgegen zu nehmen. Julie grübelte weiter, ohne den beiden am Nachbartisch auch nur einen Blick zu schenken. Während diese sich laut unterhielten, versank Julie wieder in den Worten, die Daniel eben gesagt hatte. Wieder Schottland! War das ein Zeichen? Eine Fügung?

Julies Hand kramte in der Hosentasche nach dem Zeitungsausschnitt, den sie gestern heimlich eingesteckt hatte. Sie las den Text wieder und wieder und fasste schließlich den Entschluss:

»Ich rufe da jetzt an!«

Warum sollte sie sich nicht einige Tage Ruhe gönnen, um ihr Leben zu ordnen, bevor sie sich wieder auf die Suche nach einer geeigneten Wohnung machen würde? Es war genauso unsinnig wie verlockend, sich für einige Zeit aus dem Staub zu machen. Und doch, die Verlockung war einfach größer.

Julie holte ihr Handy hervor und wählte die Nummer, die in der Anzeige angegeben war. Es war die Vorwahl von Schottland und entsprechend lang brauchte es auch, bis endlich der Rufton zu hören war. Es klingelte sehr lange, bevor sich eine tiefe Stimme meldete:

»Ja?«

»Guten Tag. Hier spricht Julie Miller. Ich rufe aus den USA an, genauer aus New York!« Julies Herz schlug schneller.

»Ach ja?«, kam es fragend zurück. Die Leitung knackste und Julie befürchtete, der Mann am anderen Ende habe aufgelegt.

»Sind Sie noch da?«, fragte sie darum.

»Natürlich! Um was geht es denn?«, hörte Julie die Gegenfrage.

»Ich habe hier eine Anzeige gelesen. Urlaub in Ruhe und Einsamkeit.«

»Ach so!«

»Ich wollte fragen, ob das Haus noch frei ist.« Wieder schlug Julies Herz schneller als fürchte sie, eine Absage zu erhalten.

»Da hat sich noch niemand gemeldet. Sie sind die Erste«, kam es in einem ziemlich unverständlichen Englisch bei Julie an.

»Dann möchte ich das Haus gerne buchen für drei Wochen«, erklärte sie.

»Und ab wann?«

Julies Gedanken überstürzten sich. Wenn sie noch packen wollte und den Flug mit einkalkulierte, müsste eine Anreise in drei Tagen von heute ab möglich sein. So sagte sie es auch.

»In drei Tagen also. Gut. Sie kommen mit dem Flieger in Edinburgh an. Dort werde ich Sie abholen. Kann ich fest damit rechnen?«

»Das können Sie, Mister …?«

»McNab. Iain McNab.«

»Gut, Mr. McNab. Ich werde also von heute an in drei Tagen ankommen. Ich freue mich schon sehr.«

»In Ordnung!«, hörte Julie noch und das Gespräch wurde beendet. Julie starrte noch auf ihr Telefon, verwundert über eine solche Wortkargheit, als Daniel sich wieder zu ihr an den Tisch gesellte. Julies starrer Blick wanderte von ihrem Handy in Daniels gutmütiges Gesicht, als sie flüsterte:

»Ich habe einen Urlaub gebucht!«

»Das ist doch wundervoll und sicher genau das, was Sie jetzt brauchen!«, freute sich Daniel etwas übertrieben.

»Shirly wird mich umbringen«, dachte Julie laut weiter.

»Wer bitte ist Shirly?«

Die Frage, die Daniel da eben gestellt hatte, riss Julie aus ihren Gedanken wieder zurück in die Gegenwart.

»Eine Freundin, bei der ich momentan wohne«, stammelte Julie.

»Wenn sie eine Freundin ist, wird sie sich mit Ihnen freuen.«

»Das wird sie nicht«, erklärte Julie. »Das wird sie mit Sicherheit nicht!«

Sie kramte in ihren Hosentaschen nach Münzen und legte diese vor Daniel auf den Tisch.

»Ich muss los«, erklärte sie ihren fast überhastet wirkenden Aufbruch. Daniel half ihr in den Mantel. Ohne sich noch einmal umzudrehen, stürzte Julie aus dem Bistro.

KAPITEL 4

Shirly freute sich gar nicht! So wie Julie es angenommen hatte, wetterte sie gegen das, was Julie plante.

»Das kann doch nicht wahr sein!«, rief sie ein um das andere Mal. Doch Julie blieb hart und brachte Shirly sogar dazu, ihr Vorhaben beinahe einzusehen.

»Einverstanden bin ich damit nicht, meine Liebe!« Shirly ließ sich auf das Sofa fallen und starrte Julie an. »Ich meine, du bist eben erst geschieden worden! Du musst das doch erst einmal verarbeiten!«

»Das kann ich in Schottland sicher besser als hier, wo mir Brandon Miller an jeder Ecke über den Weg laufen kann!«, protestierte Julie und ließ sich neben ihrer Freundin nieder.

»Warum ausgerechnet Schottland?«, fragte Shirly verständnislos. »Du hättest genauso gut irgendwo hier ein ruhiges Plätzchen finden können, um deine Dinge zu regeln. Warum unbedingt da hin?«

Darauf wusste Julie keine Antwort. Sie starrte stattdessen auf ihre Hände und schwieg.

»Und wann soll es los gehen?«, fragte Shirly missgelaunt weiter.

»Morgen. Um elf geht der Flieger.«

»Morgen schon? Bist du von allen guten Geistern verlassen?« Shirly sprang auf und machte Anstalten, Julie an den Schultern zu packen und herzhaft schütteln zu wollen. »Du hast für morgen schon den Flug gebucht, ohne mit mir darüber noch einmal zu reden?« Shirly ließ sich wieder auf das Sofa fallen und starrte verzweifelt an die Zimmerdecke.

»Warum regst du dich so auf? Ich komme doch wieder! Und es wird mir sicher gut tun, mal ein paar Tage für mich zu sein!«, meinte Julie.

»Ein paar Tage! Schottland! Du bist wirklich nicht ganz bei Trost!«

»Wenn ich dann wieder zurück bin, werde ich mich weiter um eine Wohnung kümmern und dann hast du hier wieder deine Ruhe.«

»Darum geht es doch gar nicht, Julie! Ich meine, – ich meine –«

»Komm schon, ich bin alt genug. Statt dich mit mir zu freuen, machst du mir hier so eine Szene, als wäre ich ein unmündiger Teenager!«

Shirly schwieg auf diesen Vorwurf hin und atmete heftig ein paarmal ein und aus, ehe sie sehr leise feststellte:

»Ich kann es wohl nicht ändern, oder? Ich meine, es ist ja sowieso schon alles gebucht, hab ich recht?«

Julie nickte.

Eisiges Schweigen erfüllte den Raum, bis Shirly endlich sagte:

»Ja, dann.«

»Was dann?«

»Bleibt mir ja nichts weiter übrig, als dir gute Reise zu wünschen.«

»Du könntest mir beim Packen helfen«, schlug Julie vor und versuchte, gute Laune zu demonstrieren. Der Witz prallte bei Shirly allerdings ab.

»Das werde ich mit Sicherheit nicht tun!« Shirly stand auf und ging in die Küche, um sich einen Tee zuzubereiten. Noch während das Wasser siedete, drehte sie sich zu Julie um und sagte:

»Ich hoffe, du bereust es nicht und dass es dir wirklich so gut tut, wie du es dir wünschst.«

»Das wird es, Shirly.« Julie fiel der Freundin erleichtert um den Hals. »Das wird es!«, wiederholte sie mehr zu sich selbst.

Julie war beruhigt, dass ihre beste Freundin endlich ein

Einsehen hatte und ihrem Vorhaben wenn auch nur widerstrebend zustimmte. Es war ihr wichtig, dass Shirly verstand, warum sie sich für diesen Trip entschieden hatte. Shirly verstand es zwar immer noch nicht, aber sie sah ein, dass sie ihre Freundin nicht würde umstimmen können.

Julie packte für drei Wochen und je mehr sich der Koffer füllte, umso mehr Vorfreude empfand sie. Sie sehnte sich regelrecht nach Einsamkeit und Ruhe. Und das, da war sie sich sicher, würde sie in Schottland finden.

Ganz gegen ihre erste Aussage brachte Shirly Julie sogar zum Flughafen, und als der Flieger abhob, sagte Shirly leise zu sich:

»Ich wünsche dir, dass du das nicht bereust, Julie!«

Julie hatte wenig geschlafen und holte dies auf dem etwas mehr als sieben Stunden dauernden Flug ein wenig nach. Sie schlug erst die Augen wieder auf, als die Maschine in Edinburgh aufsetzte.

Noch immer sehr verschlafen trat sie in das Flughafengebäude und suchte zwischen den zahlreichen, wartenden Menschen einen, der wie dieser Mr. McNab aussehen konnte. Mangels einer Beschreibung stellte Julie sich diesen so vor, wie ein Schotte ihrer Meinung nach auszusehen hatte: Stämmig, flammend rotes Haar, eben voll dem Klischee entsprechend. Doch sie konnte niemanden ausmachen, auf den diese Vorstellung zugetroffen hätte. Die Halle leerte sich. Lachende und lärmende Menschen wurden in Empfang genommen, herzlich begrüßt und verließen, einem Bienenschwarm gleich, das Gebäude. Nur Julie stand mit ihrem Koffer noch in der Halle und sah sich um. Was, wenn dieser McNab einfach vergessen hatte, dass sie heute ankommen würde? Sie wusste nicht, an wen sie sich hätte wenden können. Nicht einmal die Anzeige mit der Telefonnummer hatte sie mitgenommen! Sie hatte darauf vertraut, dass dieser McNab Wort halten würde. Julie fragte sich, ob es Sinn machen würde, das Telefonbuch nach ihm zu durchsuchen.

So stand sie eine Weile ziemlich verloren in der großen Ankunftshalle. Ein Bediensteter des Flughafens bedachte sie mit einem mitleidigen Blick, sprach sie aber nicht an. Julies Vorfreude bröckelte gerade, als ein kleiner, drahtiger Mann mit wirr vom Kopf abstehenden, grauen Haaren in die Halle gehetzt kam. Er war fast einen Kopf kleiner als Julie selbst, bestand nur aus Haut und Knochen, war unrasiert, hatte graue, wieselflinke Augen und ein kantiges Gesicht, das aber trotzdem freundlich erschien. Seine Kleidung bestand aus einer viel zu groß wirkenden Cord-Hose und einem ebensolchen, sandfarbenen Jackett, unter dem er ein kariertes Hemd trug. In seiner rechten Hand hielt er eine Mütze, die ebenfalls aus Cord bestand und schon ziemlich abgetragen war. Und er steuerte direkt auf sie zu.

»Sind Sie die Amerikanerin?«, fragte er nuschelnd. Julie schien es, als würden seine Lippen sich während er sprach überhaupt nicht bewegen. Er presste die Worte zwischen den geschlossenen Zahnreihen hervor und Julie hatte Mühe, ihn zu verstehen. Die Tiefe seiner Stimme wollte mit seiner Erscheinung überhaupt nicht zusammenpassen.

»Ja, das bin ich. Dann sind Sie Mr. McNab?«, antwortete sie höflich.

»Bin ich. Bin ich. Entschuldigen Sie, dass ich zu spät bin. Ich habe irgendwie die Zeit aus den Augen verloren«, sagte McNab nun etwas deutlicher sprechend und angelte nach Julies Koffer. Sie wehrte dies jedoch ab, da ihr der kleine Mann fast leidtat, würde sie ihn ihren schweren, großen Koffer schleppen lassen.

»Das geht schon, Miss. Das geht schon«, verteidigte Iain McNab sich und griff nach dem Reisegepäck. Er schien wirklich Bärenkräfte zu haben, denn er trug den Koffer, ohne mit der Wimper zu zucken, in Richtung Ausgang. Julie trottete hinter ihm her. Es fiel ihr schwer, das Alter des Mannes zu schätzen. Dem ersten Eindruck nach wirkte er auf sie, als wäre er um die 70 Jahre alt. Beim näheren Hinsehen allerdings musste Julie sich korrigieren und glaubte nun mehr, dass McNab knapp über 60 Jahre alt war. Er wirkte nur sehr vernachlässigt und in der offensichtlich viel zu großen Kleidung auch reichlich verloren. Er schien nicht viel für Körperpflege übrig zu haben. Die dunkelgrüne Cordhose wies an den Knien Erdflecken auf, ebenso wie das Sakko an den Ellenbogen. Es schien, als sei McNab direkt von der Feldarbeit zum Flughafen gefahren, ohne auch nur noch einmal in einen Spiegel gesehen zu haben.

Mit Julies Koffer an der linken Hand steuerte McNab direkt auf einen uralten Range Rover zu. Das Gefährt schien seine besten Jahre schon ewig hinter sich zu haben. Ursprünglich musste es einmal grün lackiert gewesen sein. Offensichtlich hatte es seit Jahren keine Waschbürste mehr zu sehen bekommen.

Julie fühlte sich viel zu müde, um sich weiter Gedanken über den Rover, seine verschlissene Innenausstattung und dessen Besitzer zu machen. McNab lud den Koffer in den geräumigen Kofferraum und öffnete Julie von innen die Beifahrertür. Es war schon ungewohnt für sie, auf der eigentlichen Fahrerseite einzusteigen, ohne ein Lenkrad vor sich zu haben. McNab startete den Motor und fuhr, ohne ein weiteres Wort zu verlieren, los.

Die Fahrt dauerte etwas mehr als eine Stunde. Sie führte über sanfte, üppig grüne Hügel, an wilden Bächen vorbei und scheinbar irgendwo ins Nirgendwo hinein. Julie konnte sich an der großartigen Natur, die an ihrem Fenster vorbeizog, einfach nicht sattsehen. Hier und da erkannte man einige Schafe, die scheinbar vollkommen unbewacht grasten. Dann wieder einsam stehende Häuser, die absolut unbewohnt wirkten. Die Fahrt führte auch durch ein kleines, fast menschenleeres Dorf und dann an der Küste entlang.

»Es ist wunderschön hier«, seufzte Julie selig. Sie rechnete nicht mit einer Antwort ihres schweigsamen Chauffeurs.

»Einsam«, antwortete der jedoch. »Wie ich es geschrieben habe.«

»Genau das brauche ich jetzt«, gab Julie zu verstehen.

»Wohl eine schwere Zeit durchgemacht?«

»So kann man es sagen.« Julie sah McNab von der Seite an. Er wirkte konzentriert, wie er den schweren Wagen auf der schmalen Küstenstraße entlang steuerte.

»Dann sind Sie in Finnlay House genau richtig«, gab Iain McNab zu verstehen und musste plötzlich scharf bremsen, da nach einer Kurve eine Herde Schafe die Straße versperrte. Die Tiere machten keine Anstalten, die Straße frei zu geben und ein Schäfer oder Hütehund schien auch keiner in der Nähe zu sein. McNab schlug mit beiden Händen auf das Lenkrad, kurbelte die Seitenscheibe herunter und pfiff laut durch die Finger. Die Tiere bewegten sich nicht von der Straße herunter.

Langsam tastete sich der schwere Wagen durch die Herde.

»Das sind Donnies Viecher!«, schimpfte McNab. »Keine Ahnung, wo der wieder steckt. Hat wohl wieder zu tief ins Glas geschaut!« Seine Worte begleitete er mit einem rhythmischen Hupkonzert. Julie konnte aus McNabs Worten entnehmen, dass sie nun bald am Ziel waren. Sie versuchte, die Gunst der Stunde zu nutzen, um noch mehr über Finnlay House heraus zu bekommen.

»Wie ist denn das Haus so?«, fragte sie.

»Ruhig. Es ist das Torhaus. Pförtnerhaus sozusagen. Ein kleines aber sehr gemütliches Häuschen. Wird Ihnen schon gefallen.« Mehr war aus McNab nicht heraus zu bekommen. Inzwischen war auch in einiger Entfernung eine Gestalt aufgetaucht, die von einem Hund begleitet auf die Schafherde zusteuerte. Der Mann war kaum zu erkennen.

Er war in ein langes Cape gehüllt und hatte seinen Hut tief ins Gesicht gezogen.

»Bring deine verdammten Viecher von der Straße runter, bevor noch etwas passiert!«, rief McNab nun dem Mann zu.

»Ja ja!«, antwortete dieser und machte eine wegwerfende Handbewegung, ehe er mit lauten Rufen die Tiere aufscheuchte und von der Straße jagte. Dieses Tun wurde von McNab mit einer Salve an gälischen Worten begleitet, die Julie nicht verstand von denen sie aber annahm, dass McNab gerade sehr unfein fluchte.

Die Straße war endlich wieder frei und McNab hörte auch auf zu schimpfen, als er wieder anfuhr.

»Dummer Bengel das!«, kommentierte er noch das leichte durchdrehen der Räder, als der Wagen nach vorne schoss.

»Man sollte ihm die Tiere nicht anvertrauen. Nichtsnutz!«

Julie schwieg, lächelte aber versonnen in sich hinein. Genau so hatte sie es sich vorgestellt. Ganz und gar so.

Nach einer scharfen Linkskurve tauchte vor ihnen ein kleines Dorf auf, das McNab ebenfalls durchfuhr. Danach ging es wieder links mitten in die grüne Landschaft hinein, wo schon bald ein kleines Haus auftauchte, auf das McNab nun zusteuerte.

Julie richtete sich in ihrem Sitz etwas auf und versuchte, all die Eindrücke, die nun auf sie niederprasselten, einzufangen. Das Haus war ebenerdig. Es hatte ein tief heruntergezogenes Dach und links einen gemauerten Kaminabzug. Die Fenster waren für Julies Verhältnisse winzig und von schweren Fensterläden flankiert. Die Fensterkreuze waren dunkelgrün gestrichen. Alles in allem wirkte das Häuschen sehr einladend und friedlich, wie es da inmitten der grünen Landschaft lag. Es waren ein kleiner Garten und eine Holzveranda dabei, die zum Verweilen einluden.

McNab hielt direkt vor dem Haus. Als Julie aus dem Auto ausstieg, wurden neben der Eingangstür die Fensterläden aufgestoßen. Im offenen Fenster erschien eine Frau mit kurz geschnittenem, grauem Haar. Sie hatte ein rundliches Gesicht und mochte etwa an die 60 Jahre alt sein. Mehr konnte Julie auf die Entfernung zunächst nicht erkennen, denn die Frau wandte sich sofort ab und erschien wenig später in der Tür.

»Da seid ihr ja schon!«, rief sie und wischte sich die Hände an der bunt gemusterten Schürze ab, die sie unter einer dicken Wolljacke trug. Sie kam auf Julie zu und reichte ihr beide Hände.

»Schön, dass Sie da sind«, begrüßte sie Julie überschwänglich. McNab, der ebenfalls aus dem Auto ausgestiegen war, ließ sie einfach links liegen.

»Willkommen in Finnlay House, meine Liebe!« Die Frau schüttelte Julies Hand etwas zu lange und so hatte Julie Zeit, sich das Gesicht der Frau anzusehen. Ihre Augen waren braun, ihr Gesicht rundlich und glatt, trotz ihres Alters. Sie wirkte sehr freundlich und ihr Lächeln gewann in Sekundenschnelle Julies Herz.

»Was ist, Iain. Bring das Gepäck der jungen Lady hinein«, wandte sich die Frau nun an McNab, der gerade dabei war, Julies Koffer aus dem Kofferraum zu wuchten.

»Was denkst du, was ich hier mache?«, sagte er dabei und verschwand mit Julies Koffer kopfschüttelnd im Haus.

»Ach, ich hab mich ja noch gar nicht vorgestellt. Fiona McNab. Und Sie sind?«, hörte Julie nun die Frau wieder reden. Ihr Englisch klang sehr aufgesetzt und man merkte ihr an, dass sie sonst eher einen Dialekt sprach.

»Miller, Julie Miller«, stellte Julie sich vor, um sich kurz darauf erneut die Hand schütteln zu lassen.

»Julie, wie wundervoll. Noch einmal herzlich willkommen. Ich war gerade dabei, das Haus ein wenig herzurichten. Aber kommen Sie doch erst einmal herein. Ist ja noch ziemlich frisch draußen, nicht wahr?« Während sie das sagte, schob Fiona McNab Julie mit einer Hand regelrecht in Richtung der Haustür, ohne auch nur einen kleinen Einwand zuzulassen. Julie blieb in der Tür stehen und sah sich um.

»Das ist es also«, sagte sie leise, fast andächtig. Sie stand in einer kleinen Empfangshalle, von der aus links und rechts jeweils zwei Türen abgingen. Der Boden bestand aus Fliesen, die mit einem grob gewebten Teppich bedeckt waren. Zwischen den Türen stand jeweils ein Stuhl und an der hinteren Wand eine Kommode mit einem Kerzenleuchter darauf.

»Das ist es«, bestätigte Fiona McNab strahlend. »Sie sind sicher einiges mehr an Komfort gewöhnt«, fuhr sie fort.

»Wir werden sehen«, antwortete Julie. Sie hatte ja gerade nur den Eingang gesehen und ließ sich nun in die kleine Küche führen. Es gab einen Gasherd, ein Waschbecken, einige Schränke und einen kleinen Tisch mit zwei Stühlen daran. Alles war sehr einfach doch gerade darin, so fand Julie, lag die Schönheit dieses Raumes. Der Tisch war liebevoll mit einer mit Blumenmustern übersäten Tischdecke dekoriert, worauf ein großer, bunter Strauß Wiesenblumen thronte. Alles war peinlich sauber.

»Kommen Sie nur weiter«, vernahm Julie Fionas Stimme und folgte ihr nun in den angrenzenden Raum, das Wohnzimmer. Die wuchtigen Polstermöbel darin schienen jeden Atemzug zu erschweren, und doch wirkte auch dieses Zimmer so gemütlich, dass Julie sich Abende an dem offenen Kamin, den es ebenfalls in diesem Raum gab, sehr gut vorstellen konnte. Auch hier gab es nur spärliche Möbel: Außer dem großen Sofa und dem wuchtigen Sessel gab es noch einen Couchtisch, eine große, dunkel lasierte Kommode und einen kleinen Beistelltisch mit einem Fernseher darauf. An den Fenstern erkannte Julie in liebevoller

Handarbeit gehäkelte Gardinen, die gerade die halbe Fensterhöhe bedeckten. Umrahmt wurden diese von schweren, blumengemusterten Vorhängen.

»Wunderschön!«, seufzte Julie glücklich. Je mehr sie von dem Haus sah, umso sicherer war sie sich, das Richtige getan zu haben, indem sie dieses Haus zur Erholung gebucht hatte.

»Hier drüben ist das Badezimmer«, führte Fiona McNab Julie weiter durch die Räume. Das Bad war klein aber zweckmäßig mit einer Dusche ausgestattet. Auch hier fanden sich die Blumenmuster in den Vorhängen wieder, ebenso wie im Schlafzimmer, das von einem großen Doppelbett dominiert wurde. Die Tagesdecke darauf, der Baldachin und die Vorhänge waren aus ein und demselben blumengemusterten Stoff gefertigt. Es sah geradezu bezaubernd aus.

»Es ist einfach prächtig«, seufzte Julie glücklich. Es war wirklich weit schöner, als sie sich das vorgestellt hatte.

»Das freut mich zu hören«, entgegnete Fiona, um Julie gleich darauf erneut sachte in die Küche zu schieben.

»Ich habe mir erlaubt, ein wenig für Sie einzukaufen. Damit Sie den ersten Tag gut überstehen«, plapperte sie und öffnete die Kühlschranktür. »Es ist also alles da. Wenn Sie dann einkaufen müssen, können Sie das im Dorf erledigen. Gleich die Straße hinunter gibt es einen kleinen Laden, in dem Sie so gut wie alles bekommen können.«

»Ich danke Ihnen, Fiona«, sagte Julie und es war von Herzen ehrlich gemeint. Oh, Shirly würde staunen, wenn sie diese nachher anrief!

»Hinter dem Haus geht ein Weg lang, der zu einem See führt«, erklärte Fiona McNab weiter. »Gehen Sie dort bitte nicht auf den Steg! Der ist morsch und hält keinen mehr aus. Mein Iain hat es leider noch nicht geschafft, diesen zu reparieren.«

»Ich werde daran denken«, gelobte Julie.

»Und wenn Sie abends Gesellschaft suchen, kommen Sie doch in das Pub im Dorf. Da ist immer was los. Aber ich denke, Sie werden die Ruhe hier schon genießen, hab ich nicht recht?«

»Das werde ich ganz bestimmt.«

»Die Seeluft wird Ihnen gut tun. Sie sehen ja so blass und mager aus«, redete Fiona weiter, indem sie langsam zur Haustür ging. »Der Schlüssel steckt innen, und wenn Sie etwas brauchen, wir wohnen nur ein paar hundert Meter die Straße Dorf einwärts. Fragen Sie nach Iain oder mir. Man kennt uns.«

»Danke, Fiona. Danke für alles und ich werde bestimmt alles beherzigen.« Julie sehnte sich nach Ruhe. Die trotz ihrer Leibesfülle so quirlige Fiona McNab ging Julie gerade mächtig auf die Nerven und sie wünschte sich nichts mehr, als endlich allein und in Ruhe das Haus zu erkunden. Schließlich stand Fiona vor der Tür und blickte kurz zu ihrem Mann, der bereits im Auto auf sie wartete.

»Ja, dann gute Erholung. Wir sehen uns, nicht wahr?«, seufzte sie ergeben und reichte Julie erneut die Hand, ehe sie sich umwandte und zu ihrem Mann in das Auto stieg. Julie winkte den beiden noch kurz hinterher, bevor sie sich endlich daran machte, das Haus auszukundschaften. Es gab nichts Geheimnisvolles zu entdecken, obwohl das Haus mitsamt seiner Einrichtung mehr wie ein uraltes Puppenhaus auf Julie wirkte. Es war peinlichst sauber und zweckmäßig eingerichtet. Im Geiste sah Julie sich schon vor dem Kamin sitzen, ein Glas Rotwein in der Hand und ein Buch auf dem Schoß. Doch zuerst wollte sie Shirly anrufen, die sicher schon darauf wartete, dass Julie sich meldete.

Shirly unterbrach nur selten Julies Redeschwall, als diese von dem Haus berichtete.

»Glaub mir, es war genau richtig, diesen Urlaub zu buchen!«, endete Julie schließlich. »Die Menschen sind so herzlich und es ist einfach traumhaft schön hier.«

»Wenn man dich so schwärmen hört, muss es ja so sein!«, lachte Shirly am anderen Ende der Leitung.

»Wirklich. Ich bin gespannt, was du sagst, wenn du die Fotos sehen wirst, die ich noch machen will. Du wirst vor Neid platzen, glaube mir!«

»Dann mach viele Fotos«, sagte Shirly. »Ganz viele, damit wir ordentlich was zu schauen haben.«

»Darauf kannst du dich verlassen!«

»Das tu ich auch. Und melde dich bald wieder, hörst du?«

»Versprochen!«

Julie steckte das Handy in die Hosentasche und machte sich daran, ihren Koffer auszupacken. Als sie die Türen des Kleiderschrankes öffnete, musste sie lächeln. Fiona hatte jedes Fach des Schrankes mit braunem Packpapier ausgelegt. Das sah ihr so ähnlich! Genauso schätzte Julie Iain McNabs Frau auch ein. Sicher hatte sie den ganzen Tag nichts weiter zu tun, als sich um den Haushalt zu kümmern. Julie fragte sich im Stillen, womit die Menschen hier ihren Lebensunterhalt verdienten. Sie hatte kaum Äcker gesehen und bis auf die Schafe, die die Straße versperrt hatten, auch keine Weidetiere. Das würde sie sicher noch herausfinden.

Der Koffer war leer und der Tag neigte sich dem Abend zu. Vor dem Abendessen wollte Julie sich noch etwas die Beine vertreten und ging deshalb den Weg, der laut Fionas Aussage zu einem See führen sollte. Julie staunte nicht schlecht. Der See war riesengroß. Sie hatte mehr mit einem etwas größeren Teich gerechnet. Nun aber war es so, dass sie mit bloßem Auge das gegenüberliegende Ufer nicht einmal ausmachen konnte. Sanfte Hügel spiegelten sich in der Abendsonne in einem fast schwarz wirkenden Wasser wieder, dessen Oberfläche in Ufernähe von einem frischen Wind gekräuselt wurde und in kleinen Wellen ans Ufer

schwappte. Julie sah auch den Steg, den Fiona angesprochen hatte, und stellte fest, dass man diesem seine Altersschwäche sehr wohl ansah. Freiwillig wäre sie selbst ohne Fionas Warnung nicht auf diesen Steg gegangen.
Auf dem Rückweg sah sie in einiger Entfernung die Schafherde wieder, der sie bei ihrer Ankunft schon begegnet war. Die Tiere grasten friedlich und man hörte ihr Blöken durch den Wind bis zum Haus hin. Das wiederum sorgte für eine wundervolle Stimmung, von der Julie sich ganz und gar einfangen ließ. Sie erinnerte sich an den Rotwein, den sie in einem der Küchenschränke entdeckt hatte. Mit einem Glas und einer geöffneten Flasche machte Julie es sich auf der kleinen Veranda bequem und genoss die Stille, die sie nun umgab. Es war ein wundervoller Ort. Genau richtig, um mit sich und allem wieder ins Reine zu kommen. Genau richtig, um endlich mit dem Kapitel Brandon Miller abzuschließen und sich wieder auf die eigene Zukunft zu fokussieren. Julie seufzte tief. Mochte sie für einige Momente auch an der Richtigkeit gezweifelt haben, sich diesen Urlaub zu gönnen, so erfüllte sie jetzt eine tiefe Zufriedenheit.

KAPITEL 5

Julie war eingenickt. Der Flug und die Fahrt hatten sie müde gemacht. Das eintönige Rauschen der Blätter und das Blöken der Schafe wirkten wie ein Schlaflied auf sie. Sie erwachte erst, als es empfindlich kalt wurde und die Nacht sich bereits bleischwer auf die Landschaft gesenkt hatte. Doch das war es nicht alleine, was sie hochfahren ließ. Das ganze Haus war hell erleuchtet! Julie wunderte sich, denn sie hatte keinen der Lichtschalter im Haus betätigt und war sich auch sicher, dass in keinem Zimmer Licht gebrannt hatte, als sie es sich auf der Veranda gemütlich machte. So aufgeschreckt wollte sie in das Haus stürmen und warf dabei die noch halbvolle Flasche mit dem Wein um, die sie neben den Stuhl gestellt hatte.

»Ach, verdammt!«, schimpfte sie und ging mit der Flasche ins Haus. Auf dem Weg zur Küche wollte sie wenigstens im Schlafzimmer das Licht ausmachen, doch wie sie auch den Schalter betätigte: Das Licht blieb an.

»Das gibt's doch nicht!«, sagte Julie laut zu sich selbst und versuchte es im Badezimmer mit genau dem gleichen Erfolg. Das Licht ließ sich nicht löschen. Es brannte weiter!

Auch in den anderen Räumen konnte sie keine der Lampen ausknipsen. Julie erinnerte sich an den kleinen Sicherungskasten im Flur und ging dort hin, um nach einem eventuellen Kurzschluss zu sehen. Sie hatte keine Ahnung, ob sie überhaupt etwas würde erkennen können. Technisch gesehen war sie eine Null. Dennoch öffnete sie die kleine Holztür und konnte im Sicherungskasten nichts feststellen, was außergewöhnlich gewesen wäre. Einzig, dass in dem Kasten eine kleine Taschenlampe stand, verwunderte sie.

Kaum schloss sie die Holztür wieder, erloschen alle

Lichter und es wurde stockfinster. Julie suchte mit den Händen nach dem Sicherungskasten. Dadurch, dass es eben noch so hell gewesen war, waren ihre Augen nun fast blind und sie konnte nichts mehr erkennen. Endlich fand sie den kleinen Holzknauf und nahm die Taschenlampe an sich, die ein nur schwaches Licht abgab. Im selben Moment hörte sie ein Auto vorfahren und atmete erleichtert auf. Das konnte nur McNab sein! Julie ging langsam in Richtung der Tür, als dieser auch schon im schwachen Lichtschein der Taschenlampe auftauchte.

»Wir haben ganz vergessen, Ihnen zu sagen, dass Sie noch keinen Strom haben werden. Der wird erst morgen Früh wieder eingeschaltet«, nuschelte McNab los, ohne ein Wort der Begrüßung zu verlieren.

»Wie, keinen Strom?«, fragte Julie verblüfft.

»Das Haus ist ja die meiste Zeit unbewohnt. Damit nichts passieren kann, wird in dieser Zeit immer der Strom abgestellt. Morgen Früh sollte es aber wieder funktionieren«, erklärte McNab.

»Das kann nicht sein«, sagte Julie und fasste sich an den Hals. Ihr wurde mit einem Mal unerklärlich kalt und heiß zugleich.

»Wieso?«, frage Iain McNab misstrauisch und kniff seine Augen zusammen, da Julie ihn mit der Taschenlampe offensichtlich blendete.

»Eben brannten hier alle Lichter. Alle, sogar die Stehlampe im Wohnzimmer.«

»Unmöglich!« McNab war mit wenigen Schritten bei Julie, nahm ihr die Taschenlampe aus der Hand und öffnete den Sicherungskasten. »Unmöglich!«, wiederholte er noch einmal.

»Und doch war es so!«, beteuerte Julie.

»Sie haben noch keinen Strom«, erklärte McNab erneut, als sei Julie ein begriffsstutziges Kind. »Hier, der Zähler bewegt sich nicht. Das haben Sie sicher geträumt!«

Julie schwieg. Sie war sich sicher, dass sie das nicht geträumt hatte. Ganz sicher sogar! Dass sich die Lichter nicht mal löschen ließen, verschwieg sie beim Blick in McNabs Gesicht besser.

McNab schloss den Sicherungskasten und zeigte mit der Taschenlampe auf den Kerzenständer, der die Flurkommode zierte und der Julie bereits beim Eintreffen aufgefallen war.

»Meine Frau hat Ihnen für heute Nacht überall Kerzen hingestellt. Das hätte sie sicher nicht gemacht, wenn der Strom funktionieren würde!«, sagte er etwas grantig.

»Aber der Kühlschrank –«

»Da hat sie Eispakete hineingetan«, unterbrach McNab Julies Einwand. »Morgen haben Sie Strom, heute leider noch nicht!«

»Ich habe das nicht geträumt«, flüsterte Julie erneut und McNab quittierte diese Äußerung mit einem schiefen, Bedauern vermittelnden Lächeln.

»Sie sind noch sehr angespannt vom Flug. Da kann so etwas schon mal vorkommen«, erklärte er väterlich. Julie war es leid, das, was sie gesehen hatte, immer wieder zu beteuern. Sie schwieg. McNab reichte ihr die Taschenlampe und sagte über die Schulter beim Hinausgehen: »Streichhölzer sind in der Küche. In der Schublade beim Waschbecken.« Es kam kein weiteres Wort außer einem zwischen den Zähnen herausgepressten: »Gute Nacht«, ehe er in der Tür verschwand. Wenig später hörte Julie ihn wegfahren.

»Ich bin doch nicht verrückt!«, sagte Julie nun laut zu sich selbst und ging in die Küche, um nach den Streichhölzern zu suchen. Kaum hatte sie die Küchentür passiert, leuchteten wieder alle elektrischen Lampen. Julie erschrak zutiefst und ließ fast die Taschenlampe fallen.

»Nicht schon wieder!«, schrie sie auf, tastete nach dem Lichtschalter in der Küche und versuchte, das Licht aus zu machen. Nichts tat sich. Nun ging sie in den Flur zum

Sicherungskasten und betrachtete den Stromzähler. Er bewegte sich um keinen Millimeter!

»Was in drei Teufels Namen ist hier nur los!«, fragte sie sich selbst und hatte wieder das Gefühl von eisiger Kälte gefolgt von einer Hitzewallung. Sie ging auf die Veranda, um draußen nachzusehen, ob sie etwas oder jemanden, der für dieses Phänomen verantwortlich sein könnte, sehen würde. Aber da war niemand. Julie stellte fest, dass auch die Außenbeleuchtung des Hauses hell erstrahlte. Dann bemerkte sie noch einige weitere, kleine Laternen, die offensichtlich einen schmalen Weg markierten. Sie führten seitlich von der Veranda mitten hinein ins Dunkel. Das komische bei diesen Laternen war, dass sie flackerten. Es schien Julie so, als wollten sie auf sich aufmerksam machen. Mit weichen Knien ging Julie nun die Veranda hinunter und folgte dem Weg, den die Laternen aufzeigten. Dieser war ihr bislang noch nicht aufgefallen und endete an einem dichten Dornengestrüpp, welches Julie am Weitergehen hinderte. Sie konnte nicht erkennen, ob dahinter noch mehr Laternen waren und wohin dieser schmale Trampelpfad führte. Selbst das Licht der Taschenlampe, die Julie immer noch bei sich hatte, konnte das dichte Gestrüpp nicht durchdringen. Also kehrte Julie um, und als sie auf das Haus zuging, erlosch das Licht darin wie von Geisterhand. Julie bekam eine Gänsehaut und blieb zunächst wie angewurzelt stehen. Es brauchte einen Moment bis sie Mut genug hatte, das Haus zu betreten. Mit fliegenden Händen entzündete sie alle Kerzen, die Fiona McNab in den Räumen verteilt hatte. Nein, sie würde garantiert kein Auge zumachen können in dieser Nacht! Julie verschloss die Tür und setzte sich im Wohnzimmer auf das Sofa, zog die Beine an ihren Körper und lauschte in die Stille des Hauses. Nichts Verdächtiges war zu vernehmen. Es herrschte Totenstille, die nur vom Ticken der Wanduhr unterbrochen wurde.

Julies Gedanken fuhren Karussell. Sie war ein nüchterner und rational denkender Mensch und konnte nicht an Übersinnliches glauben. Es musste eine einfache und logische Erklärung für das Phänomen geben. Vielleicht hatte man im Elektrizitätswerk schon einen Versuch gestartet, den Strom wieder freizuschalten? Aber warum drehte sich dann der Zähler nicht und warum konnte man die Lichter nicht löschen?

»Das ist ein altes Haus«, versuchte Julie, sich selbst zu beruhigen. »Vielleicht gibt es doch irgendwo einen Kurzschluss.«

Nein, Julie glaubte nicht an Gespenster oder andere, unerklärliche Dinge! Bislang konnte man alle diese Geistergeschichten widerlegen und vollkommen rational erklären. So wäre es hier sicher auch!

Trotzdem tat Julie kein Auge zu. Sie blieb hellwach, bis der Morgen dämmerte und sie, zusammengekauert auf dem Sofa, in einen tiefen Schlaf fiel.

Es war das Blöken der Schafe, das sie weckte. Es war lauter als gestern Abend noch. Julie streckte mit schmerzverzerrtem Gesicht ihre Glieder. Die Kerzen in dem Leuchter auf dem Tisch waren erloschen und erinnerten Julie an das, was gestern Nacht geschehen war. Langsam erhob sie sich und ging zum Lichtschalter im Wohnzimmer. Als sie diesen betätigte, leuchteten die Glühbirnen in der Deckenlampe auf. Es gab also endlich Strom!

Gähnend tapste sie in die Küche, um nachzusehen, ob es auch Kaffee gab. Selbst an diesen hatte Fiona McNab gedacht. Julie setzte die kleine Kaffeemaschine in Gang und ging dann zum Küchenfenster. Die Schafe, die gestern noch friedlich in einiger Entfernung gegrast hatten, verwüsteten gerade den kleinen Vorgarten des Häuschens.

»Ach du lieber Himmel!«, schimpfte Julie und rannte hinaus, um die Tiere aus dem Garten zu treiben. Doch jemand kam ihr da schon zuvor, sodass sie auf Socken auf der Verandatreppe stehen blieb.

Zuerst sah sie nur den fast bodenlangen Schäfermantel, dann den Hut und da wusste sie, dass dieser Donnie doch ein Auge auf seine Tiere hatte. Mit lauten Rufen jagte er die Schafe zurück auf die Wiese vor dem Häuschen. Ein schwarz-weißer Hund hielt die Herde dort zusammen.

Trotz der Erlebnisse der letzten Nacht musste Julie lächeln. Sie schob diese Ereignisse inzwischen doch auf das Jetlag und ihre Übermüdung. Immerhin hatte sie auch die Nacht vor ihrer Reise kaum geschlafen. Ihre Augen suchten den Trampelpfad, den gestern Nacht die flackernden Laternen gesäumt hatten. Jetzt im Tageslicht war der kaum zu erkennen. Julie nahm sich vor, diesen schmalen Weg nach dem Frühstück noch einmal entlang zu gehen, bevor sie dann in das Dorf wollte, um einige Besorgungen zu machen.

»Guten Morgen Miss«, riss sie der Schäfer aus ihren Gedanken. Er hatte sich ihr zugewandt und jagte gerade das letzte Schaf zurück auf die Weide.

»Guten Morgen«, antwortete Julie höflich.

»Tut mir leid mit den Schafen. Ich habe keine Ahnung, wann die ausgebrochen sind«, entschuldigte sich der Mann und kam langsam näher. Schließlich nahm er seinen Hut vom Kopf und Julie blickte in zwei tiefbraune Augen, die zu einem sehr männlichen, aber dennoch hübschen und freundlichen Gesicht gehörten. Der Mann hatte rotbraunes, lockiges Haar und war etwa einen Kopf größer als sie selbst. Er wirkte sehr sympathisch. Scheinbar hatte ihm die Flucht seiner Tiere nicht einmal die Zeit gelassen, sich zu rasieren, denn dunkle Stoppeln zierten seine Wangen und sein Kinn, was seiner Ausstrahlung jedoch keinen Abbruch tat. Er lächelte jetzt und streckte Julie die Hand entgegen, indem er sich vorstellte:

»Murdoch. Donnie Murdoch.«

»Julie Miller«, antwortete Julie und ergriff die dargebotene Hand.

»Sie sind also McNabs Feriengast«, sagte der Mann. »So etwas spricht sich hier schnell herum! Willkommen in Salesburry.«

»Danke Mr. Murdoch.« Julie war froh über die kalte Brise, die ihr gerade ins Gesicht blies. Der Blick und das Lächeln Donnie Murdochs hatten sie ziemlich erröten lassen. Verlegen senkte sie den Kopf, als würde zu ihren Füßen etwas ungeheuer Wertvolles liegen. Dieser Donnie Murdoch war durchaus eine Sünde wert! Sein Lächeln war einfach umwerfend und sicher wusste er das. Für einen Moment blitzte Brandons Bild vor Julies geistigem Auge auf, wo es jedoch gleich darauf von Donnies Lächeln wieder verdrängt wurde.

Donnie sah sich nun den Schaden an, den seine Schafe verursacht hatten, und kratzte sich am Kopf, während er meinte:

»Au weh! Das wird wieder mächtig Stress geben mit Iain.«

Julie musste lachen. Der große Mann vor ihr wirkte für einen Moment wie ein kleiner Junge, der bei einem Streich ertappt worden war.

»Sie können doch nichts dafür, Donnie«, versuchte sie, den Mann zu trösten.

»In Iains Augen schon!«, konterte der, um dann seinen Blick wieder auf Julie zu richten. Er musterte sie fast unverschämt.

»Er macht immer so viel Wind um seine Gärten. Ich denke, es ist besser, ich gehe es gleich beichten, bevor er hier einen Tanz aufführt«, meinte Donnie und knautschte seinen Hut zwischen den Händen, um dann fortzufahren: »Also entschuldigen Sie die Störung und einen schönen Tag noch!«

Julie nickte nur und sah dem Mann nach, der mit lauten Rufen und unter Beteiligung seines Hundes die Schafe auf der Wiese weiter trieb. Sie konnte sich vorstellen, dass Iain McNab sicher nicht begeistert davon war, dass Donnies Schafe fast alle Ziersträucher in dem kleinen Garten abgeknabbert hatten. Die kleinen Erikasträucher, die dazwischen gepflanzt waren, waren zertrampelt und gaben kein besonders hübsches Bild mehr ab. Julies Blick richtete sich wieder auf den Schäfer und sie sah, dass dieser stehen geblieben war und ebenfalls zu ihr herüber sah. Fast verlegen wandte sie sich ab, um endlich einen Kaffee zu trinken.

KAPITEL 6

Julie beeilte sich nicht mit dem Frühstück. Sie saß noch eine Weile auf der Veranda und genoss die Stille, die nur hin und wieder durch das Blöken von einem von Donnies Schafen unterbrochen wurde. Dann hörte sie ein Motorengeräusch und gleich darauf fuhr McNab vor. Er sprang aus dem Auto und eilte sofort auf den kleinen Garten zu. Julie ahnte, dass Donnie inzwischen bei ihm gewesen war und gebeichtet haben musste, was seine Tiere angerichtet hatten.

»Ach du lieber Himmel!«, zeterte Iain McNab auch sofort los und sprang wie Rumpelstilzchen von einem Bein auf das andere, während er einen Schwall gälischer Schimpfworte rief. Endlich sah er Julie auf der Veranda sitzen und kam zu ihr, indem er sich entschuldigte:

»Tut mir leid, Miss, dass Sie so gestört wurden. Dieser Donnie ist ein Nichtsnutz vor dem Herrn! Wie kann er nicht merken, dass seine Schafe das Weite gesucht haben? Ich werde den Garten schnellstens in Ordnung bringen lassen!«

»Das hat keine Eile«, beeilte Julie sich zu erwidern. »Das ist doch überhaupt nicht schlimm.«

»Nicht schlimm«, wiederholte McNab. »Das ist es sehr wohl! Dafür wird er aufkommen müssen.«

Julie amüsierte sich über den Eifer des kleinen Schotten, der inzwischen einen hochroten Kopf bekommen hatte. Nun schnaubte er ein paar Mal wie ein Stier, um dann Julie wieder anzusehen und zu fragen:

»Haben Sie inzwischen Strom?«

»Ja. Gleich heute Morgen, wie Sie es gesagt haben, Mr. McNab.«

»Wenigstens das«, brummte der Mann.

»Sagen Sie, was ist das eigentlich für ein Weg, der zu diesem dichten Dornengestrüpp da führt«, wagte Julie zu fragen.

»Ein Weg?« Iain McNab kniff die Augen zusammen, als er in die Richtung blickte, in die Julie mit der Hand wies.

»Ach. Der!«, kam es nun aus seinem Mund. »Das war früher einmal die Auffahrt zum Haupthaus. Wird schon lang nicht mehr benutzt. Wer will da auch hin«, sagte er noch sich abwendend und zum Auto gehend. Julie hatte nicht einmal die Möglichkeit, nachzufragen, was McNab damit wohl meinte. Sie zuckte die Schultern. Inzwischen war sie die kauzige Art McNabs schon gewöhnt und wunderte sich über gar nichts mehr, was diesen Mann anging. Ohne Verabschiedung fuhr McNab davon.

»Ein komischer Kerl!«, sagte Julie zu sich selbst, ehe sie sich für einen Spaziergang ins Dorf fertigmachte. Zuvor aber wollte sie sich den Weg genauer ansehen, den Iain McNab als Auffahrt zum Haupthaus bezeichnet hatte. Nun stand die Sonne am Himmel und vielleicht würde man mehr sehen können als in der Nacht zuvor.

Der Trampelpfad war wirklich kaum zu erkennen. Nur jetzt, da Julie wusste, dass es einige wenige Laternen gab, die ihn säumten, konnte sie diesem auch folgen. Sie ging von Laterne zu Laterne voran und stand kurz darauf wieder vor diesem dichten Dornengestrüpp. Selbst bei Tageslicht konnte man dort nicht hindurchsehen. Julie hüpfte sogar ein paar Mal, um eventuell über diesen Dornenbusch blicken zu können, doch er war zu hoch. Nur einmal gelang es ihr, in einiger Entfernung so etwas wie ein Dach ausmachen zu können. Oder sie glaubte, es gesehen zu haben. Weitere Versuche misslangen.

Vorsichtig und mit spitzen Fingern schob Julie einige Zweige auf die Seite, doch auch das war sinnlos. Der Dornenbusch gab sein Geheimnis nicht preis. Seufzend wandte Julie sich ab und schlug nun den Weg zum Dorf ein.

Während sie ging, dachte sie noch einmal über die Geschehnisse der letzten Nacht nach. Vielleicht hatte sie wirklich geträumt. Ganz sicher sogar! Es gab keine andere Erklärung dafür. Julie beschloss, dieses Vorkommnis einfach dabei bewenden zu lassen. Sie konzentrierte sich wieder auf die Umgebung und gelangte nach einem kleinen Fußmarsch an den Rand des Dorfes. Sie war kaum 10 Minuten gegangen. Ihr Blick streifte das Ortsschild, welches das kleine Dorf, das nun vor ihr lag, als Salesburry bezeichnete. Darunter war der Ortsname noch einmal in Gälisch angegeben. Julie machte sich jedoch keine Mühe, diesen lesen zu wollen. Sie schritt gut gelaunt weiter, um kurz darauf vor dem kleinen Laden stehen zu bleiben, den Fiona McNab gestern noch erwähnt hatte. Er war wirklich sehr klein und Julie bezweifelte, ob sie dort auch alles bekommen würde, was sie benötigte. Fiona hatte ihr lediglich Brot für ein Frühstück, ein paar Eier und Butter sowie Käse, Milch und ein kleines Glas Honig in den Kühlschrank gestellt. Das reichte zwar für das Frühstück aus, doch wenn Julie etwas kochen wollte, musste sie noch einiges besorgen.

Zu ihrer Überraschung gab es wirklich alles in dem kleinen Geschäft. Julie wurde von einer rundlichen, kleinen Frau bedient, die sie sehr an Fiona McNab erinnerte. Es gab einen Tresen in dem Laden, hinter dem sich die Regale mit den Lebensmitteln befanden. Es war keine Selbstbedienung, was Julie nicht gewohnt war. Sie überreichte der Frau hinter dem Tresen ihre Einkaufsliste und diese trug nach und nach all das zusammen, was Julie darauf notiert hatte. Die Frau war sehr freundlich, beäugte Julie aber immer wieder höchst neugierig. Julie fühlte sich dazu genötigt, zu erklären, dass sie in Finnlay House ihren Urlaub verbringen würde, was die Frau mit einem Lächeln quittierte.

»Wir haben selten Gäste«, kommentierte sie Julies Aussage und tippte die Waren in eine altertümliche Kasse ein. »Hier ist nichts los. Zu einsam«, sprach sie weiter.

»Es gibt Menschen, die suchen genau das«, meinte Julie.

»Sicher. Aber wer verirrt sich schon hier her!«

Julie schwieg und sah zu, wie die Frau die Waren sorgfältig und ohne Eile in eine braune Papiertüte stapelte.

»So, bitteschön!«, sagte sie endlich und schob Julie die Tüte entgegen. »Dann wünsche ich Ihnen einen schönen Aufenthalt hier.«

»Den werde ich haben und danke.« Julie klemmte sich die Papiertüte unter den Arm und verließ das Geschäft. Draußen prallte sie fast mit Donnie Murdoch zusammen.

»Oh hoppla!«, lachte der, als er gerade noch Julies Einkäufe auffangen konnte. »Nicht so stürmisch!«

»Ach, Sie sind es!« Julie wischte sich eine Haarsträhne aus dem Gesicht, ehe sie die Papiertüte wieder in Empfang nahm und sich für Donnies schnelle Reaktion bedankte.

»McNab war schon bei Ihnen«, stellte Donnie mehr fest, als dass er dies fragte.

»Allerdings.« Julie schmunzelte. »Er war nicht gerade erfreut.«

»Oh, das weiß ich schon! Ich bin gerade dabei, neue Büsche zu besorgen. Macht es Ihnen was aus, wenn ich diese heute Nachmittag einsetze?«

Im Gegensatz zu McNab oder auch der Frau in dem kleinen Laden sprach Donnie ein sehr verständliches Englisch.

»Natürlich nicht. Kommen Sie, wann immer Sie wollen«, lächelte Julie.

»Das ist gut. Nicht dass Iain meinetwegen noch einen Herzinfarkt bekommt«, lachte Donnie zurück und betrat den Laden. Als er die Tür schloss, nickte er Julie noch einmal lächelnd zu.

Julie ging langsam den Weg zurück zu ihrem Feriendomizil. Dort verstaute sie alle Lebensmittel, buk sich Pancakes und machte es sich dann mit einem Buch auf der Veranda gemütlich. Sie las noch darin, als sie ein Auto vorfahren hörte. Es war McNabs Rover, aus dem jetzt aber auch Donnie ausstieg. Gemeinsam luden die beiden Männer einige Büsche aus dem Fahrzeug, ehe sich McNab ohne weitere Erklärung wieder aus dem Staub machte. Zurück blieben Donnie, die Büsche und eine Schaufel.

»Ja, dann will ich mal«, seufzte der Mann zu sich selbst sprechend.

»Hallo Donnie«, rief Julie von der Veranda dem Mann zu. Dieser sah kurz zu ihr hinüber, um sich dann gleich wieder seiner Arbeit zuzuwenden.

Die Schotten sind wirklich ein seltsames Völkchen, dachte sich Julie. Sie waren allesamt sehr wortkarg, zumindest die, die Julie bislang kennengelernt hatte. Eine Weile sah sie Donnie dabei zu, wie der die alten, durch seine Schafe abgenagten Büsche ausgrub. Schließlich ging Julie zu den Stufen der Veranda und setzte sich.

»Die Wurzeln sitzen ziemlich tief!«, hörte sie Donnie schnauben, während dieser an einem Busch zog und rüttelte.

»Möchten Sie vielleicht eine Pause machen und einen Kaffee trinken?«, schlug Julie vor. Donnie ließ sofort das Gestrüpp los und strahlte Julie an:

»Ein Kaffee wäre wirklich fantastisch!«

Julie erhob sich und brachte Donnie kurz darauf einen Becher Kaffee.

»Ich hoffe, Sie mögen ihn schwarz«, sagte sie, als sie diesen an Donnie weiterreichte.

»Ist vollkommen in Ordnung«, gab der zu verstehen, wischte sich die erdverkrusteten Hände an der Hose ab und nahm den Becher dankbar entgegen. Zusammen setzten sie sich nun auf die Verandastufen.

»Von wo genau kommen Sie eigentlich?«, fing Donnie das Gespräch an.

»Amerika«, antwortete Julie.

»Und von wo da?«

»New York.«

»Oh, wow! Kein Wunder suchen Sie die Einsamkeit!«

Julie antwortete nicht. Sie lächelte nur. Warum sollte sie diesem fremden Mann von dem wahren Grund ihrer Reise, ihrer Scheidung, erzählen. Stattdessen fragte sie:

»Sind Sie verheiratet?«

Donnie schüttelte nur den Kopf, ehe er mit einer Gegenfrage antwortete: »Warum wollen Sie das wissen?«

»Nur so«, meinte Julie und versuchte, sehr gleichgültig zu wirken. Es war eben nicht nur so! Ihr Blick huschte zu dem Mann, der neben ihr auf den Verandastufen saß und sie musste sich eingestehen, dass er gar nicht so übel aussah. Zumindest, wenn er nicht in den Schäfermantel gehüllt war. Er war schlank und durchtrainiert, soweit man das unter dem karierten Hemd erkennen konnte. Er war kräftig und heute Nachmittag auch endlich einmal rasiert. Julie schmunzelte, als sie daran dachte, Donnie könnte sich wegen ihr mit seinem Äußeren ein wenig mehr Mühe gegeben haben. Ihre Blicke begegneten sich und Julie starrte etwas zu lange in Donnies braune Augen. So lange, bis sie sich mit hochrotem Kopf abwenden musste.

»Ja, ich mach dann mal weiter«, rettete Donnie die Situation. Er stellte den leeren Becher neben Julie auf die Veranda, erhob sich und griff erneut zur Schaufel, um auch die letzten, malträtierten Büsche aus dem Boden zu holen.

Julie beobachtete ihn weiterhin mit verstohlenen Blicken. Trotz seines Alters, er mochte wohl so Mitte 40 sein, wirkte er recht anziehend auf sie. Hin und wieder begegneten sich ihre Blicke und Julie musste sich dann schnell abwenden, damit er nicht sehen konnte, dass sie rot anlief.

Donnie fing inzwischen an, die neuen Büsche einzugraben und Julie hielt es für eine gute Idee, die alte Zinngießkanne, die neben der Haustür stand, mit Wasser zu füllen.

Sobald Donnie einen Busch eingepflanzt hatte, goss Julie diesen ein.

»Teamwork«, kommentierte Donnie Julies Tun.

Sie lächelte nur.

Nachdem alle abgenagten Büsche gegen neue ersetzt worden waren, saßen Julie und Donnie wieder auf der Veranda. Julie nutzte die Gelegenheit, Donnie noch etwas auszufragen:

»Sind Sie gebürtig von hier?«

»Nein, zugezogen!«, antwortete Donnie knapp.

»Und wie lange wohnen Sie schon hier?«

»Eine halbe Ewigkeit. Eigentlich, seit ich denken kann.«

Nun endlich wagte Julie es, Donnie nach dem Trampelpfad und dem, was sich hinter dem Dornengestrüpp befand, auszufragen. Nur, weil sie es wissen wollte. Mehr nicht, – so redete sie sich zumindest ein. Insgeheim aber musste sie sich eingestehen, dass ihr die Ereignisse der vergangenen Nacht immer noch keine Ruhe ließen und sie eben doch sehr neugierig war. Aus McNab würde sie nichts herausbekommen. Vielleicht war Donnie ja gesprächiger?

»Dann kennen Sie die Gegend ja schon länger«, begann Julie vorsichtig.

»So kann man sagen«, antwortete Donnie und blinzelte gegen die bereits tief stehende Sonne.

»Kennen Sie dieses Haus hier auch noch aus den Tagen, bevor alles drum herum mit Dornen zugewachsen war?«, wagte Julie nun den Vorstoß. Donnie sah sie lange an, ehe er sagte:

»Ja. Das heißt nicht wirklich, aber ich weiß eben, was man sich so erzählt.«

»Und was erzählt man sich denn so?«, fragte Julie weiter und blickte Donnie dabei aufmerksam an.

»Wieso fragen Sie?« Donnie wirkte skeptisch. »Gibt's irgendetwas, das ich wissen sollte?«

»Nein, – wirklich nicht. Ich frage einfach nur so. Aus Interesse.«

»Aus Interesse.« Donnie riss einen Grashalm ab und drehte diesen in seinen Händen. Er schwieg eine ganze Weile, ehe er Julie wieder ansah und grinste:

»Man erzählt sich im Dorf, es würde hier spuken. Deswegen frag ich.«

»Spuken!«, Julie lachte gekünstelt auf, was ihr im Hinblick auf die letzte Nacht nicht leicht fiel. Sie bekam eine Gänsehaut, so als habe ein eiskalter Windhauch sie gestreift.

»Ja, was die alten Leutchen im Dorf eben erfinden, wenn die Abende lang sind«, meinte Donnie und warf den Grashalm fort.

»Sie müssten mal im Pub sein, wenn McNab und seinesgleichen wieder anfangen, ihre Geschichten zu erzählen«, lachte Donnie, ehe er etwas ernster fragte: »Sie glauben doch nicht an so einen Unsinn, oder?«

Julie sah zu lange in Donnies braune Augen und antwortete etwas zu übertrieben laut:

»Ich? Auf keinen Fall! Solche Dinge lassen sich immer vollkommen rational erklären!«

Donnie nickte bestätigend und murmelte:

»Sag ich auch immer.«

»Was, äh – was erzählt McNab denn so?«, versuchte Julie nun doch, noch mehr aus Donnie Murdoch herauszubekommen.

»Ach, Kinderkram. Nichts, worüber man sich den Kopf zerbrechen müsste«, murmelte Donnie als habe er es leid, von Julie deswegen ausgefragt zu werden.

Julie schwieg betreten. Sie spürte, dass Donnie nichts weiter dazu sagen würde.

»Schade«, dachte sie, ließ es aber dabei bewenden. Sie war sich sicher, dass es bestimmt bald eine weitere Gelegenheit geben würde, Donnie auszufragen. Dabei wusste sie noch nicht einmal, ob und was sie zu diesem Thema noch an Fragen stellen wollte. Lediglich, dass es hinter all dem, was sie erlebt hatte und was vielleicht im Dorf erzählt wurde, eine Verbindung geben könnte, das vermutete sie. Sie würde es schon herausfinden.

»Vielleicht haben die Geschichtenerzähler im Dorf mir ja einen Streich gespielt«, dachte Julie und erschrak, als sie bemerkte, dass Donnie sie sehr aufmerksam beobachtete.

»Denken Sie nicht drüber nach, Julie«, sagte er sehr eindringlich. »Das ist alles nur dummes Gerede!« Er sprach zu Julie so, als ahnte er, dass es doch etwas gab, was Julie nicht erzählt hatte. Julie senkte den Blick und versuchte ein Lächeln, das aber ziemlich verunglückte.

»Julie?«, fragte Donnie nun und musterte sie noch intensiver. »Ist was?«

»Nein, – ich meine ja. Ach, ich weiß auch nicht! Sicher nur ein Zufall oder so!«, versuchte Julie, sich zu retten. Doch je mehr sie sagte, umso neugieriger wurde Donnie und das merkte sie auch.

»Also ist doch etwas vorgefallen«, sagte Donnie bestätigend zu sich selbst. Julie fühlte sich unwohl unter seinem forschenden Blick und so begann sie zu berichten, was sich gestern zugetragen hatte. Als sie endete, fragte sie sich, warum sie ausgerechnet Donnie das alles erzählte. Weil er der Einzige war, der ihr Glauben schenkte? Ausgerechnet er, der vorhin noch das Gerede im Pub als dummes Geschwätz hingestellt hatte?

»Aber wie du schon sagtest«, plapperte Julie drauf los und merkte nicht einmal, dass sie weitaus vertrauter zu Donnie sprach, als eben noch, »das ist alles bestimmt ganz einfach zu erklären, wenn man sich die Mühe macht, eine solche Erklärung zu finden.«

Donnie schwieg und riss stattdessen erneut einen Grashalm heraus.

»Oder denkst du vielleicht, dass ich das nicht geträumt

habe?«, fragte Julie lachend.

»Hm«, machte Donnie und das war zunächst das Einzige, was er auf Julies Äußerung hin antwortete. Nach einer ganzen Weile fuhr er fort:

»Du magst ja Recht haben. Ganz sicher gibt es eine Erklärung dafür, dass im Haus plötzlich alle Lichter brannten. Vielleicht hat Fiona die Schalter ausprobiert und nicht wieder zurückgestellt. Vielleicht!«

»Das könnte möglich sein«, sagte Julie mehr zu sich selbst. Donnie aber sprach weiter, ohne ihren Satz gehört zu haben:

»Das erklärt aber nicht, warum du die Lichter nicht ausmachen konntest. Und warum der Stromzähler sich nicht drehte!«

Julie schwieg.

»Und dann die Laternen, die den Weg zum Tor markiert haben sollen«, seufzte Donnie und stand auf.

»Was ist mit denen? Warum sagst du das so, als wäre das beinahe unmöglich, dass sie geleuchtet haben?«

Donnie sah Julie lange an, ehe er sagte:

»Das sind uralte Gaslaternen! Die funktionieren nicht mit Strom! Die muss man manuell anzünden.«

KAPITEL 7

Es dauerte eine Weile, bis Julie begriff, was Donnie soeben gesagt hatte.

»Manuell?«, fragte sie nach.

»Genau«, antwortete Donnie und stemmte die Hände in die Hüften.

»Woher willst du das wissen?« Julie sah den Mann vor sich nun sehr aufmerksam an.

»Vor einigen Jahren wurde schon mal versucht, das Pförtnerhaus hier zu verkaufen. Der damalige Besitzer wollte, dass auch wirklich alles funktionierte. Zu guter Letzt waren nur noch die Laternen übrig, von denen wir gerade sprachen. Ich sollte sie entweder entfernen oder für den ersten Besichtigungstermin, der an einem Abend stattfand, zum Leuchten bringen. Daher weiß ich das.«

Julie stand nun ebenfalls auf.

»Wurde das Haus verkauft?«, fragte sie.

»Nein«, antwortete Donnie knapp.

»Aha. Ich dachte, es gehört Iain McNab«, meinte Julie.

Donnie sah sie lächelnd an und sagte:

»Iain ist nur Verwalter!«

»Und wem genau gehört es dann?«, bohrte Julie weiter. Donnie gab keine Antwort. Er drehte sich auf dem Absatz um, griff nach der Schaufel, nahm diese über die Schulter und meinte:

»Ich muss los. Meine Tiere warten sicher schon auf mich, wenn sie nicht wieder ausgebrochen sind.«

»Gut. Dann bis die Tage«, sagte Julie und machte sich nicht die Mühe, ihre Enttäuschung über Donnies Aufbruch zu verbergen.

»Man sieht sich«, grüßte Donnie zurück und ging in Richtung des Dorfes. Julie blieb mit all ihren Fragen zurück.

Der Wind frischte auf und Julie beschloss, ins Haus zu gehen. Es war erst Frühjahr und empfindlich kalt, wenn die Sonne erst einmal hinter den sanften Hügeln jenseits des Dorfes verschwunden war.

Während sie sich einen Tee aufbrühte, dachte sie über all das nach, was Donnie ihr erzählt hatte.

»Gaslaternen«, sagte sie dabei laut, »so etwas gibt es doch gar nicht mehr, oder?«

Mit ihrem Tee und dem Buch machte sie es sich im Wohnzimmer bequem. Sie versuchte, zu lesen. Allerdings konnte sie sich nicht mehr auf das konzentrieren, was da geschrieben stand. Vor ihrem geistigen Auge tauchte immer wieder Donnie auf und das so oft, bis Julie sich schließlich eingestand, dass sie ihn sehr anziehend fand, wenn er nicht gerade in seinen Schäferklamotten auftauchte. Sie mochte ihn und seine direkte Art und sie fragte sich, wie es sein konnte, dass er noch nicht verheiratet war. Daraufhin wanderten ihre Gedanken zu den Menschen, die sie hier inzwischen kennengelernt hatte und sie lachte. Wenn alle Frauen hier so bieder waren wie Fiona und die Frau aus dem Laden, dann war es kein Wunder, dass Donnie Murdoch immer noch als Junggeselle unterwegs war! Das Dorf war sehr klein und bot sicher nicht genügend Auswahl an Frauen für einen Mann wie Donnie.

Oh Gott, was dachte Julie da nur? Es ging sie doch überhaupt nichts an, wer hier mit wem zusammen war! Sie verbrachte hier nur ihren Urlaub und mehr nicht! Und doch ertappte sie sich Mal um Mal dabei, dass sie lächelte, wenn sie an Donnie Murdoch dachte.

Der Wind nahm weiter zu. Zunächst hatte Julie daran gedacht, heute Abend das Pub einmal aufzusuchen, von dem Donnie gesprochen hatte. Doch als es immer stürmischer wurde, ließ sie den Gedanken fallen. Der Wind rüttelte heftig an den Fensterläden und der Tür. Julie hatte inzwischen alle Fensterläden geschlossen und doch fühlte sie sich unsicher in dem Haus. Es klapperte und schepperte um das Haus herum. Julie verkroch sich tief in die Falten des wuchtigen Sofas, als schließlich auch Blitze vom Himmel zuckten. Keine fünf Minuten später fing es an, wie aus Eimern zu regnen.

Das Donnergrollen hörte sich hier so anders an als in New York. Es hallte lange nach. Julie stand auf und ging in die Küche. Sie nahm vorsorglich die Streichhölzer in die Hand, die sie wieder in die Schublade gelegt hatte. Wer wusste schon, ob bei diesem Unwetter nicht der Strom ausfallen würde?

Gerade, als sie in das Wohnzimmer wollte, hörte sie ein ungestümes Klopfen an der Tür.

Sie erschrak zutiefst! Wer wagte sich denn bei so einem Unwetter hinaus? Julie ging zur Tür und fragte gegen das Heulen des Sturmes an:

»Wer ist denn da?«

»Ich bin es, Donnie! Nun mach schon auf, bevor ich Schwimmhäute bekomme!«, hörte Julie Donnie rufen.

Sie drehte den Schlüssel und musste sich gegen die Tür stemmen, um diese auf zu bekommen, so sehr drückte der Sturm dagegen.

Als sie die Tür einen Spalt offen hatte, glitt Donnie in den Hausflur. Er war tropfnass!

Julie schloss die Tür sofort wieder und verriegelte sie.

»Na du siehst ja aus«, kommentierte sie Donnies Erscheinung. Das Wasser tropfte ihm aus den Haaren, der Jacke und sogar aus den Ärmeln!

»Hat mich eiskalt erwischt«, sagte er und schüttelte sich, wie ein nasser Hund. Julie beeilte sich, ihm ein Handtuch zu reichen. Donnie schälte sich aus seiner nassen Jacke und rubbelte sich das Haar trocken.

»Das ist hier oft so«, sagte er dabei. »Innerhalb von Minuten schlägt das Wetter um. Ich war gerade noch im Stall, als der Sturm anfing! Ins Dorf zu laufen wäre zu weit gewesen. Also bin ich hier hergekommen.«

»Schon in Ordnung«, meinte Julie. Sie war sogar froh, dass Donnie hier war. Der Wind und das Gewitter machten ihr doch ein wenig Angst.

»Möchtest du einen heißen Tee? Ich hab noch welchen«, fragte sie und Donnie antwortete:

»Gerne!«

Während sie den Tee holte, fragte sie sich, was Donnie wohl gemacht hätte, wenn sie nicht da gewesen wäre. Dann, so sagte sie sich, wäre er sicher im Stall geblieben. Und wieder drängte sich die Frage auf: Warum war er nicht gleich dort geblieben, sondern hatte den Weg zu diesem Haus auf sich genommen und riskiert, vollkommen durchnässt zu werden? Weil er sie, Julie, auch gerne mochte?

Julie schüttelte den Kopf, als könne sie dadurch diese Gedanken loswerden. Sie ging voraus ins Wohnzimmer und bat Donnie, ihr zu folgen.

»Um Himmels willen, besser nicht«, meinte der und sah an sich herunter. »Ich tropfe doch alles voll!«

»Dann gehen wir in die Küche!«, entschied Julie.

Damit war Donnie einverstanden. Wenig später saßen sie am Küchentisch. Der Sturm schien noch zugenommen zu haben und Julie war mehr als nur froh, nicht allein sein zu müssen. Es war ihr egal, welche Beweggründe Donnie gehabt haben mochte, hier her zu kommen. Er war da und das allein zählte. Außerdem machte Julie sich Hoffnung, doch noch etwas mehr über dieses Haus und dem, was jenseits des Dornengestrüpps lag, aus Donnie herauszubekommen. Diesmal wollte sie dabei aber sehr vorsichtig vorgehen.

»Ganz schön heftig«, kommentierte sie das Unwetter, das draußen tobte.

»Normal«, antwortete Donnie. Er schien dieses Brausen

und Tosen gewohnt zu sein.

»Ich finde schon, dass das ganz schön heftig tobt, da draußen«, gab Julie zu verstehen.

»Ist wohl in New York nicht so, wenn es gewittert?«, fragte Donnie und man merkte ihm ein wenig Sarkasmus an, als er die Frage stellte.

»Nein, beileibe nicht«, antwortete Julie.

»Wenn es sich hier erst einmal festgesetzt hat, kann das die ganze Nacht so weitermachen da draußen!«, meinte Donnie und lächelte schief.

»Die ganze Nacht?«, fragte Julie erschrocken und im Stillen dachte sie daran, dass Donnie unmöglich die ganze Nacht bei ihr bleiben konnte! Wo sollte er schlafen? Auf dem Sofa?

»Jep«, machte er. »Die ganze Nacht!«

»Wohnst du im Dorf?«, wollte Julie wissen.

»Nein, außerhalb. Ein ganzes Stück hinter dem Dorf, von hier aus gesehen.«

»Oh!« Damit war wohl klar, dass Donnie hier bleiben musste, solange das Unwetter noch tobte. Gut, dann war es so und Julie war nicht alleine. Das sollte sie doch ein wenig trösten. Zumindest verstand sie, warum Donnie hier aufgetaucht war. Es war nicht wegen ihr! Das Haus lag einfach näher am Stall als das Dorf oder Donnies eigenes Zuhause! Ein wenig entmutigte sie das schon. Sie hatte sich wirklich eingebildet, dass er ihretwegen hier aufgetaucht war.

Noch bevor Julie diese Gedanken zu Ende denken konnte, klopfte es wie wild an der Tür. Julie sprang auf und starrte auf Donnie, der nur die Schultern hob.

»Keine Ahnung, wer das sein könnte!«, sagte er dabei.

»Vielleicht jemand, der ebenfalls wie du Schutz vor dem Wetter sucht?«, fragte Julie und öffnete kurz darauf die Tür. Es war McNab, der sich durch den schmalen Spalt, den Julie die Tür geöffnet hatte, in den Flur zwängte.

»Ich wollte nur nach Ihnen sehen«, sagte er atemlos, als

sei er die ganze Strecke vom Dorf bis hierher gerannt.

»Mir geht es gut«, antwortete Julie lächelnd. McNab sah nun auch Donnie in der Küche sitzen und sein Gesicht schien zu erstarren. Für einen Moment sah es so aus, als wollte er sich auf Donnie stürzen.

»Ah, Sie haben ja schon jemanden, der auf Sie aufpasst«, sagte McNab trocken und blickte Julie an.

»Ich brauche niemanden, der auf mich aufpasst. Donnie ist nur in das Unwetter geraten –«

»Ja, verstehe!«

Wieso versuchte Julie, Donnies Anwesenheit zu entschuldigen? Das ging McNab doch überhaupt nichts an?

»Ja, dann gehe ich wohl wieder«, meinte der und sah fragend in Julies Augen.

»Sehr lieb von Ihnen, dass Sie sich Sorgen gemacht haben. Aber es ist alles in Ordnung«, bestätigte Julie noch einmal höflich lächelnd.

»OK!« McNab sah auf seine Füße, ehe er noch einmal »OK« sagte und wieder verschwand. Julie schloss die Tür und begab sich wieder in die Küche, wo Donnie immer noch am Küchentisch saß. Er grinste breit.

»Was?«, fragte Julie, da sie annahm, dass das Grinsen ihr galt.

»Das wird ihm zu denken geben«, antwortete Donnie.

»Wem?«

»Iain.«

»Und was?«

»Na, dass ich hier bin.«

»Das ist doch nichts Ungewöhnliches, wenn draußen so ein Wetter ist?«

»Ist es nicht. Aber – ach, egal.« Donnie spielte mit seinem Teelöffel. Julie fand, dass das nicht egal wäre. Sie hatte aber auch keine Lust, Donnie ständig jeden Gedanken aus der Nase ziehen zu müssen. Wenn er nicht reden wollte, dann sollte er es eben lassen!

»Möchtest du ein paar Eier?«, fragte sie stattdessen, weil auch sie inzwischen Hunger verspürte.

»Ja, klar, gerne!«, kam die Antwort.

Julie machte sich am Herd zu schaffen und dachte noch darüber nach, wieso McNab bei diesem Sturm noch extra zu ihr heraus gefahren war. Sicher, weil Fiona ihn geschickt hatte. Ganz bestimmt sogar! Julie war sich sicher, dass es Iain McNab ziemlich egal war, was sie hier draußen tat und was nicht. Doch dass er Donnie hier angetroffen hatte, schien ihm nicht sonderlich behagt zu haben und offensichtlich machte es Donnie Spaß, dass Iain ihn hier gesehen hatte. Was war da nur zwischen den beiden? Julie hatte das Gefühl, dass einer dem anderen nicht über den Weg traute.

Julie stellte einen Teller mit Rührei vor Donnie hin.

»Ihr mögt euch wohl nicht sonderlich?«, fragte sie dabei.

»Wer?«, kam die Gegenfrage von Donnie.

»Du und McNab«, antwortete Julie.

»Ach was«, gab Donnie zwischen zwei Bissen zu verstehen. Er schien mächtigen Hunger zu haben. »Das sieht nur so aus«, sagte er und biss herzhaft in eine Scheibe Brot.

»Dann ist ja gut. Es hatte auf mich nur den Anschein gemacht, dass er ziemlich überrascht war, dich hier zu sehen.«

»Möglich.« Donnie kaute genüsslich und zeigte mit der Gabel auf das Rührei: »Ziemlich gut!«, gab er zu verstehen.

»Danke.« Julie setzte sich. Es brannte ihr auf der Zunge Donnie zu fragen, was er zu tun gedachte, sollte das Gewitter sich nicht verziehen. Doch sie fragte nicht. Es war eine ganze Weile still in der Küche.

»Wenn das nicht besser wird da draußen, muss ich wohl auf deinem Sofa schlafen«, hörte Julie Donnie sagen. »Es sei denn, du schmeißt mich raus!«

»Bei dem Wetter schmeiß ich niemanden raus!«, konterte Julie. Immerhin wusste sie nun, was Donnie vorschwebte.

»Du wirst gar nicht merken, dass ich da bin«, versprach der und schob den leeren Teller von sich fort.

Julie schwieg zunächst, lenkte dann aber ein, indem sie sagte: »Gut, Donnie Murdoch. Unter einer Bedingung!«

»Und die wäre?«

»Du erzählst mir, was man sich im Dorf so erzählt über Finnlay House!« Julies Blick war auf Donnie gerichtet, um jede seiner Reaktionen auf das von ihr gesagte einzufangen. Donnie lehnte sich zurück, starrte auf den leeren Teller und suchte schließlich Julies Augen. Für einen Moment glaubte Julie, etwas sehr trauriges in seinen Augen zu erkennen. Etwas, das ihn nachdenklich wirken ließ. Sie hatte wieder das Gefühl, als streife sie ein eiskalter Luftzug, bevor Donnie sagte:

»Ich würde dir gern berichten, aber ich weiß nicht, was!«

»Na, das, was halt im Dorf so geredet wird. Von Geistern und dass es hier spuken soll!« Julie versuchte, belustigt auszusehen. Donnie kaufte ihr das offensichtlich nicht ab.

Er sah auf seine Hände und meinte dann:

»Tja, das sind eben Ammenmärchen. Zum größten Teil erfindet man die, um die Jugend davon abzuhalten, das Haupthaus zu stürmen. Angstmache, verstehst du?«

»Also gibt es doch einen Weg dort hinein?«

»Nein, gibt es nicht. Zumindest weiß ich keinen. Meine Schafe hätten den schon längst gefunden, wenn es einen gäbe.«

»Deine Schafe.« Julie stand auf und setzte die Kaffeemaschine in Gang. Sie spürte, dass sie diese Nacht nicht so bald würde schlafen können.

»Die finden jede undichte Stelle«, lächelte Donnie.

»Gut. Also, man kommt nicht hinein. Das verstehe ich ja

nun. Aber, was erzählt man sich?«

»Wirklich, Julie! Das sind Kindergeschichten. Du weißt genauso wie ich, dass an solchen Spukgeschichten wenig Wahres ist.« Jetzt war Donnie aufgestanden und zum Fenster gegangen, das sich direkt über dem Spültisch befand. Er stützte sich dort auf und es sah so aus, als würde er aus dem Fenster hinaussehen. Allerdings war da der Fensterladen davor.

»Ich liebe Gruselgeschichten«, versuchte Julie, einzulenken.

»Humbug!«, meinte Donnie und setzte sich wieder.

»OK, dann nicht«, seufzte Julie. Donnie nickte zufrieden. Julie erhob sich und ging in das Wohnzimmer. Sie schaltete den Fernseher ein. Trotz der heftigen Böen funktionierte dieser. Donnie war ihr gefolgt und zusammen sahen sie nun die Nachrichten an. Dort berichtete man über den Sturm, der Salesburry und die Gegend drum herum heimsuchte und man sagte auch, dass es keine Wetterbesserung vor dem nächsten Morgen geben sollte. Julie freundete sich mit dem Gedanken an, dass sie einen Übernachtungsgast beherbergen würde. Wenn sie nach draußen lauschte, war ihr das sogar recht. Es gab ihr ein Gefühl von Sicherheit, Donnie hier zu wissen.

»So einen Sturm gab es hier schon lange nicht mehr«, meinte Donnie, indem er es sich auf den Sessel bequem machte. »Früher gab es die hin und wieder. So wie jetzt. Im Frühjahr«, fuhr er fort.

»Dann ist es also gar nicht so ungewöhnlich?«, fragte Julie.

»Nein, nicht wirklich. Wie gesagt, es ist nur schon eine Weile her seit dem letzten Sturm.«

»Und wann war der?«

»Das weiß ich nicht mehr genau. Da müsstest du Iain fragen. Es mag vielleicht zwei oder drei Jahre her sein. Vielleicht mehr, vielleicht weniger.«

Julie wunderte sich ein wenig, dass Donnie sich an so ein Wetterphänomen nicht erinnern konnte, zumal er mit seinen Schafen ja auf Grund einer Sturmwarnung den Stall aufsuchen musste.

»Hast du gewusst, dass der Sturm kommt?«, fragte sie.

»Man hat im Radio gewarnt«, antwortete Donnie knapp. »Da dachte ich, dass es besser wäre, die Tiere in den Stall zu bringen. Und auf dem Rückweg hat es mich dann erwischt!«

»Sind sie denn sicher im Stall?«

»Die Schafe? Wie in Abrahams Schoß!« Donnie lächelte. Julie lag für einen Moment die Frage auf der Zunge, warum er dann nicht auch dort geblieben wäre, doch sie schluckte diese Frage herunter. Im Grunde war sie froh, nicht allein zu sein. Die Geräusche um das Haus herum waren so laut und ungewohnt, dass sie nicht daran denken mochte, dass Donnie hätte bei den Schafen bleiben können. Nein, es war gut, dass er da war!

Julie entspannte sich ein wenig und sah Donnie dabei zu, wie der versuchte, im Kamin ein Feuer in Gang zu bringen. Schließlich loderte es auf und Donnie ließ sich wieder in den Sessel sinken. Seine Augen waren noch auf das Feuer gerichtet und Julie konnte ihren Blick lange auf ihm ruhen lassen. Wieder einmal stellte sie fest, dass Donnie, wenn er rasiert war, ein recht anziehend wirkendes Gesicht hatte. Julie mochte seine Augen und die Art, wie er lächelte.

Schnell wandte sie den Blick von ihm ab und starrte, genau wie er, in die Flamme im Kamin. Man hörte nichts außer den Windböen um das Haus herum, das Klappern der Fensterläden und hin und wieder ein Donnergrollen. Der Sturm tobte nun schon mehr als eine Stunde und hatte nichts an Intensität verloren. Es war offenbar wirklich so, wie Donnie gesagt hatte: Der Sturm hatte sich in diesem Tal festgesetzt und tobte sich aus.

Es war inzwischen schon fast Mitternacht. Julie seufzte und erhob sich, um Donnie Kissen und eine Decke für die Nacht zu bringen. Dieser saß immer noch in dem Sessel gegenüber dem Kamin und starrte in die Flammen.

Gerade als Julie mit der Decke und dem Kissen auf dem Arm wieder im Wohnzimmer erschien, knallte es draußen fürchterlich. Vor Schreck ließ Julie alles auf den Boden fallen und sie und Donnie starrten sich an.

»Da hat es eingeschlagen!«, meinte Donnie und erhob sich rasch. »Das war nicht weit von hier. Ich muss nachsehen!«

»Du kannst doch nicht raus bei dem Wetter!«, gab Julie zu bedenken.

»Keine Angst, ich geh nicht weit vom Haus weg. Ich will nur nachsehen, ob man irgendwo was erkennen kann!«

Julie war es ganz und gar nicht recht, dass Donnie in den Regen hinaus wollte. Ihr fiel aber auch nichts ein, was ihn hätte daran hindern können. So blieb ihr nur, ihm nachzusehen, als er sich durch einen schmalen Spalt an Julie vorbei ins Freie drängte und dann in der Nacht verschwand. Julies Augen suchten die Gegend ab, sobald ein Blitz diese erhellte, doch sie konnte Donnie nicht ausmachen. Nach einer Weile rief sie seinen Namen doch es war, als würde der Sturm dieses Rufen einfach aufsaugen. Jetzt bekam sie es doch mit der Angst zu tun. Was, wenn ihm etwas passiert war?

Julie stieg hastig in ihre Gummistiefel und angelte nach der Taschenlampe, die auf der Kommode im Flur lag. Ihr Herz schlug hart gegen ihre Rippen aber sie musste nachsehen, wo Donnie so lange blieb. In eine Wachsjacke gehüllt ging sie nach draußen. Der Wind riss und zerrte an ihr. Sie ging zunächst in die Richtung, in die Donnie verschwunden war. Doch nichts war von ihm zu sehen. Auch Julies Rufe verhallten ungehört. Sie ging zurück und schlug den Weg zum See ein. Vielleicht war Donnie ja da entlang gelaufen? Sie ging langsam, musste ein oder zwei Mal über abgebrochene Äste klettern. Sie rief Donnies Namen, ohne eine Antwort zu erhalten. Er würde sie in diesem Tumult nicht hören können. Das Tosen des Windes war inzwischen so laut, dass Julies Rufe wie ein Flüstern klangen. Starke Windböen rissen ihre Worte von ihren Lippen, noch ehe sie diese mit Klang unterlegen konnte.

Julie drehte um. Sie wollte zurück zum Haus. Vielleicht war Donnie inzwischen dort und suchte sie bereits? Ganz bestimmt! Im schwachen Schein der Taschenlampe tanzten Regentropfen und wirbelten Blätter. Julie konnte den Weg kaum ausmachen und blickte auf, um sich eventuell an Bäumen zu orientieren. Sie war in etwa auf der Höhe des Steges, der in den See hinein führte und vor dem Fiona McNab sie so eindringlich gewarnt hatte. Julie stockte der Atem: An der Spitze des Steges stand ein Kind! Ein Mädchen! Der Sturm zerrte an ihrem Kleid und zerzauste ihr Haar. Das Mädchen sah stur geradeaus.

Julie schrie aus Leibeskräften! Wusste das dumme, kleine Ding denn nicht, dass der Steg morsch war? Julies Rufe erreichten das Mädchen nicht. Es stand weiter einfach nur da und sah gerade aus, als würde es etwas unfassbar Schönes in den tosenden Wellen des Sees entdeckt haben. Julies Herz schlug heftig. Kümmerte es denn niemanden, dass dieses Kind auf dem alten Steg stand? Wurde es denn von niemandem vermisst?

Sie hatte keine blasse Ahnung, was sie tun sollte. Sie wusste nur eines: Sie musste dem kleinen Mädchen helfen. Es warnen! Egal wie! Da ihre Rufe im tosenden Wind untergingen, setzte Julie nun vorsichtig einen Fuß auf die morschen Planken des Stegs. Es knarrte, doch das Holz trug sie. Nun folgte der andere Fuß. Julie wurde fast schwindelig vor Angst. Zwischen den einzelnen Brettern des Steges konnte sie die Schaumkronen des sich aufbäumenden Wassers erkennen. Was ihr aber noch mehr Angst machte, war der Gedanke, das kleine Mädchen nicht erreichen zu können und es vom Steg herunter zu holen.

Julie tastete sich weiter voran. Abwechselnd rufend und lauschend. Das Mädchen stand mit dem Rücken zu ihr und starr wie eine Puppe. Was in drei Teufels Namen hatte sie nur hier draußen zu suchen?

Julie glitt auf den morschen und mit Algen überwucherten Planken immer wieder aus. Es war die pure Verzweiflung, die sie nach vorn trieb, hin zu dem kleinen Mädchen! Sie machte sich keine Gedanken darüber, dass sie den gleichen Weg über die morschen Bohlen ja wieder zurückgehen musste. Sie musste das Kind erreichen, bevor noch etwas passieren würde!

Hatte nicht gerade jemand ihren Namen gerufen? Julie rief nach Donnie. So laut sie konnte schrie sie gegen den Wind an und tastete sich weiter vorwärts. Dann konnte sie eine gelbe Regenjacke am Ufer ausmachen und jemand ruderte wie wild mit den Armen. Mehr sah Julie nicht, denn das Holz gab unter ihren Füßen nach und sie stürzte in das eiskalte Wasser.

Sie wusste nicht, wie weit sie schon vom Ufer weg gewesen war. Alles was sie nun tat, war rudern. Mit den Armen, mit den Beinen. Es wollte ihr nicht gelingen, an die Oberfläche des Sees zurückzukommen. Sie konnte nicht atmen, versuchte wild strampelnd nach oben zu gelangen. Noch hatte sie Kraft. Noch konnte sie sich gegen den drohenden Tod wehren. Doch ihre Kräfte schwanden sehr schnell. Ihre Bewegungen im Wasser wurden schwächer und fahriger. Sie trieb nach oben, japste nach Luft, um gleich darauf wieder unterzugehen. Es war, als zögen sie mächtige Arme nach unten, warfen sie wieder an die Oberfläche zum kurzen Atem schöpfen, um sie dann wieder nach unten zu ziehen. Ihre Kräfte schwanden so wie ihre Sinne. Sie merkte nicht, wie starke Arme nach ihr griffen und sie ziemlich unsanft über die Reling eines Bootes zogen. Sie merkte auch nicht, dass jemand mit aller Gewalt versuchte, sie zum Atmen zu bringen und ihr zu helfen, dass sie das Wasser aus ihrer Lunge hustete.

KAPITEL 8

Als Julie wieder zu sich kam, lehnte sie gegen Donnie Murdochs Brust. Sie befand sich in einem kleinen Ruderboot, das durch den Wind heftig hin und her geworfen wurde.

»Bist du von allen guten Geistern verlassen?«, rief Donnie gegen den Sturm an. In diesem Moment fiel Julie das kleine Mädchen wieder ein.

»Da war ein Kind auf dem Steg!«, rief sie Donnie zu. Der senkte den Kopf um sie besser verstehen zu können und als Julie den Satz wiederholt hatte, sah er auf und schüttelte den Kopf:

»Da war keine Menschenseele. Nur du!«, schrie er.

»Da war ein kleines Mädchen!«

»Verdammt, da war niemand! Hat McNab dich nicht vor dem alten Steg gewarnt?«

Julie schwieg. Durch das Schwanken des Bootes wurde ihr leicht übel. Donnie ließ sie nun los und setzte sich an die Ruder. Es kam Julie fast kindisch vor, mit einfachen Rudern das Boot zurück zum Ufer bringen zu wollen. Doch Donnie kämpfte sich mühsam und tapfer voran, bis der Sand unter dem Bug des Bootes knirschte. Ziemlich unsanft zog er daraufhin Julie aus dem Boot und schleppte sie zum Haus zurück.

Als Donnie und Julie endlich im trockenen Flur standen, schwanden Julies Kräfte und sie wurde ohnmächtig.

Ihre Sinne kehrten nur zögernd zurück. Sie spürte Wärme, hörte, wie jemand mit ihr sprach, und wollte die Augen öffnen, was ihr nur mühsam gelang. Ihr Blick verfing sich in Donnie Murdochs braunen Augen. Er lächelte:

»Da bist du ja wieder!«

»Hey«, machte sie, um gleich darauf heftig zu husten.

»Du hattest eine Menge Wasser geschluckt«, meinte Donnie und half ihr, sich ein wenig aufzusetzen. Er hatte sie auf das Sofa gebettet. Wie sie in ihren Bademantel kam, wollte Julie lieber nicht wissen. Sie war froh, dass Donnie sie noch gefunden und gerettet hatte!

Er setzte ihr vorsichtig eine Tasse an die Lippen.

»Tee«, sagte er. »Achtung, der ist heiß!«

Julie trank in kleinen Schlucken, um dann wieder völlig kraftlos in die Kissen zu sinken.

Schließlich kam ihr das Mädchen wieder in den Sinn.

»Hast du denn das Kind nicht gesehen?«, fragte sie Donnie und wunderte sich, wie rau ihre Stimme klang. Das kam sicher von dem Salzwasser, das sie geschluckt hatte.

»Da war kein Kind«, meinte Donnie. »Da warst nur du, sonst niemand!«

Julie schüttelte den Kopf:

»Vorn auf dem Steg stand ein kleines Mädchen! Ich wollte es warnen, es vom Steg herunter holen!«

»Da war niemand!«, wiederholte Donnie und betonte jede einzelne Silbe, als sei Julie schwer von Begriff.

»Ich weiß doch, was ich gesehen habe!«, protestierte sie.

»Und ich weiß, was ich gesehen habe! Da warst nur du, sonst niemand. Keine Menschenseele! Wie kann man nur so dumm sein, bei so einem Wetter auf diesen morschen Steg zu gehen! Du kannst von Glück reden, dass ich dich gesehen habe!«

Julie schwieg beeindruckt von Donnies Redeschwall. Der sonst eigentlich ziemlich wortkarge Schotte sah Julie an und seine Augen sprühten Funken. Sie verstand nicht, warum er das Kind nicht gesehen haben wollte! Julie wusste genau, wie es ausgesehen hatte. Es hatte ein geblümtes Sommerkleidchen an und schwarze Lackschuhe an den Füßen. Sie konnte es immer noch genau vor sich sehen.

»Was, wenn es in den See gefallen ist?«, fragte sie endlich.

»Noch einmal, Julie Miller: Außer dir war da niemand!«

»Wir werden ja sehen, wenn morgen ein Kind vermisst wird!«, entgegnete Julie trotzig auf Donnies Antwort. Dieser zuckte nur die Schultern und ließ sich tief in den wuchtigen Sessel sinken.

»Ich habe doch nicht fantasiert!«, motzte Julie weiter, bevor sie sich erneut die Teetasse an die Lippen setzte.

»Du wärst nicht die Erste!«, kam es trocken von Donnie zurück.

»Wie?« Julie sah ihn fragend an.

»Nichts!«, kam es nur aus Donnies Mund.

»Heißt das, hier passieren öfter solche Dinge?«, bohrte Julie hartnäckig weiter und Donnie lachte auf. Er schüttelte nur den Kopf, sagte aber nichts zu Julies Feststellung.

»Du willst mir doch nicht sagen, dass es hier tatsächlich spukt? Das meinst du doch nicht ernsthaft?«

Wieder schwieg Donnie.

»Du glaubst also wirklich, dass ich fantasiert habe?«, versuchte Julie es erneut. Donnie schlug mit der flachen Hand auf die Armlehne des Sessels und sagte ziemlich unwirsch:

»Nun hör schon auf mit diesem Geistergelaber!« Er stand auf und warf ein Holzscheit in den Kamin.

»Du hast doch davon angefangen!«, meuterte Julie, sich an Donnies Aussage erinnernd.

»Ich sagte aber auch, dass sich alles rational erklären lässt, wenn man sich nur die Mühe macht, Erklärungen zu finden!«, antwortete Donnie versöhnlicher und ließ sich wieder im Sessel nieder.

»Dann erkläre mir bitte, wieso ich das Kind auf dem Steg gesehen habe und du nicht?« Julie richtete sich nun auf und sah Donnie erwartungsvoll und fragend an. Dieser aber schwieg zunächst.

»Komm schon«, versuchte Julie den Mann, der ihr gegenüber im Sessel saß, aus der Reserve zu locken.

»Da war einfach nichts. Vielleicht hast du noch ein Schlafdefizit von deinem Flug her!«, kam es endlich aus Donnies Mund.

Julie schnaubte verächtlich. Sie zog die Patchwork Decke, die Donnie über sie ausgebreitet hatte, etwas höher. Mit einem Mal war es ihr peinlich, so halb angezogen vor Donnie zu sitzen. Sie wusste auch nicht, wie sie es anstellen könnte, ihn zu fragen, ob er ihr die nasse Kleidung ausgezogen hatte. Natürlich musste er es gewesen sein! Peinlich berührt senkte Julie den Blick, während ihr Gesicht flammend heiß wurde.

»Mach dir keine Gedanken«, hörte sie Donnie sagen. »Du bist nicht die erste Frau, die ich fast nackt gesehen habe.«

»Wie tröstlich!«

»Hätte ich dich in den nassen Sachen liegen lassen sollen?«, empörte sich Donnie.

»Natürlich nicht. Ich hätte ja auch, – ich meine, wenn du – ach du weißt schon!« Julies Gesicht wurde immer heißer. Es ärgerte sie, dass Donnie so natürlich damit umging. Und es ärgerte sie, dass sie vom eigentlichen Thema abgekommen waren.

Donnie saß dicht beim Feuer. Sein Haar war noch nass und der Pullover, den er trug, ebenfalls.

»Willst du dich erkälten?«, neckte ihn Julie. »Ich meine, ich liege hier halb nackt herum. Da kannst du ruhig auch die nassen Sachen ausziehen!«

»So schlimm ist das nicht«, versuchte Donnie, Julies Einwand abzuwehren.

»Im Bad ist noch ein Bademantel. Ich denke wirklich, es wäre besser, du würdest die nassen Sachen ebenfalls ausziehen!«, meinte sie. »Zumindest kannst du es selbst tun, wohingegen ich –«, Julie ließ das Ende des Satzes offen und Donnie lachte amüsiert auf.

»Denkst du, ich habe auch nur eine Sekunde an was

anderes gedacht, als daran, dich in trockene Sachen zu bringen, Julie Miller?«

Julie biss sich auf die Lippen und schwieg. Vielleicht tat sie Donnie wirklich Unrecht. Der erhob sich und ging ins Bad, um seinen völlig aufgeweichten Pullover auszuziehen. Als er wieder zurückkam, trug er den Bademantel und hielt in der einen Hand zwei Weingläser und in der anderen eine Flasche Rotwein.

»Du kennst dich hier besser aus als ich«, meinte Julie und nahm eines der Gläser dankend entgegen.

»Ich gehe Iain manchmal zur Hand, wenn es hier was zu tun gibt«, antwortete Donnie und schenkte den Wein ein.

»Das ist ein Dorf, da hilft man sich!«, ergänzte er und prostete Julie zu.

»Habe ich fast vergessen«, lächelte Julie über den Rand des Weinglases.

»Was?«, fragte Donnie.

»Dass das ein Dorf ist.«

Donnie lächelte.

»Womit verdienen die Menschen sich hier ihren Lebensunterhalt?«, wagte Julie, weiter zu fragen.

»Fischfang. Es gibt einige gute Fischarten im See«, antwortete Donnie.

»Nur Fischfang?«, fragte Julie nach.

»Holz. Manche arbeiten auch im Sägewerk. Das liegt so zehn Kilometer außerhalb.«

»Aha.«

»Bist du immer so neugierig?« Donnie grinste belustigt.

»Nicht immer. Aber hier gibt es so viel zu entdecken«, antwortete Julie, bevor sie weiter fragte: »Und du bist nur Schäfer?«

Donnie schwieg. Julie traute sich auch nicht, die Frage erneut zu stellen. So blieb es eine ganze Weile ruhig im Zimmer, bis Donnie leise sagte:

»Nur Schäfer? Nein. Nicht nur!«

Julie schluckte trocken. Beinahe hätte sie gefragt, was er damit meinte. Doch sie schwieg besser.

»Vor vielen Jahren ist mein Vater mit Mutter und mir hier her gezogen. Ich war schon als Kind vernarrt in die Schafe, die man hier überall finden konnte. Ja, es ist eine meiner Leidenschaften.«

»Schäfer aus Leidenschaft«, witzelte Julie.

»Warum nicht?«, fragte Donnie ebenso amüsiert. Am liebsten hätte Julie ihm laut ins Gesicht geschrien, dass sie das nicht glaubte. Aber sie ließ es, lächelte nur und schwieg.

»Du glaubst mir nicht?«, hakte Donnie nach.

»Wenn ich ehrlich sein soll: Nein!«, antwortete Julie.

»So ein Pech«, lächelte Donnie.

»Du bist viel zu gebildet, um nur Schäfer zu sein!«, rutschte es Julie heraus. Donnie hob erstaunt die Augenbrauen und nickte beifällig grinsend, ohne auch nur ein Wort zu sagen. Julie ärgerte es ein wenig, dass er so schweigsam war und immer nur Andeutungen machte. Sie hoffte darauf, dass der schwere Wein Donnies Zunge ein wenig lockern würde.

»Ich bin Lehrer in der Grundschule im nächsten Dorf«, hörte sie Donnie sagen. Ihr fiel fast das Weinglas aus der Hand.

»Lehrer?«, fragte sie spitz.

»Ja, Lehrer. Warum überrascht dich das so?«

»Schäfer und Lehrer? Eine seltsame Mischung, das musst du zugeben, Donnie Murdoch!«

»Findest du? Ach, weißt du, manchmal erinnern mich die Kinder an die Schafe in meiner Herde«, witzelte Donnie und konnte ein Schmunzeln nicht unterdrücken. Auch Julie grinste.

»Lehrer also«, wiederholte sie.

»Und was machst du, wenn du nicht gerade mitten in

einem Unwetter in einem See baden gehst?« Donnie sah Julie, nachdem er diese Frage gestellt hatte, aufmerksam an.

»Ich?« Julie zog die Beine an ihren Körper heran und nippte an dem Weinglas. »Ich schreibe Bücher«, sagte sie.

»Erfolgreich?«, fragte Donnie weiter.

»Es geht.«

»Also hast du eine Menge Fantasie!«

»Wenn du jetzt wieder darauf abzielst, dass ich mir das Kind auf dem Steg eingebildet habe –«

»Ist ja schon gut«, beschwichtigte Donnie Julie, die sich gerade wieder aufregen wollte. »Das habe ich nun wirklich nicht gemeint.«

»Was dann?«

»Es war einfach nur so daher gesagt.«

Julie schnaubte verächtlich.

»Von einer Autorin Namens Julie Miller habe ich noch nie gehört«, sinnierte Donnie vor sich hin. Julie schwieg dazu. Sie wollte ihm nicht auf die Nase binden, dass ihre Bücher nicht unter ihrem richtigen Namen erschienen. Das hatte Brandon nicht gewollt und so hatte sie sich ein Pseudonym zugelegt. Oh, der feine Herr! Er sorgte schon selbst für die dunklen Flecke, die seine ach so weiße Weste zierten! Julie verglich in Gedanken Brandon mit Donnie. Schon allein vom Aussehen schnitt Donnie wesentlich besser ab. Er wirkte insgesamt männlicher, als Brandon das jemals getan hatte. Zudem mochte Julie Donnies direkte Art sehr. Sie sah verstohlen zu ihm hinüber und versank für einen Moment in seinen braunen Augen, bis sie bemerkte, dass auch er sie ansah.

»Schon komisch«, versuchte Julie abzulenken.

»Was meinst du?«, fragte Donnie nach.

»Nun, ich bin erst seit gestern hier und sitze schon mit einem völlig fremden Mann im Bademantel vor dem Kamin!«

Donnie lachte auf. Gleich darauf wurde er aber wieder ernster:

»Es hätte nicht viel gefehlt und ich säße alleine hier!«

»Danke dass du da warst«, sagte Julie. Ihr war eingefallen, dass sie sich noch nicht bei Donnie für seinen Einsatz bedankt hatte. Der nickte nur in ihre Richtung:

»Schon OK. Aber geh da bitte nicht noch einmal raus.«

»Bestimmt nicht«, schwor Julie.

Jetzt dachte sie über alles Mögliche nach, auch darüber, dass sie unbedingt Shirly anrufen wollte. Sie war müde und überließ nun Donnie das Sofa. Sie wollte einfach nur schlafen. Kaum lag sie im Bett fiel sie auch schon in einen unruhigen Schlaf. Immer wieder hatte sie das Gefühl des Erstickens, das sie auch in dem See gehabt hatte, als sie ins Wasser gefallen war. Ein paar Mal schreckte sie hoch, um dann schweißgebadet wieder einzuschlafen. Es war eine höchst unruhige Nacht, was nicht nur an dem sich austobenden Unwetter vor der Tür lag.

Am nächsten Morgen erwachte Julie vom Gezwitscher der Vögel. Es war, als wäre nichts gewesen. Als hätte es dieses Unwetter in der Nacht nur in Julies Vorstellung gegeben. Mit einem Mal fiel ihr Donnie ein. Es war noch still im Haus, demnach schlief er offenbar noch. Julie überlegte, dass sie ein Frühstück herrichten könnte. Sicher wäre Donnie nicht abgeneigt. Obwohl – musste er nicht zur Schule? Julie blinzelte zur Uhr. Es war kurz nach sieben.

»Frühstück!«, sagte sie zu sich selbst und schwang die Beine aus dem Bett. Als sie am Wohnzimmer vorbei ging, bemerkte sie, dass Donnie schon weg war. Julie betrat unsicher den Raum. Wie konnte er so früh das Haus verlassen haben, ohne dass sie es gemerkt hatte? Er hatte nichts hinterlassen: Keine Nachricht, keinen Gruß, nichts! Enttäuscht ging Julie in die Küche, um die Kaffeemaschine in Gang zu bringen. Der Kaffee war allerdings bereits fertig.

»Wie fürsorglich!«, lächelte Julie versonnen. Sie öffnete

die Fensterläden und ließ die Sonne und die Frühlingsluft herein. Es versprach, ein wunderschöner Tag zu werden. Während Julie ihren Kaffee trank, dachte sie erneut über die gestrige Nacht nach. Sie verstand einfach nicht, dass Donnie behauptete, er habe kein Kind auf dem morschen Steg gesehen. Vielleicht war es zu dem Zeitpunkt, als Donnie dort ankam, schon ins Wasser gefallen? Julie fühlte sich plötzlich wie gehetzt. Sie musste unbedingt zum See und nachsehen, ob sie etwas würde erkennen können. Irgendetwas, das ihr bestätigte, dass sie nicht fantasiert hatte. Sie beeilte sich mit der Morgentoilette und schlug wenige Minuten später den Weg zum See ein. Vielleicht konnte sie ja noch Fußspuren der Kleinen finden? Julie erinnerte sich, dass die Erde am Anfang des Steges ziemlich aufgeweicht gewesen war. Doch sie fand nichts. Lediglich drei zerbrochene Bohlen in der Mitte des Stegs zeugten davon, dass sie gestern in das eiskalte Wasser gefallen war. Sonst war nichts zu erkennen.

Donnie hatte das Ruderboot, mit dem er sie aus dem See gezogen hatte, ordentlich am Steg festgemacht. Julie stieg hinein, band das Boot los und paddelte nun ziemlich unbeholfen zum Ende des Stegs. Dort hatte sie das Kind stehen sehen, doch auch hier gab es nichts, was ihr weiterhelfen konnte. Julie sah ins Wasser. Vielleicht trieb der kleine Mädchenkörper hier irgendwo! Doch auch diese Suche blieb ohne Erfolg. Schließlich gab Julie auf. Sie seufzte und ruderte das Boot wieder zurück zu seinem Liegeplatz. Wenig später saß sie auf der Veranda des Hauses und versuchte, Ordnung in ihre Gedanken zu bringen.

Julie hörte ein Auto näherkommen. Sie sah nicht auf denn sie wusste, wem es gehörte. Fiona und Iain McNab wollten nachsehen, ob bei ihr nach dem Sturm alles in Ordnung war.

»Alles bestens!«, gab Julie zu verstehen.

»Nun ja, Sie hatten ja auch einen Beschützer«, sagte

Fiona McNab spitz und versuchte, einen Blick ins Hausinnere zu erhaschen. Ihr Mann hatte ihr also berichtet und sie glaubte nun, dass Donnie immer noch hier sein würde. Julie musste lächeln.

»Den hatte ich, allerdings!«, gab sie unumwunden zu und freute sich über Fionas Neugierde.

»Wer hat denn das Ruderboot aus dem Schuppen geholt?«, fragte Iain McNab. Er hatte also bereits gesehen, dass es am Steg festgemacht war. Julie hatte am Seeufer in ein paar Schritten Entfernung einen Bootsschuppen gesehen. Sie wusste nun nach Iains Aussage, dass das Ruderboot eigentlich dort hingehörte.

»Donnie hat es für mich am Steg festgemacht, damit ich ab und zu mal hinaus rudern kann«, log sie tapfer drauflos.

»Aha«, machte McNab, kniff wie ein Habicht die Augen zusammen und nickte dann langsam, indem er noch einmal: »Aha« sagte.

»Ja, dann ist ja wohl alles in Ordnung bei Ihnen, Julie«, meinte Fiona, ohne sich jedoch von der Stelle zu bewegen.

»Es ist wirklich alles in Ordnung«, gab Julie zu verstehen und endlich stiegen beide McNabs in den Rover ein, um kurz darauf in Richtung des Dorfes zu fahren. Julie atmete tief ein. Sie musste unbedingt Donnie finden und ihm berichten, was sie wegen des Ruderbootes zu McNab gesagt hatte. Donnie würde es in seiner ihm eigenen Ehrlichkeit fertigbringen und Iain von ihrem nächtlichen Ausflug berichten. Dann würde McNab sie wohl überhaupt nicht mehr aus den Augen lassen. Das musste Julie verhindern. Also ging sie los in Richtung der Weide, auf der Donnie gestern die Schafe zusammengetrieben hatte.

Kaum hatte sie diese erreicht, sah sie auch schon die Stallung. Ein flacher Holzschuppen, dessen Tore weit offen standen. Von hier zu ihrem Haus war es wirklich nicht sehr weit.

Julie ging zu den offenen Toren und rief nach Donnie.

Es kam allerdings keine Antwort. Sicher war er nicht hier, sondern in der Schule. Er hatte ja gesagt, dass er unterrichtete. Die Schafe waren auch nicht im Stall. Julie hörte sie in der Ferne blöken und ging dem Geräusch nach. Nach einer Weile erreichte sie die Weide, auf der die Schafe grasten. Bevor sie Donnie sehen konnte, hatte sein Hund sie schon entdeckt. Er rannte kläffend auf sie zu und wurde von Donnie laut zurückgerufen:

»Hier her, George! Kommst du wohl!«

Der Hund gehorchte aufs Wort. Es war ein schwarzweißer Mischling. Eine genaue Rasse konnte man nicht ausmachen. Er sah teils wie ein Collie aus, teilweise aber auch wie ein Schäferhund. Donnie klopfte dem Hund beruhigend auf die Flanke, während Julie sich näherte. George machte es sich zu Donnies Füßen bequem, ließ Julie aber nicht aus den Augen.

»Das ist ja mal ein netter Besuch!«, lächelte Donnie Julie an. »Gibt es einen Grund, dass du vorbei kommst?«

»Den gibt es. McNab war eben da und er hat nach dem Ruderboot gefragt«, antwortete Julie unumwunden. »Ich sagte, du hättest es mit Absicht am Steg festgemacht, damit ich auch mal auf den See hinaus rudern könnte. Ich wollte, dass du das weißt, falls McNab dich danach fragen sollte.«

»OK. Aber ich versteh nicht. Deswegen bist du hier hergekommen?« Donnie sah Julie fragend an.

»Ja, nur deswegen. McNab muss ja nicht erfahren, dass ich gestern im See gelandet bin.«

»In Ordnung. Wenn du es nicht willst.« Donnie klang so, als würde er Julies Ansinnen nicht verstehen es aber akzeptieren.

»Danke«, sagte sie und beugte sich nun zu George hinunter, indem sie feststellte: »Du bist also George.«

Der Hund hatte wache Augen und schnupperte an Julies Hand, die sie ihm entgegenhielt.

»Ein reinrassiger Mischling«, lachte Donnie und ergänzte: »Aber der beste Hütehund, den man sich vorstellen kann.«

George ließ sich nun von Julie streicheln.

»Warum möchtest du nicht, dass McNab von deinem nächtlichen Tauchgang erfährt?«, fragte Donnie unvermittelt.

»Weil er und Fiona mich dann gar nicht mehr aus den Augen lassen würden«, antwortete Julie.

»Das könnte durchaus sein«, bestätigte der.

»Außerdem würden sie mich für völlig durchgedreht halten. Erst das mit dem Strom, dann dieses Kind auf dem Steg –«

»Das nicht da war«, fiel Donnie Julie ins Wort.

»Es war da! Aber lassen wir das!« Julie richtete sich auf. »Mir war einfach nur wichtig, dass du dasselbe sagst wie ich, wenn McNab dich fragen sollte.«

»Was ich auch tun werde, versprochen!« Donnie salutierte, was offenbar witzig rüberkommen sollte. Julie lachte nur ein wenig und drehte sich um.

»Wir sehen uns«, sagte sie im Weggehen. Donnie wiederholte ihre Worte und sah ihr noch lange nach.

Dann zogen die Schafe wieder seine Aufmerksamkeit auf sich. Die Tiere waren wieder drauf und dran, sich selbständig zu machen, was George aber zu unterbinden wusste. Als Donnie erneut in die Richtung sah, in die Julie gegangen war, war sie verschwunden.

Julie ging an der Stallung vorbei und sah jetzt von weitem tatsächlich das Dach eines Hauses über die hohe Dornenhecke hinweg. Diese schien das Grundstück, das dahinter lag, vollkommen zu umschließen. Julie erkannte so etwas wie einen Erker, mehr war auf die Entfernung nicht auszumachen. Sie ging zwar noch ein paar Schritte auf das Dornengestrüpp zu, bog dann aber in Richtung ihres Feriendomizils ab. Es war vergebliche Mühe, über dieses Gestrüpp hinweg etwas sehen zu wollen.

Mit der Enttäuschung allerdings wuchs in Julie auch die Neugierde. Es musste doch irgendwo ein Schlupfloch geben, durch das man hinter diese Hecke gelangen konnte! Bestimmt gab es doch noch mehr neugierige Menschen, die wissen wollten, was hinter dem Gestrüpp lag. Mit Sicherheit wusste Donnie einen Weg dort hinein. Julie kaufte es ihm nicht ab, dass es, wie er sagte, so gar keinen Zugang geben sollte. Was war das für ein Haus, dessen Dach sie hatte sehen können? Wem gehörte es? Wohnte vielleicht sogar jemand dort? Julie war so in Gedanken versunken, dass sie heftig erschrak, als ihr Handy klingelte. Es war Shirly, die sich nach ihr erkundigte. Julie hatte sofort ein schlechtes Gewissen.

»Es ist nach wie vor alles wunderbar«, antwortete sie auf Shirlys Frage nach ihrem Befinden.

»Hast du schon Eroberungen gemacht?«, fragte Shirly unvermittelt und Julie fühlte sich ertappt.

»Wieso fragst du?«, stellte sie die Gegenfrage an ihre Freundin.

»Weil ich gestern Abend ein paar Mal versucht habe, dich zu erreichen. Allerdings bist du nicht ans Telefon gegangen«, gab Shirly besorgt zu verstehen.

»Du hast bei mir angerufen?« Julie klang verwundert. Auf ihrem Handy waren keine entgangenen Anrufe verzeichnet gewesen, als sie es vorhin in die Hand genommen hatte.

»Mehrfach«, antwortete Shirly.

»Komisch! Mein Handy hat nichts angezeigt. Bist du sicher?«

»Na hör mal! Natürlich bin ich sicher. Ich kenne doch deine Handynummer und außerdem ist auch jedes Mal deine Mailbox rangegangen.«

»Hast du etwas drauf gesprochen?«

»Nein, habe ich nicht. Ich wollte einfach nur wissen, ob bei dir alles in Ordnung ist. Im Fernsehen zeigten sie Bilder von diesem Sturm, der Schottland gestreift hat. Hast du davon was mitbekommen?« Shirly klang immer noch besorgt.

»Es hat ziemlich geweht, ja«, bestätigte Julie. »Aber es ist alles in Ordnung. Außerdem hatte ich einen Beschützer!«

»Oh? Wirklich? Erzähl!«

Julie berichtete von Donnie, wobei sie allerdings einige Tatsachen verschwieg.

»Ein Schäfer?«, fragte Shirly spitz.

»Ein Lehrer. Er ist Schäfer aus Leidenschaft, ist aber auch Lehrer an der Schule eine Ortschaft weiter!«

»So, so!« Shirlys Lachen unterstellte Julie praktisch schon eine Liaison mit Donnie.

»Du bist unmöglich«, meinte Julie tadelnd.

»Komm schon! Lass dich ruhig auf ein Abenteuer ein. Das tut dir sicher mal ganz gut und du hörst auf, an deinen Ex zu denken.«

Komisch, bis gerade eben hatte Julie tatsächlich nicht an Brandon gedacht. Erst als Shirly diesen erwähnte, dachte Julie wieder an ihn.

»Gibt es denn etwas Neues im Bezug auf Brandon?«, fragte Julie nach.

»Nur dass er wieder zu haben ist. Die Presse hat diese Meldung gleich ausgeschlachtet, als das mit der Scheidung durchsickerte.«

»Na dann«, meinte Julie. Noch vor ein paar Tagen hatte ihr dieser Gedanke, dass die Presse sich auf diese Neuigkeit stürzen würde, ein wenig Angst bereitet. Nun aber war es ihr beinahe egal. Sie war in Sicherheit. Keiner würde sie hier in Schottland vermuten und somit brauchte sie sich auch nicht vor Journalisten verstecken.

»Dass du für ein paar Tage verreist bist ist das Klügste, was du machen konntest!«, bestätigte nun auch Shirly.

»Das ist es wirklich«, sagte Julie zufrieden. Sie und

Shirly plauschten noch ein wenig und sie versprach, sich in zwei Tagen bei Shirly zu melden.

Während des Gespräches war Julie an ihrem Ferienwohnsitz angekommen und machte es sich auf der Veranda gemütlich. Der Tag war mild und nichts ließ mehr auf den Sturm schließen, der in der Nacht zuvor noch gewütet hatte. Julie genoss die Sonnenstrahlen. Gegen Mittag ging Julie ins Dorf, um ein paar Kleinigkeiten zu besorgen. Außer ein paar Lebensmitteln brachte sie sich noch eine Tageszeitung mit, die sie nach dem Essen auf der Veranda las. Es wurde von dem Sturm berichtet, der wohl einige Kilometer weiter weg einen ziemlichen Schaden verursacht hatte. Auch hier im Bezirk seien einige Bäume entwurzelt und Stromleitungen unterbrochen worden. Julie packte die Zeitung weg und überlegte, dass sie das schöne Wetter ausnutzen und einen Spaziergang machen sollte. Dass dieser sie genau an der das Nachbargrundstück umschließenden Dornenhecke entlang führte, war kein Zufall. Noch immer war sich Julie sicher, dass es einen Weg dort hinein geben musste und sie wollte diesen finden. Sie ging wohl eine Stunde, ohne auch nur eine winzige Möglichkeit zu entdecken, über dieses Gestrüpp zu gelangen. An einer Stelle wucherte die Dornenhecke nicht ganz so dicht und Julie erkannte, dass unter deren Ästen eine massive Mauer verborgen war. So waren das Haus und das Grundstück dahinter sicher vor neugierigen Blicken und lagen in einer Art Dornröschenschlaf.

Julie wollte sich schon auf den Rückweg machen, als sie einen entwurzelten Baum sah, der mit seiner Krone direkt auf der Mauer lag. Mit etwas Geschick sollte Julie es gelingen, diesen Baumstamm zu erobern und auf ihm bis an die Kante der Mauer vorzudringen.

Julies Herz schlug heftig, als sie sich langsam auf dem Baumstamm nach oben bewegte. Es war zwar nicht steil, doch die Rinde des Baumes war schlüpfrig und Julie trug nicht die passenden Schuhe für eine solche Kletteraktion.

Die Mauer, auf der die Baumkrone lag, musste mehr als zwei Meter hoch sein. Die Äste des Baumes waren jetzt auch dünner und Julie kroch vorsichtig weiter. Sie wollte verhindern, dass der Baum, der nur mit einigen wenigen Ästen an der Mauer Halt gefunden hatte, durch ihr Gewicht eben diesen verlor. Dieser Baum war bislang die einzige Möglichkeit für Julie, einen Blick hinter die Mauer zu erhaschen!

Stück für Stück tastete Julie sich voran, bis es nicht mehr weiterging. Es wurde zu gefährlich und so versuchte sie, etwas von dem Haus jenseits der Mauer erkennen zu können. Das dichte Blätterdach des umgestürzten Baumes verhinderte dies allerdings. Nur an wenigen Stellen konnte Julie in einen ziemlich verwilderten Innenhof sehen.

Mutig rutschte sie auf dem Ast, auf dem sie sich gerade befand, noch ein Stück weiter. Nun erkannte sie einen vollkommen überwucherten Brunnen. Das musste wohl der Mittelpunkt des Innenhofes sein. Man konnte unter dem dichten Gestrüpp einen steinernen Arm erkennen, der irgendwie ins Nichts griff.

»Wow«, machte Julie. Wie lange hatte diesen Innenhof wohl kein menschliches Auge mehr gesehen? Geschweige denn, pflegenden Hände? Es sah so aus, als hätte hier Jahre, Jahrzehnte kein Mensch mehr Hand angelegt. Julie war begeistert. Schon immer verspürte sie einen Hang zu alten, verlassenen Gebäuden. Dass sie sich nun selbst einmal so dicht an einem solchen wiederfinden würde, machte sie sprachlos. Sie liebte alte Mauern und stellte sich immer vor, was diese wohl berichten könnten, würden sie reden können.

Ihr Versuch, etwas von dem Haus sehen zu können, scheiterte. Julie war enttäuscht und begann langsam den Rückzug. Sie wollte sich die Stelle gut merken, an der der umgestürzte Baum eine Brücke zur Mauer des verlassenen

Hauses bildete. Sie wollte unbedingt wieder kommen und dann würde sie auch viel mehr erkennen können. Die Blätter des Baumes würden langsam vertrocknen und abfallen und somit den Blick auf das Haus freigeben.

Julies Herz klopfte laut vor Vorfreude.

Sie war zufrieden mit ihrem kleinen Exkurs, wenn sie auch von dem Haus selbst nichts hatte sehen können. Vielleicht hatte sie ja mehr von diesem Innenhof gesehen als jemals ein anderer zuvor? Julie nahm sich vor, das nächste Mal festere Schuhe und unempfindliche Kleidung zu tragen, wenn sie diese Baumbrücke wieder aufsuchen würde. Und sie hoffte, dass niemand diese entdeckte. Es tat ihr weh, wenn sie daran dachte, wie andere diese Baumbrücke nutzen könnten, um in den Innenhof oder sogar in das Gebäude einzudringen! Doch wie wollte sie das verhindern? Irgendwann würde jemand den umgestürzten Baum finden und es ihr gleichtun. Irgendwann würde so die Ruhe von Finnlay House gestört werden.

Julie blieb stehen. Was hatte sie da eben gedacht? Sie fasste sich an den Kopf als könnte sie diese Gedanken so festhalten. Die Ruhe von Finnlay House? Julie schüttelte den Kopf und ging weiter. Was ging sie das Haus an? Sie würde in zwei oder drei Wochen wieder abreisen! Wenn sie in der Zeit ein wenig Abenteuerluft schnuppern konnte, sollte ihr das doch nur recht sein. Sie hatte einen Weg gefunden, vielleicht das Grundstück jenseits der Mauer zu betreten und warum sollte sie das nicht tun, wenn der Baum hielt und nicht abrutschte? Es war ihr Geheimnis, zumindest so lange, bis jemand anderes diesen Weg entdecken würde. Mit Sicherheit wäre das Donnie. Julie lachte auf. Sie war sich sicher, dass er den umgestürzten Baum als Erster entdecken würde. Dann aber, und das schwor sie sich, wollte sie sich im Hof und vielleicht auch im Haus schon umgesehen haben!

Wie es dort wohl aussehen mochte? Ob man es betreten

konnte? Ob es noch Möbel gab? Julie erreichte ganz in Gedanken versunken ihr Haus. Sie setzte sich auf die Verandastufen und hing weiter ihren Gedanken nach.

Schon als Kind hatte sie diesen Hang zu allem Alten. Sie wollte unbedingt Archäologin werden, was ihre Eltern aber als brotlose Kunst verdammten. Julie sollte einen richtigen Beruf erlernen und so kam sie zu ihrer Lehre bei dem stadtbekanntesten Steuerberater Donald Miller, Brandons Vater. Ja, so kam sie mit Brandon zusammen. Viel lieber aber wäre Julie in der Welt herumgereist, hätte Entdeckungen und Ausgrabungen gemacht. Sie träumte noch heute davon. Julies Blick glitt wieder zu dem kaum wahrnehmbaren Trampelpfad, der seitlich von der Veranda zu der Mauer hin führte. Sie lächelte.

»Du hast mir schon ein paar Geheimnisse preisgegeben«, sagte sie leise in Richtung der Dornenhecke. »Den Rest entlocke ich dir auch noch!«

Das war ihr fester Entschluss.

KAPITEL 9

Sie hatte nichts weiter zu tun, hatte kein Buch, an dem sie gerade arbeitete. Da war niemand, dem sie Rechenschaft schuldete. Sie konnte sich ihrer Neugierde voll und ganz hingeben und das wollte sie auch tun. Als Erstes wollte sie so viel wie möglich über Finnlay House in Erfahrung bringen. Julie überlegte, wie sie das wohl anstellen könnte. Einen Internetanschluss für die Recherchen hatte sie zwar, doch der war viel zu langsam. Shirly! Richtig, Shirly konnte doch recherchieren, was es über Finnlay und dessen Bewohner im Internet zu finden gab und es ihr mailen! Das war eine grandiose Idee! Sofort eilte Julie zu ihrem Laptop, um eine entsprechende Mail an Shirly zu schreiben. Danach versuchte sie selbst, über die Suchmaschine einiges herauszubekommen, doch es scheiterte, wie angenommen, an der schwachen Internetverbindung.

Als nächstes wollte Julie herausfinden, was im Dorf über Finnlay House erzählt wurde. Donnie wäre ihr hier ein guter Informant gewesen, doch den konnte sie ausschließen. Bei ihm war sie bereits mit nur wenigen Fragen zum Haus gescheitert und Julie glaubte nicht, dass Donnie mehr davon preisgeben würde. Julie notierte sich auf einem kleinen Block die Worte „Pub" und „Markt". Das waren die Plätze, wo man am meisten Kontakt zu den Einheimischen finden würde und sicher auch so manche Geschichte zu hören bekäme.

Julie bezweifelte, ob drei Wochen ihr ausreichen würden, das Geheimnis um Finnlay House zu knacken. Sie schmunzelte. Fast kam sie sich vor wie Indiana Jones. Aber selbst wenn es kein düsteres Geheimnis um Finnlay House zu entdecken gäbe, so freute sich Julie auf die ihr selbst gestellte Aufgabe!

Fast minütlich rief sie nun ihre Mails ab, um Shirlys Antwort nicht zu verpassen. Die kam auch gegen Abend endlich an. Allerdings enthielt sie keine Informationen, wie Julie gehofft hatte, sondern nur Fragen zu dem Warum und wieso. Julie seufzte. In wenigen Worten erklärte sie Shirly, dass sie das eben wissen wollte, weil sich so viele Geheimnisse um Finnlay House rankten. Nun schrieb Shirly sofort zurück, dass sie gerne recherchieren würde. Julie sollte sich allerdings noch ein oder zwei Tage gedulden. Zufrieden mit dieser Antwort schenkte Julie sich ein Glas Rotwein ein und setzte sich auf die Veranda. Der Anfang war gemacht! Sie fühlte sich sehr gut bei dem Gedanken an das, was sie vorhatte. Vielleicht konnte die Geschichte um Finnlay House auch als Vorlage für eines ihrer Bücher dienen? Wer konnte das schon sagen? Zufrieden lächelnd lehnte sich Julie zurück und genoss die letzten Strahlen der Abendsonne, als die Donnie entdeckte. Er kam geradewegs auf sie zu.

»Hallo Donnie«, begrüßte Julie den Ankömmling, der vor der Veranda in abwartender Haltung stehen blieb.

»Hallo Julie. Ich wollte dich fragen, ob du Lust hast, heute Abend ins Pub zu gehen«, sagte Donnie.

»Oh, ist das ein Date?« Julie lachte.

»Ein Date? Nein, ich dachte eher, dass du sicher gerne ein wenig Unterhaltung hättest und –«

»Schon in Ordnung. Das war ein Scherz, Donnie Murdoch! Klar komme ich mit. Gern sogar!«

»Dann komm«, winkte Donnie ihr zu. Julie fischte sich eine Jacke vom Kleiderhaken im Flur, schloss noch schnell die Tür und beeilte sich, Donnie einzuholen, der inzwischen vorausgegangen war.

Eine Weile gingen sie schweigend nebeneinander her bis Donnie anfing:

»Du hast ja schon ein paar aufregende Stunden erlebt. Gemessen an der kurzen Zeit, die du da bist.«

»Das kann man sagen.« Julie sah Donnie kurz von der Seite an und beschloss, dass es ein idealer Zeitpunkt wäre, Donnie noch einmal nach Finnlay House zu fragen.

»Meinst du, ich werde heute Abend Geschichten zu hören bekommen?«, fragte sie vorsichtig.

»Geschichten?« Donnie schien etwas begriffsstutzig.

»Ja, von Finnlay House«, meinte Julie und beobachtete Donnies Reaktion ganz genau. Er ging nach wie vor weiter, stoppte nicht eine Sekunde, sah sie nicht an. Kurz: Er verriet mit keiner Wimper, ob ihn das Gesprächsthema gerade berührte oder nicht. Sein „Vielleicht" kam ziemlich gleichgültig über seine Lippen.

Julie war enttäuscht. Sie hatte etwas mehr Reaktion von Donnie erwartet. Zumindest dahingehend, dass er ihr erneut klar machen würde, dass es mit diesen Geschichten nichts auf sich habe. Aber nichts dergleichen geschah. Donnie ging gelassen und ruhig weiter auf das Dorf zu. Sie schwiegen nun den Rest des Weges. Das Pub lag ziemlich am anderen Ende des kleinen Dorfes. Es war winzig, verräuchert und ziemlich niedrig. Donnie musste aufpassen, dass er sich an den Querbalken in der Decke nicht den Kopf stieß.

Das Pub war sehr gut besucht.

»Kein Wunder«, dachte Julie. »Es ist ja wohl auch das Einzige in diesem Ort.«

Sie folgte Donnie an einen kleinen Zweiertisch, der etwas abseits stand. Es wurde Gälisch gesprochen und Julie verstand kein Wort. Allerdings war sie sich sicher, dass sie das Gesprächsthema war. Wann kamen hier schon einmal Fremde her? Donnie suchte den Blick des Mannes, der mit einem karierten Handtuch den Tresen reinigte, hinter dem er stand. Als sich die Blicke der beiden kreuzten, machte Donnie ein Handzeichen, das aussah wie eine Zwei. Der Mann hinter dem Tresen nickte und griff nach zwei Gläsern.

»Was hast du bestellt?«, fragte Julie, nun doch neugierig geworden.

»Zwei Single Malt«, antwortete Donnie kurz und knapp.

»Whisky?« Julie sah Donnie erstaunt an. »Du willst mich wohl in kürzester Zeit außer Gefecht setzen!«

»Der ist zum Genießen. Nicht zum Runterkippen!«

»Aha«, machte Julie und sah sich in dem kleinen Schankraum um. Es war nach ihrem Eintreten etwas leiser geworden, nun schwollen die Stimmen jedoch wieder an. Es wurde laut gelacht und noch lauter geredet.

»Das ist Gälisch«, erklärte Donnie, indem er sich etwas zu Julie hinüber beugte, um gegen das Stimmengewirr anzugehen.

»Dachte ich mir«, antwortete Julie. Der Mann, der eben noch hinter dem Tresen gestanden hatte, brachte nun zwei Gläser an den Tisch. Sie waren recht klein und zwei Finger breit gefüllt. Er nickte Donnie und Julie zu und ging wieder hinter den Tresen zurück.

Donnie hob sein Glas an, sah in Julies Augen und sagte:

»Slàinte mhath. Das ist ebenfalls Gälisch und heißt so viel wie Prost!«

»Ja, dann Prost«, lächelte Julie Donnie an und nippte vorsichtig an dem Glas. Der Whisky schmeckte vorzüglich.

»Sehr alt«, rief Donnie gegen die lauten Stimmen an. »Mit der Beste, den man hier bekommen kann!«

»Über was wird denn hier so geredet?«, wagte Julie endlich, Donnie zu fragen. Sie beugte sich dazu ganz dicht an ihn heran.

»Der Fischfang. Die tägliche Feldarbeit. Alles eben«, antwortete Donnie, indem er seine Hand auf Julies Oberarm legte und sie so etwas näher zu sich heranzog. Julie nickte verstehend. Es war schade, dass hier nur Gälisch gesprochen wurde. So verstand sie leider kein einziges Wort. Mitten in diese Gedanken hinein öffnete sich die Tür und McNab trat in die Schenke. Er blieb einen Moment stehen und sah sich um. Als er Donnie und Julie an dem kleinen Tisch entdeckte, steuerte er direkt auf die beiden zu.

»Ist hier noch ein Plätzchen frei?«, fragte er in alter Manier nuschelnd und ohne die Lippen zu bewegen. Donnie nickte, statt eine Antwort zu geben und McNab zog sich vom Nachbartisch einen Stuhl heran.

»Gut dass ich dich treffe, Donnie«, fing er sofort zu reden an. »Ich möchte, dass du das Boot wieder in den Schuppen zurückbringst. Miss Julie soll nicht allein auf dem See herum paddeln. Das ist zu gefährlich!«

»Der See ist so gefährlich wie eine Badewanne!«, antwortete Donnie.

Nun folgte eine lange Rede von Iain McNab auf Gälisch. Julie ahnte, dass er nicht nur freundliche Worte für Donnie fand. Dieser nickte und sagte dann am Ende von McNabs Ausbruch:

»In Ordnung. Morgen schleppe ich es wieder in den Schuppen.«

McNab schien zufrieden und prostete Donnie und Julie mit seinem Glas zu. Im Gegensatz zu den beiden allerdings kippte er den Whisky in einem Zug hinunter und schnalzte danach genüsslich mit der Zunge.

»Sehr gut«, machte er und lächelte breit. Irgendwo in einer Ecke fing jemand an zu singen und es dauerte keine Minute, da sangen alle mit. Es schien ein fröhliches, altes Volkslied zu sein, das man zum Besten gab. Die ausgelassene Stimmung übertrug sich auf jeden einzelnen Gast im Pub und schließlich schlug der Wirt hinter der Theke sogar mit zwei Löffeln den Takt. Julie klatschte begeistert mit und fühlte sich auf einer Welle von Fröhlichkeit weggetragen, wie sie es noch nie erlebt hatte. Natürlich machte das auf die anderen Gäste im Pub Eindruck und sie sangen noch ein Volkslied, um Julie zu begeistern. Julie war glücklich! Genau so hatte sie sich Schottland vorgestellt. Sogar Donnie ließ sich jetzt mitreißen und sang mit. Julies Herz hüpfte vor Freude fast aus ihrer Brust und sie hätte Stunden so sitzen mögen. Doch als das zweite Lied zu Ende war, kehrten alle wieder zu ihren Gesprächsthemen zurück.

»War das schön!«, freute sich Julie. »Von was handelten die Lieder?«

»Das Erste war ein Seemannslied, und das Zweite handelte vom Frühling hier in Salesburry. Von der Liebe und so«, antwortete Donnie. McNab lachte und sah Julie mit großen Augen und einem zur Warnung erhobenen Finger an, indem er sagte: »Hier hat noch immer jede Frau ihren Mann gefunden! Passen Sie nur auf, Miss Julie!«

»Ich bin nicht hier, um einen Mann zu finden«, entgegnete Julie lachend, worauf McNab flüsterte: »Das haben alle gesagt. Und doch sind sie hier geblieben, weil sie hier ihr Glück gefunden haben!« Er kippte schon den zweiten Whisky hinunter.

»Keine Panik. Der ist trinkfest«, flüsterte Donnie Julie ins Ohr, als er ihren besorgten Blick aufnahm. Julie hatte wirklich Bedenken, dass ein schmächtiges Männchen, wie McNab nun mal eines war, von zwei Whisky bestimmt aus den Schuhen geholt wurde. Aber nichts dergleichen geschah. McNab wirkte noch genau so nüchtern wie da, als er das Pub betreten hatte. Julie hingegen war es schon etwas flau im Magen und das, obwohl sie bislang nur zwei Mal an dem Glas genippt hatte. Donnie schien das zu merken und fragte deshalb:

»Hunger?«

Julie nickte und überließ es Donnie, die Bestellung aufzugeben. Ihr war nur wichtig, dass sie etwas in den Magen bekam. Und das bekam sie. Der Wirt brachte frisches Brot und Schmalz an den Tisch. Zunächst wunderte sich Julie, doch der Hunger war zu stark. Schließlich genoss sie das wunderbare Brot und fühlte sich so wieder gestärkt und aufnahmefähig. Auch Donnie hatte gut zugegriffen.

Der Abend schritt voran und Julie fühlte sich in der Runde der Pub-Besucher ausgesprochen wohl. Nachdem man mitbekommen hatte, dass Julie kein Gälisch verstand, unterhielt man sich größtenteils in Englisch. Das war zwar für Julies Ohren immer noch sehr gewöhnungsbedürftig, doch nun konnte sie wenigstens einige Brocken der Unterhaltungen, die um sie herum geführt wurden, verstehen. Hin und wieder wurde auch noch ein Lied zum Besten gegeben und manch einer setzte sich ungefragt mit an den Tisch, an dem Julie, Donnie und McNab saßen, und fing eine Unterhaltung an. So wie gerade eben, als ein rothaariger, älterer Mann sich neben Iain McNab setzte und diesem freundschaftlich auf die Schulter klopfte.

»Hey Pete!«, machte McNab, ohne genau hinzusehen, wer sich da neben ihn gesetzt hatte. Auch Donnie begrüßte den Mann. Man schien sich also zu kennen. Julie blickte in zwei klare, blaue Augen, die sie an einen Bergsee erinnerten.

Der Mann trug einen Vollbart wie die meisten hier, hatte eine dunkle Mütze auf, unter der sich rotes, halblanges Haar hervor kräuselte. Er trug die Kleidung eines Fischers. Seine Hände waren wohl schwere Arbeit gewohnt. Sie waren voll Schwielen.

»Sie sind also die Lady, die momentan im Pförtnerhaus wohnt?«, fragte er nun Julie in gekünsteltem Englisch. Diese nickte.

»Und schon unheimliche Beobachtungen gemacht?«, fragte Pete weiter mit einem breiten Grinsen im Gesicht.

»Lass das, Pete!«, gab McNab zu hören und Donnie meinte:

»Fang jetzt bloß nicht wieder mit deinen Hirngespinsten an!«

»Das sind keine Hirngespinste!«, rief Pete laut, sodass

an einigen der Nebentische die Leute ihr Gespräch unterbrachen und herüber sahen. Julie war das ein wenig unangenehm. Dieser Pete schien schon leicht alkoholisiert zu sein.

»Sind es wohl, und das weißt du!«, fuhr McNab Pete an, ehe er versöhnlicher zu Julie gewandt sagte: »Manchmal spinnt der alte Pete ein bisschen. Müssen Sie ihm nicht übel nehmen. Aber glauben dürfen Sie seine Geschichten auf keinen Fall!«

»Viele von euch hier haben selbst schon sonderbare Dinge rund um Finnlay House beobachtet. Sind meine Berichte Geschichten? Habe ich sie erfunden?«, rief Pete nun laut in den Schankraum. Einige der Anwesenden raunten ihm beifällig zu, andere winkten ab, um sich wieder ihrem Gespräch zuzuwenden. Julies Herz klopfte laut. Der Abend hatte endlich die Wendung genommen, die sie sich erhofft hatte.

»Es wird berichtet«, fuhr Pete nun an Julie gewandt fort, »dass immer am 17. Mai ein großes Fest in Finnlay stattfindet. Immer am Geburtstag des alten Henry!«

»Aber ich denke, das Haus ist verlassen?«, fragte Julie nach.

»Ist es auch!«, bestätigte Pete mit großen Augen. »Und der alte Sir Henry ist schon seit vielen Jahren tot. Trotzdem feiert er immer noch seinen Geburtstag auf Finnlay!«

Julie bekam eine Gänsehaut. Sie gehörte nun gewiss nicht zu den leichtgläubigen Menschen, doch nach allem, was sie schon erlebt hatte, glaubte sie dem alten Pete.

Donnie schüttelte lachend den Kopf und verließ den Tisch, um auszutreten. Er ging jedoch nicht, ohne Pete leicht mit der flachen Hand auf den Hinterkopf zu schlagen und scherzhaft zu bemerken, dass Pete wohl schon zu tief ins Glas geschaut habe.

Inzwischen hatte sich eine kleine Traube um Julies und Donnies Tisch gebildet. Da standen Männer und Frauen mit ihren Gläsern in den Händen und lauschten dem, was der alte Pete zu erzählen wusste.

»Ich hab es schon einmal gesehen. Hellerleuchtet war das Haus. Das Tor war offen und überall waren Fackeln!«, gab der gerade zum Besten. »Und Musik war zu hören.«

»Bist du nicht hingegangen?«, fragte einer der Umstehenden.

»Ich? Niemals! Weiß man doch, dass es da nicht mit rechten Dingen zugeht!« Pete machte einen Gesichtsausdruck, als habe er den Leibhaftigen vor sich gesehen. McNab machte eine wegwerfende Handbewegung und sagte etwas auf Gälisch zu Pete, worauf hin dieser aufstand und laut rief:

»Ich schwöre es, bei allem, was mir heilig ist!«

Julie ahnte, dass McNab Pete als Lügner bezeichnet hatte. Donnie kam zurück an den Tisch. Er hatte wohl Petes letzte Worte noch mitbekommen denn er stellte nüchtern fest: »Und das ist nicht viel, was Pete?«

Julie befürchtete, dass es nun zu einem Streit kommen würde, doch sie lag falsch. Pete lachte laut auf und wenig später lachten alle Anwesenden, ob sie nun das Gespräch verfolgt hatten oder nicht.

Julie genoss diesen Abend in vollen Zügen. Sie hatte ihr Vorhaben, mehr über Finnlay House herauszubekommen, inzwischen aufgegeben. Es schien selbst in Salesburry Menschen zu geben, die diesen Gespenstergeschichten glaubten oder selbst einige erfanden. Man konnte sich nicht sicher sein, ob man die Wahrheit hörte oder auch nicht. Und das, was dieser Pete eben erzählt hatte, schien Julie eindeutig erfunden zu sein.

Was war Wahrheit, was war Lüge? Julie blickte in die Gesichter der Menschen im Pub. Sicher waren viele der Geschichten, die sie über Finnlay House erzählen konnten, erfunden. Manche aber mochten auch wahr sein! Julie dachte an das Kind, das sie im Sturm auf dem Bootssteg gesehen hatte. Sie war inzwischen fest davon überzeugt, dass es eine Erscheinung gewesen war. An Übermüdung oder mangelndem Schlaf glaubte Julie nicht. Sie hätte so gerne jemanden gefragt, ob eine solche Erscheinung am Bootssteg überliefert wäre, doch sie traute sich nicht. Sie wusste nicht, wem sie dies anvertrauen konnte und wem nicht. Also schwieg sie.

Es wurde wieder munter durcheinandergeredet, bis ein älterer Mann, der etwas abseits saß, erneut ein Lied anstimmte. Das Lied klang in Julies Ohren sehr traurig und sie fragte Donnie, von was der Mann sang. Donnies Blick flackerte unruhig, ehe er mit einer wegwerfenden Handbewegung meinte: »Ach, so ein Liebeskram!«

Julie spürte, dass das gelogen war. Es war zu schade, dass sie nichts von den gesungenen Worten verstand und auch McNab, den sie noch hätte fragen können, war nicht mehr zugegen. So lauschte sie der Melodie und stellte fest, dass ihr diese sehr vertraut schien. Womöglich war es ähnlich einem alten Kinderlied, das sie kannte. Anders konnte Julie sich dieses Gefühl nicht erklären.

Es war bereits weit nach Mitternacht, als Donnie den letzten Whisky bestellte. Sie tranken noch einen Schluck auf den Heimweg und Julie hakte sich bei Donnie ein, als sie aus dem Pub heraus traten. Beide waren sie nicht mehr ganz nüchtern und lachten albern herum.

»Eigentlich«, fing Donnie an, um daraufhin zu lachen. Dann begann er erneut: »Eigentlich wollte ich gar nicht so lange bleiben!«

»Ich auch nicht«, kicherte Julie ausgelassen. So vergnügt gingen sie durch das Dorf hin zu Julies Feriendomizil.

»Möchtest du heute hier schlafen, Donnie Murdoch?«, fragte Julie ohne große Umwege. Donnie schwankte bedenklich und sie würde sich besser fühlen, wenn er heute Nacht auf dem Sofa schlafen würde. Den Weg zur Stallung oder gar zu seiner Wohnung traute Julie ihm einfach nicht mehr zu.

»Ich fürchte, das wird besser sein«, nuschelte Donnie.

Julie schloss die Tür auf und führte ihn in das Wohnzimmer, wo er auf das Sofa fiel und fast augenblicklich einschlief. Julie zog ihm noch die Schuhe von den Füßen, breitete die Patchworkdecke über ihn und schloss leise die Tür. Wenig später fiel auch sie in einen tiefen, traumlosen Schlaf.

Der nächste Morgen roch nach gebratenem Schinken und frischem Kaffee. Julie brauchte eine Weile, um zu sich zu kommen. Dann schwang sie die Beine aus dem Bett, warf sich den Bademantel über und tapste in die Küche. Donnie saß am Frühstückstisch und als er sie sah, sprang er sofort auf und rückte ihr den Stuhl zurecht.

»Ausgeschlafen?«, fragte er dabei und lächelte.

»Es geht. Ich habe nicht einmal Kopfschmerzen, was ich sonst immer nach so einem Gelage habe!« Julie hielt Donnie die Kaffeetasse hin.

»Da siehst du mal, wie gut der Whisky ist«, meinte Donnie augenzwinkernd.

»Wie viele hatten wir eigentlich?«, fragte Julie.

»Fünf!«

»Oh!«

»Dafür hast du dich aber wacker gehalten!«

»Hab ich das? Leider hab ich auch ein paar kleinere Filmrisse. Nur, wie wir nach Hause gegangen sind, das weiß ich noch ganz genau! Und an das letzte Lied, das dieser ältere Mann gesungen hat, an das kann ich mich auch noch recht gut erinnern. Dieses Liebeslied.«

»So?«

»Es war ein toller Abend«, meinte Julie ehrlich.

»Das fand ich auch«, gab Donnie zu verstehen. »Nun weißt du, wie es bei uns im Pub zugeht.«

»Und was man sich dort erzählt.«

»Davon darfst du aber nichts glauben. Schon gar nicht,

wenn es um Finnlay geht oder wenn Pete den Mund aufmacht!« Donnie machte ein Handzeichen, was bedeutete, dass Pete nicht mehr alle Tassen im Schrank habe. »Er ist schon zu lange allein. Seemannsgarn, verstehst du?«

Julie nickte lächelnd.

»Es war schwer in Ordnung von dir, dass ich die Nacht hier schlafen konnte!«, sagte Donnie nun ernster.

»Kein Problem. Ich habe dir den Heimweg einfach nicht mehr zugetraut!«, erklärte Julie lächelnd.

»Danke nochmal.« Donnie prostete Julie mit der Kaffeetasse zu.

»Dieses Kind auf dem Steg«, begann Julie nun zögerlich auszusprechen, was ihr auf der Seele brannte. Daraufhin stellte Donnie seine Kaffeetasse etwas zu laut ab und verdrehte die Augen. Schließlich sah er Julie mit einem mitleidigen Blick an, ehe er sagte:

»Denk doch einfach nicht drüber nach! Da war niemand. Du hast fantasiert!«

»Donnie, das habe ich nicht! Ich muss darüber mit jemandem reden. Und mit wem, wenn nicht mit dir? Du warst dabei in der Nacht! Vielleicht hast du das Kind nicht gesehen, weil es bereits ins Wasser gefallen war, als du dazu gekommen bist?«

Donnie stand auf und sagte etwas heftiger, als er gewollt hatte:

»Du spinnst! Da war niemand! Wenn das wirklich so gewesen wäre, und ich sage WÄRE, dann hätte man es inzwischen schon längst gefunden. Jeden Tag fahren etliche Boote auf dem See und fischen!«

»Gut. Und wenn es nun eine Erscheinung war?« Julie sah den Mann vor sich lange an.

»Du meinst, ein Geist?« Donnie zwinkerte nervös mit den Augen, was Julie nicht entging.

»Ja, das meine ich! Hat denn schon einmal jemand im Pub von so einer Erscheinung berichtet?«

»Julie, ich bitte dich!«

»Hat jemand schon mal ein Kind dort gesehen. Beim Steg oder auf dem Steg? Hast du so etwas schon einmal gehört?«

Donnie drehte sich von Julie weg, stützte sich mit beiden Händen auf dem Spülbecken auf und ließ den Kopf hängen. Er atmete ein paar Mal heftig ein und aus, ehe er sich wieder zu Julie umwandte und anfing:

»Hör zu. Was man sich hier erzählt ist reine Spinnerei. Das da hinter der Mauer ist einfach nur ein altes, verlassenes Haus. Ich habe gedacht, du würdest rationaler denken und nicht auf so einen Quatsch hereinfallen!«

»Ich denke rational!«, schimpfte Julie.

»Tust du nicht! Sonst würdest du nicht immer auf dieser Kind-am-Steg-Sache herumhacken!« Donnie setzte sich wieder an den Tisch. »Julie Miller, es gibt keine Gespenster und alles, was man sich hier über Finnlay House erzählt, sind Ammenmärchen!«

Julie senkte beleidigt den Kopf. Sie wusste, was sie in jener Nacht gesehen hatte und sie hatte das Bild dieses kleinen Mädchens noch greifbar vor ihren Augen. Vielleicht war Donnie Murdoch einfach nicht der richtige Gesprächspartner für diese Dinge. Aber an wen sollte Julie sich sonst wenden? Sie kannte doch niemanden hier! Donnie war der Einzige, dem sie vertraute. Und das schon nach so kurzer Zeit.

Es lag einfach daran, dass er so grundehrlich war und immer frei heraus sagte, was er dachte. Außerdem musste Julie zugeben, dass er ihr gefiel, und das nicht nur ein bisschen. Sie genoss seine Anwesenheit. Um ihn nicht zu vergraulen, musste Julie das, was sie gesehen hatte, eben für sich behalten. Sie würde weder mit Donnie noch mit Iain McNab noch mit sonst wem darüber reden können. Auch nicht über ihre Neugier das alte Haus betreffend. Hatte sie sich auch Hoffnungen gemacht, Donnie ebenso für einen

Ausflug zu dem alten Haus zu begeistern und mit ihm einen Weg über die Mauer zu finden, so war diese nun beinahe zunichtegemacht. Donnie schien einfach nicht der Mann zu sein, der Julies Interesse, das Haus betreffend, teilte. Sie verstand diese Neugier selbst nicht einmal. Obwohl sie alte Häuser liebte, konnte sie sich nicht erklären, warum sie so danach suchte, Finnlay House wenigstens endlich einmal sehen zu können! Es konnte ihr doch egal sein, was jenseits der übermannshohen Mauer lag. Und doch schien es ihre Gedanken und ihr ganzes Tun zu beherrschen.

Donnie trank den Kaffee aus und zog seine Jacke an.

»Ich muss zu den Tieren«, sagte er dabei und ging in Richtung der Tür. Ehe er diese hinter sich schloss, sagte er noch zu Julie:

»Wir sehen uns!«

Julie nickte ihm nur zu. Als er gegangen war, räumte sie auf und brachte die Morgentoilette hinter sich. Danach zog sie feste Schuhe an und machte sich auf den Weg zu dem umgestürzten Baum. Sie wollte unbedingt noch einmal den Stamm hinaufklettern. Vielleicht konnte man heute ja etwas mehr sehen als gestern. Auf dem Weg dorthin gingen ihr verschiedene Gedanken durch den Kopf. Sie erinnerte sich, dass sie Shirly anrufen wollte.

Dann landeten ihre Gedanken wieder bei Donnie Murdoch und seinen braunen Augen. Julie grinste. Ja, er hatte ihr schon ein wenig den Kopf verdreht mit seiner Art. Julie mochte besonders sein Lächeln. Sie fragte sich, was Donnie wohl für sie empfand. Immerhin gingen sie miteinander um, als würden sie sich schon Ewigkeiten und nicht erst ein paar wenige Tage kennen. Es war ihr auch, als suchte Donnie immer wieder ihre Nähe.

Vielleicht aber bildete sie sich das auch nur ein. In diesem Dorf war es nicht leicht, einander aus dem Weg zu gehen. Julie dachte darüber nach, ob man inzwischen schon über sie und Donnie tratschte. Immerhin waren sie gestern zusammen aus gewesen und ganz Salesburry hatte sie dabei gesehen.

Julie war so in Gedanken, dass sie beinahe an dem umgestürzten Baum vorbei gegangen wäre, der mit den Ästen der Krone immer noch auf der Mauer von Finnlay lag. Eine Weile betrachtete Julie kritisch diese Äste, als könne sie so abschätzen, ob diese noch eine Zeit lang das Gewicht des Stammes und ihr eigenes würden tragen können. Dann erklomm sie den Stamm und tastete sich Schritt für Schritt vorwärts, bis die Äste des Baumes so dicht wurden, dass es für Julie kein Durchkommen mehr gab. Enttäuscht, nicht weiter gekommen zu sein, als sie gestern bereits war, machte Julie sich auf den Rückweg. Sie hatte wieder nur den steinernen Arm der Brunnenfigur erspähen können, der aus dichtem Bewuchs nach oben ins Leere griff. Mehr war nicht zu erkennen. Julie seufzte. Sie hatte so sehr gehofft, wenigstens ein Stück Mauer von Finnlay House sehen zu können.

Julie trödelte auf dem Heimweg. Sie hatte es nicht eilig. Ihr Weg führte immer entlang der mit Dornenranken überwucherten Mauer. Der Tag war sonnig und mild und kein Wölkchen war am Himmel zu sehen. Sie pflückte einige Blumen und war in Gedanken bei Donnie, als sie plötzlich wie erstarrt stehen blieb. Eben noch aus den Augenwinkeln hatte sie geglaubt, etwas oder jemanden gesehen zu haben. Julie sah sich um. Keine Menschenseele war zu sehen und doch war sie sich sicher, dass da jemand gewesen war. Mutig schritt sie auf das Gestrüpp zu, das auch hier die Mauer überwucherte. Nein, da war niemand.

»Vielleicht habe ich mir das nur eingebildet«, sagte sie laut zu sich selbst. Sie empfand es beruhigend, ihre eigene Stimme zu hören. Es war so unnatürlich still! Julie konnte nicht einmal einen Vogel zwitschern hören. Selbst das Rauschen der Blätter im Wind erschien ihr wie gedämpft.

Plötzlich fing sie an zu laufen. Sie ging immer schneller bis sie schließlich rannte, als sei sonst wer hinter ihr her. Sie spürte, dass sie von der Wiese, auf der sie eben noch Blumen gepflückt hatte, weg musste. Sehr schnell weg musste! Sie drehte sich nicht einmal um, um nachzusehen, ob sie würde erkennen können, was sie so hetzte. Sie rannte beinahe um ihr Leben! Irgendetwas war da, was sie zu dieser Flucht trieb. Irgendetwas verfolgte sie auch eine Zeit lang. Julie spürte es in ihrem Nacken. Sie wusste nicht, wo genau sie sich befand, aber sie rannte weiter, die Augen stur geradeaus gerichtet. Sie rannte so lange, bis sie das Gefühl verlor, dass jemand sie verfolgte. Erst dann blieb sie stehen, keuchte und rang nach Luft. Das war ihr in ihrem ganzen Leben erst einmal passiert, dass sie sich so verfolgt fühlte. Damals war es in den engen Häuserschluchten New Yorks, als sie vor ein paar Teenagern wegrannte, die sie überfallen wollten. Aber hier war doch nichts. Nichts und niemand!

Julie stand gebeugt und rang weiterhin nach Atem. Ihre Augen suchten die Gegend ab, aus der sie gekommen war. Sie konnte nichts entdecken, was ungewöhnlich gewesen wäre. Sie schloss für Sekunden die Augen und wischte mit der Hand darüber, da der Schweiß ihr von der Stirn in die Augen zu laufen drohte. Als sie die Augen wieder öffnete, sah sie das kleine Mädchen. Es stand direkt an der Mauer zu Finnlay House und blickte starr zu ihr hinüber. Julie blieb das Herz fast stehen. War sie vor dem Mädchen weggelaufen? War es das, was sie so gehetzt hatte?

Das Kind stand unbeweglich wie eine Puppe. Julie atmete tief ein. Jetzt wollte sie wissen, wer dieses Kind war! Sie nahm allen Mut zusammen und ging langsam auf die Gestalt zu. Vielleicht sollte sie mit dem Mädchen reden, damit es keine Angst bekommen und weglaufen würde? Warum war Donnie jetzt nicht hier? Nun könnte er sehen, dass Julie nicht fantasierte! Das Kind stand wahrhaftig an der Mauer, die Augen starr auf Julie gerichtet, die sich dem

Mädchen sehr langsam näherte.

»Keine Angst, meine Kleine«, redete Julie auf das Kind ein. Obwohl ihr Herz heftig gegen die Rippen hämmerte, versuchte sie, nach außen hin völlig ruhig zu erscheinen.

»Ich tu dir nichts«, sprach sie weiter und machte mutig einen Schritt nach dem anderen auf das Kind zu. Die Kleine hatte blondes, zu Zöpfen geflochtenes Haar und trug, wie neulich nachts, ein geblümtes Sommerkleid und schwarze Lackschuhe. Julie wunderte sich, dass das Kind immer noch die gleiche Kleidung trug. Jetzt war sie bis auf etwa 20 Schritte an das Mädchen herangegangen. Das Kind öffnete den Mund und Julie blieb abrupt stehen. Es war, als wollte das Mädchen Julie etwas sagen. Es bewegte die Lippen aber Julie hörte keinen Ton.

»Was? Ich kann dich nicht hören!«, sagte sie zu dem Mädchen. Das Kind bewegte erneut die Lippen, ohne dass Julie einen Ton vernehmen konnte. Dann schien es lautlos zu schreien und verschwand vor Julies Augen. Einfach so! Es war plötzlich nicht mehr da!

»Was?«, fragte Julie sich selbst. Sie traute ihren eigenen Augen nicht! »Was war das denn jetzt?«

Julie stand wie versteinert, als sie wieder diese Angst ihren Nacken hinaufsteigen fühlte. Dann war da die Stimme in ihrem Kopf, die ihr sagte:

»Lauf! Lauf nach Hause! Dreh dich nicht um!«

Es war eine Kinderstimme und Julie wusste, wem sie gehörte! Sie rannte los. Immer weiter geradeaus, bis sie dieses Gefühl, verfolgt zu werden, wieder verlor. Julie stolperte nur noch vorwärts, blieb schwer atmend stehen und sah sich endlich um. Sie war fast zu Hause angekommen. Schräg vor sich sah sie das Dach des Pförtnerhauses. Sie wusste, dass sie jetzt in Sicherheit war. Julie ließ sich in das Gras fallen und beruhigte zunächst ihren Atem und ihren Herzschlag. Sie war nicht gerade unsportlich, aber diese Flucht vor was auch immer hatte sie schnell an ihre

Grenzen gebracht. Noch nie hatte sie eine solche Angst in ihrem Nacken verspürt! Sie richtete sich wieder auf und sah zurück in die Richtung, aus der sie gekommen war. Es war nichts zu sehen, alles schien friedlich. Und doch wusste Julie, dass dort etwas war. Das Schlimmste daran aber war, dass sie mit niemandem darüber reden konnte! Sie hatte pure Angst erlebt, und das war so real, wie sie jetzt und hier im Gras saß. Sie hatte das Kind wieder gesehen und wusste nun mit Sicherheit, dass es nicht echt, sondern eine Erscheinung war. Sie glaubte, dass das Mädchen sie vielleicht vor etwas warnen wollte, – nur was? Hatte sie sich diese Panik nur eingeredet, weil sie an nichts anderes mehr denken konnte, als an Finnlay? Und vor allem: Wem konnte sie sich anvertrauen? Wer würde ihr glauben? McNab? Donnie?

Julie stand auf und strauchelte langsam auf das Pförtnerhaus zu. In ihr reifte ein Entschluss. Sie wollte abreisen. So schnell wie möglich weg von Salesburry. Doch genauso wie sich dieser Gedanke in ihrem Kopf festsetzte, so gelähmt war sie. Sie stand in ihrem Schlafzimmer vor dem offenen Koffer und war unfähig, auch nur einen Teil ihrer Kleidung dort hinein zu tun. Schließlich brach sie in Tränen aus und setzte sich auf die Bettkante. Sie brauchte lange, bis sie sich wieder beruhigt hatte. In ihrem Kopf fuhren die Gedanken Achterbahn und ihre Gefühle gleich mit. Abzureisen bedeutete auch, Donnie nicht wieder zu sehen. Das wollte Julie auf keinen Fall! Sie musste sich endlich eingestehen, dass sie diesen großen Wirrkopf mehr als nur mochte und sie glaubte fest daran, dass es Donnie mit ihr genauso ging. Das wollte sie auf keinen Fall aufs Spiel setzen. Dann ging sie lieber Finnlay House aus dem Weg und würde auch nicht mehr zu der Stelle hingehen, an der der umgestürzte Baum lag. Selbst wenn die Neugierde noch so quälte! Das klang für Julie nach einem akzeptablen Kompromiss. Was auch immer sie vorhin in die

Flucht getrieben hatte, sollte keinen Zugriff mehr auf sie bekommen können! Sie war sich sicher, dass die Panik, die sie gespürt hatte, hausgemacht gewesen war. Es war einfach eine Reaktion auf all das, was sie gehört und gesehen hatte. Sie würde sich den Urlaub hier und den Flirt mit Donnie Murdoch nicht vermiesen lassen, schon gar nicht von solchen Ammenmärchen! Sicher hatte sie als Stadtmensch auf die Einsamkeit der Gegend vorhin nur überreagiert und da war eigentlich nichts, wovor sie sich fürchten musste. Und das Kind? Nun, jetzt wusste Julie ja, dass sie sich dies nur einbildete. Kein Grund also, vor dieser Truggestalt fortzulaufen! Außerdem war sie doch in Sicherheit!

Während sie all dies dachte, hatte sie tatsächlich angefangen, zu packen. Völlig unbewusst hatten ihre Hände Wäsche und Pullover in den Koffer gepackt. Julie stand und starrte mit großen Augen auf das, was sie da vor sich sah, als sie Donnie rufen hörte.

»Julie bist du da?«

Ohne lang um Erlaubnis zu fragen öffnete er die Haustür und stand schon im Schlafzimmer, wo Julie immer noch fasziniert auf ihren Koffer starrte.

»Was wird das?«, fragte Donnie.

»Ich weiß nicht«, antwortete Julie und sah ihn an.

»Du willst abreisen? Warum das denn?« Donnies Blick war Bitten und Unverständnis in einem.

»Ich will nicht abreisen!«, sagte Julie wie in Trance.

»Wie? Aber du packst doch!«

»Das will ich doch gar nicht!« Julies Augen füllten sich mit Tränen. Sie konnte sich die Situation nicht erklären, hoffte auf Donnies Verständnis und darauf, dass er sie in seine Arme nahm.

»Das verstehe ich nun überhaupt nicht!«, meinte Donnie.

»Ich auch nicht!«, schluchzte Julie los und endlich nahm Donnie sie in seine Arme.

»Was ist denn los, Mädchen?«, fragte er immer wieder und Julie klammerte sich an seiner Brust fest. Sie konnte ihm die Wahrheit nicht sagen. Sie konnte nicht berichten, was vorgefallen war. Aber sie konnte seine Nähe genießen. Und sie ließ es zu, dass er sie küsste.

KAPITEL 10

Donnie hatte ein Feuer im Kamin entfacht. Eng aneinander geschmiegt lagen Julie und er davor und genossen die Wärme, die der Kamin ausstrahlte. Julie war glücklich. Sie schloss die Augen.

»Ich weiß gar nichts von dir«, hörte sie Donnie sagen. Sie sah ihn an.

»Was willst du wissen?«, fragte sie.

»Alles!«, lachte er und strich ihr eine Haarsträhne aus dem Gesicht. »Das sagt man doch in solchen Situationen, oder?«

»In den meisten Filmen, ja«, kicherte Julie.

»Warum wolltest du abreisen?«, fragte Donnie endlich nach einer langen Weile des Schweigens.

»Das wollte ich nicht, wirklich«, sagte Julie. »Ich habe keine Ahnung, warum ich die Sachen in den Koffer gepackt habe. Ich war wie in Trance!«

»Uh, der Zauber von Finnlay House!«, alberte Donnie.

»Wenn schon«, meinte Julie nachdenklich. Nach einer geraumen Weile sagte sie: »Du hast mich ja erlöst!«

»Das habe ich«, antwortete Donnie. Er sah lange und nachdenklich in Julies Augen, ehe er sagte: »Wenn ich es nicht besser wüsste, hast du wirklich ausgesehen, als wärst du in Trance gewesen.«

Julie schwieg. Es lag ihr auf der Zunge, Donnie von ihren Erlebnissen zu berichten, aber sie schwieg. Sie kannte seine Einstellung zu diesem Thema und sie wollte auf keinen Fall die schöne Atmosphäre zerstören, in der sie sich gerade befand. Donnie war ihr ganz nah und sie genoss seine Nähe. Nach einer ganzen Weile aber konnte sie dieses Schweigen nicht länger ertragen und fragte vorsichtig:

»Hat es dich noch nie interessiert, wie es hinter der

Mauer aussieht?«

»Ach Julie, kannst du nicht für einen Moment dieses alte Gemäuer vergessen?« Donnie stand auf und schlüpfte in seine Jeans. Julie tat das körperlich weh. Gerade eben war es noch so schön gewesen und sie hatte mit einer einzigen Frage den Zauber des Moments zerstört.

»Sag doch mal ehrlich, Donnie!«, bat Julie und sah ihm dabei zu.

»Nein! Es hat mich noch nie interessiert. Aber du scheinst ja wirklich besessen von dem Gedanken zu sein, da hineinzukommen!«, meinte Donnie etwas ungehalten.

»Was ist daran so falsch? Ich interessiere mich eben für so alte Häuser und deren Geschichte!«, maulte Julie.

»Das sind bestenfalls nur noch ein paar Wände mit einem Dach darauf. Wenn das Haus noch steht, immer vorausgesetzt.« Donnie fühlte sich offenbar schon wie zu Hause. Er ging in die Küche und begann, die Kaffeemaschine in Gang zu setzen. »Und Geschichte, ja, soweit ich weiß, hatte das Haus keine. Zumindest ist nichts überliefert«, fuhr er zu Julie gewandt fort, die ihm gefolgt war.

»Jedes Haus hat eine Geschichte!«, meuterte die und zog sich ebenfalls wieder an.

»Dann hat Finnlay House keine, an die man sich hier erinnert«, konterte Donnie.

»Oder an die man sich erinnern will!«, meinte Julie mit einem schiefen Blick zu Donnie, der theatralisch die Hände rang und schmunzelte:

»Du gibst nicht auf, was?«

»Nicht, bis ich nicht mindestens mal einen Blick auf das alte Haus werfen konnte.«

»Solange bleibst du?«, fragte Donnie nun zärtlicher und nahm Julie in die Arme. Sie nickte.

»Das kann Jahre dauern. Es gibt keinen Weg hinein, es sei denn, man klettert über die Mauer. Und wer will das schon!«, lachte Donnie siegessicher.

»Vielleicht habe ich schon einen Weg gefunden«, grinste Julie und beobachtete, wie das Lachen aus Donnies Gesicht verschwand.

»Wie?«, fragte er nach einigen Sekunden.

»Der Sturm hat einen Baum genau auf die Mauer fallen lassen!«, antwortete Julie keck.

»Und da bist du herumgeklettert? Bist du verrückt geworden, Julie?« Donnie ließ Julie los.

»Ach, das ist völlig ungefährlich«, meinte sie lapidar. Innerlich aber tobte ein Sturm in ihr. Warum zum Henker hatte sie Donnie eben ihr Geheimnis mitgeteilt?

»Ungefährlich!« Donnie raufte sich die Haare. »Du bist wirklich verrückt, Julie Miller! Ich will nicht, dass du da wieder hingehst, hörst du?«

»Warum regst du dich so auf?« Julie verstand nicht, was Donnie jetzt so in Rage brachte. Bis vor wenigen Minuten waren sie noch selig aneinander gekuschelt vor dem Kamin gelegen. Und jetzt schien er sich immer mehr in Wut zu reden. Warum konnte er nicht verstehen, dass sie dieses Haus wenigstens einmal sehen wollte? Aber konnte sie es denn verstehen?

Verwirrt setzte sich Julie an den Tisch. Sie hatte schon einige Male zusammen mit Bekannten oder Freunden alte Häuser erkundet, von denen es in Amerika einige gab. Aber noch nie war sie so von dem Wunsch besessen gewesen, wenigstens mal einen Blick auf das Haus werfen zu können! Sie konnte nicht erklären, warum das so war.

Es tat ihr inzwischen auch leid, von diesem Thema wieder angefangen zu haben. Donnie blickte etwas mürrisch und Julie wusste genau, warum. Sie streichelte seine Wange und lächelte ihn zärtlich an.

»Ich werde dich damit in Ruhe lassen, Donnie«, versprach sie, um wieder Frieden herzustellen.

»Julie, – es ist mir einfach schleierhaft, wieso du immer wieder davon anfängst. Das ist wirklich fast so, als wärst du besessen von dem Gedanken, da hineinzukommen. Das macht mir, ehrlich gesagt, ein wenig Angst!« Donnie hauchte einen Kuss auf Julies Handfläche.

»Besessen, nein bestimmt nicht. Gut, ich habe in Amerika schon einige solche alten Häuser erkundet. Es macht immer Spaß, in der Vergangenheit herumzuwühlen. Da gibt es oft so viel zu entdecken, was die ehemaligen Besitzer solcher Häuser zurückgelassen haben. Meine Fantasie spinnt sich dann eine eigene Geschichte zurecht über diese Leute. Das ist alles!«

Donnie stellte den Kaffee auf den Tisch und sah Julie lange an, bevor er sagte:

»Da gibt es bestimmt nichts mehr zu sehen. Lass es doch einfach auf sich beruhen und fertig.«

Julie schwieg und rührte ihren Kaffee um.

»Versprich mir, dass du nicht versuchen wirst, über diesen umgestürzten Baum in das Gelände zu kommen«, bat Donnie nun und hielt Julies Hand mit dem Kaffeelöffel fest. »Versprich es mir! Kein Mensch weiß, wie es da drin aussieht. Außer ein paar Luftaufnahmen, die vor Jahren gemacht wurden, hat keiner einen Einblick hinter diese Mauer genommen. Es könnte dort gefährlich sein, Julie! Und wenn du da alleine hineingehst und keiner weiß, wo du bist, – ich möchte mir das nicht ausmalen!«

»Luftaufnahmen?«, wiederholte Julie. Sie hatte nur dieses eine Wort gehört. Alles andere, was Donnie gesagt hatte, war an ihr abgeprallt. Donnie seufzte laut.

»Wo kann man die ansehen?«, fragte Julie weiter. Donnie holte seinen Pullover und zog diesen wortlos an. Er ging zur Tür und öffnete diese. Ehe er hinaustrat, streifte er Julie noch einmal mit einem mitleidsvollen Blick.

»Ich dachte, du wärst etwas Besonderes«, sagte er. »Ich dachte, das könnte was werden mit uns beiden!« Daraufhin warf er die Tür ins Schloss.

Julie zuckte bei diesem Geräusch zusammen. Sie rannte

zur Tür, riss diese auf und rief Donnie hinterher. Doch der winkte nur ab, ohne sich umzudrehen, und ging weiter in Richtung des Schafstalles. Nun warf Julie die Tür zu und lehnte sich heftig atmend dagegen.

»Sehr gut, Julie Miller!«, sagte sie zu sich selbst. »Da kommt seit Jahren endlich mal wieder ein interessanter Mann in dein Leben und was machst du? Oh, fuck!«

Julie trat mit dem Fuß gegen die Tür. Es tat ihr weh, dass Donnie so ohne weiteres Wort gegangen war. Hätte sie doch nur den Mund gehalten! Aber mit wem sollte sie denn reden, wenn nicht mit ihm? Himmel, so ein Sturkopf! Warum sträubte er sich so dagegen, einmal einen Blick zu riskieren? Wie konnte er Jahre lang in der Nachbarschaft dieses Anwesens wohnen und leben, ohne sich dafür zu interessieren, was jenseits der Mauern lag?

Julie war sich sicher, dass Donnie sich wieder beruhigen würde. Er hatte etwas von Luftaufnahmen gesagt. Wo könnten diese wohl zu finden sein? Sicher in der nächsten Stadt, und das war Edinburgh. Aber wo dort? Gab es vielleicht ein Archiv, in dem solche Aufnahmen verwahrt wurden? Hatte ein Privatmann sie gemacht? Julie merkte nicht, wie sie angefangen hatte, auf und ab zu gehen. Wie ein Tiger im Käfig. Schließlich kramte sie nach ihrem Handy und wählte Shirlys Nummer. Die war nicht zu Hause und Julie sprach auf ihren Anrufbeantworter, ob sie schon etwas zu Finnlay House herausgefunden habe und ob sie noch einmal im Internet nach diesen ominösen Luftaufnahmen suchen könnte. Vielleicht waren diese Bilder ja irgendwo zu finden. Dann überlegte sie, ob sie Donnie nachgehen sollte. Über diese Überlegung wurde es dunkel und Julie ließ den Gedanken fallen. Im Dunkeln wollte sie auf keinen Fall draußen herumstreifen, und schon gar nicht alleine. Danach überlegte sie, ins Pub zu gehen. Doch auch diesen Weg wollte sie nicht alleine auf sich nehmen, also ließ sie es bleiben.

Sie machte es sich vor dem Fernseher gemütlich, als Shirly anrief.

»Na, wie geht es dir? Immer noch glücklich in der Einsamkeit?«, fragte sie Julie, als diese sich gemeldet hatte.

»Immer noch«, lachte Julie und überspielte mit etwas zu viel Humor und Fröhlichkeit die heutigen Ereignisse. Shirly ging nicht darauf ein, sondern fing gleich mit dem Bericht zu ihrer Recherche an:

»Da gibt es nicht viel«, meinte sie. »Das Haus wird nur ganz selten erwähnt. Nichts Besonderes. Einmal ein Jagdunfall in der Nähe des Hauses. Dann noch ein Autounfall. Mehr nicht. Die Luftaufnahmen, wegen der du angerufen hast, hat ein Privatmann gemacht. Ich hab dir die Bilder via E-Mail geschickt. Sie sind sehr groß, ich hoffe, du kannst sie bei der schlechten Verbindung herunterladen. Ansonsten habe ich nichts gefunden, was erwähnenswert wäre.«

»Das ist ja nicht viel«, meinte Julie enttäuscht.

»Scheint eben nur ein altes Haus zu sein, das in Vergessenheit geraten ist. Kein Spukschloss«, lachte Shirly.

Julie konnte die Fröhlichkeit ihrer besten Freundin nicht teilen. Finnlay House war vielleicht kein Schloss, aber es ging dort nicht mit rechten Dingen zu! Und dessen war sich Julie nach den heutigen Erlebnissen vollkommen sicher! Warum hatte sie Donnie nichts von dem Mädchen erzählt, das ihr wieder erschienen war? Warum nichts von der Flucht, zu der sie durch ihre Panik getrieben worden war? Weil er darüber lachen würde? Weil er ihr nicht glauben würde?

»Julie?«, hörte sie Shirly an ihrem Ohr fragen. »Bist du noch da?«

»Natürlich«, antwortete Julie schnell.

»Du warst eben so still. Sag mal, was macht dein Schäfer? Ich meine, dein Lehrer?«

»Ach der«, seufzte Julie und das war alles, was sie Shirly auf diese Frage antwortete. Sie unterhielten sich noch eine Weile. Shirly berichtete den neuesten Klatsch und Tratsch aus ihrem Bekanntenkreis. Julie hörte zu, doch ihre Gedanken glitten immer wieder zu dem umgestürzten Baum, der Angst, die sie dort verspürt hatte, dem Mädchen in dem Sommerkleid und zu guter Letzt zu Donnie. Während Shirly sprach, nahm Julie sich für den nächsten Tag fest vor, Donnie aufzusuchen und ihn um Verzeihung zu bitten. Sie wusste noch nicht, wohin es mit ihr und ihm führen würde, doch eines wusste sie ganz genau: Sie fand Donnie inzwischen mehr als nur sympathisch. Sie hatte sich Hals über Kopf in ihn verliebt! Und kampflos würde sie Donnie nicht aufgeben! Sie war sich auch sicher, dass es ihm genau so erging. Dass er heute einfach gegangen war, war nur ihrer Verbohrtheit zuzuschreiben, was Finnlay House anging. Vielleicht konnte sie es ja doch erreichen, dass Donnie ihr helfen würde, einmal über die Mauer zu kommen? Vielleicht konnte sie seine Neugier ebenfalls wecken?

Shirly verabschiedete sich gerade am Telefon und Julie startete ihren Laptop, um die E-Mail von Shirly abzurufen. Es dauerte tatsächlich eine halbe Ewigkeit, bis die Mail samt Anhang endlich zu öffnen ging. Julies Herz pochte wie verrückt aber ihre Erwartung wurde enttäuscht.

Alles, was man auf den Bildern erkennen konnte, war, dass Finnlay House offenbar von diesen Dornenhecken genauso überwuchert war, wie die Mauern drum herum. Lediglich der Brunnen in der Mitte, den Julie auch vom Baum aus gesehen hatte, war etwas besser zu erkennen. Man sah nicht nur den Arm der Brunnenfigur, sondern auch ein etwas keck ausgestelltes Bein. Fast so, als würde die Figur tanzen. Julie konnte nun auch erkennen, dass dieser Brunnen einmal die Mitte der Hofeinfahrt gewesen sein musste. Um ihn herum konnte man mit viel Fantasie einen Weg ausmachen. Sicher waren dort in früherer Zeit die Kutschen oder Wagen vorgefahren.

Julie lächelte bei der Vorstellung, Finnlay könnte einst ein herrschaftliches Anwesen gewesen sein! Vor ihrem geistigen Auge sah sie Kutschen durch ein weit geöffnetes, schmiedeeisernes Tor hindurchfahren. Fackeln säumten den Weg und die Gespanne wendeten an einem Brunnen, in dessen Mitte eine zierliche, in Stein gehauene Frau um die Wasserstrahlen zu tanzen schien. Die Kutschverschläge wurden geöffnet und edle Damen und Herren entstiegen den Gefährten, um Hand in Hand das Haus zu betreten. Man konnte ein Streichquartett hören, welches leise Musik durch die Räume schweben lies, während Mann und Frau sich vornehm zunickte und Champagner trank. Kleine Häppchen wurden von livrierten Dienern gereicht und man lächelte huldvoll in die Runde.

Julie erschrak zutiefst, als sie lautes Klopfen an der Tür vernahm. Sie hatte diese schon abgeschlossen, so konnte Donnie, der vor der Tür stand, nicht einfach eintreten, wie er es sonst immer tat. Julie öffnete hektisch den Riegel und das Schloss. Donnie blieb vor der Tür stehen und rang sichtlich nach Worten. Schließlich fiel Julie ihm einfach um den Hals und küsste ihn.

»Oder so«, lachte er darauf hin.

»Komm doch rein, oder willst du gleich weiter?«, fragte Julie.

»Eigentlich nicht. Ich wollte dich tatsächlich um Entschuldigung bitten, dass ich heute Nachmittag einfach so gegangen bin«, antwortete Donnie.

»Tatsächlich!«, ulkte Julie.

»Ist sonst wirklich nicht meine Art. Aber –«, Julie legte ihren Finger über Donnies Lippen und verschloss sie so.

»Keine Entschuldigung«, sagte sie. »Alles ist gut.«

Donnie schwieg und ließ sich von Julie in das Haus ziehen. Nach einem weiteren langen Kuss begann er:

»Weißt du, es ist mir unheimlich zu wissen, dass du es allein versuchen könntest, über die Mauer von Finnlay zu gelangen.«

»Das ist dir unheimlich?« Julie musste lächeln.

»Ja, ist es. Ich mache mir Sorgen, Julie Miller. Du bist mir eben nicht gleichgültig.«

»Du mir auch nicht, Donnie.« Die beiden waren inzwischen im Wohnzimmer angekommen, in dem immer noch der aufgeklappte Laptop auf dem Tisch stand. Julie drehte ihn nun so, dass Donnie das Bild sehen konnte, das sie eben angeklickt hatte.

»Wo hast du das her?«, fragte Donnie verdutzt.

»Meine Freundin in den Staaten hat für mich ein wenig recherchiert. Das ist eine der Luftaufnahmen von Finnlay, von denen du gesprochen hast.«

»Ich sehe. Nun, viel kann man ja nicht erkennen«, meinte Donnie und setzte sich vor den Laptop. »Wie ich schon sagte, scheint das nur noch eine Ruine zu sein.«

»Das glaube ich nicht«, konterte Julie und schenkte sich und Donnie ein Glas Wein ein.

»Egal, es ist erstaunlich, wie schnell ihr die Bilder gefunden habt.« Donnie prostete Julie zu.

»Das Internet macht es möglich. Allerdings war nicht mehr über Finnlay herauszufinden.«

»Auch das habe ich dir bereits gesagt. Da war nichts und da ist nichts, was erinnerungswürdig wäre.« Donnie sah Julie lange an und fuhr fort: »Warum interessiert dich das alte Gemäuer so?«

»Ich weiß es nicht, Donnie. Es ist eben nur –«, Julie überlegte, ob sie Donnie berichten sollte, was sich heute zugetragen hatte. Er sah sie aufmerksam an. Schließlich berichtete Julie von den Ereignissen. Donnie hörte zu, ohne sie zu unterbrechen. Es war ihr mit einem Mal viel leichter um das Herz, nachdem sie alles ausgesprochen hatte, auch wenn sie zu Anfang noch Zweifel hegte, ob das richtig wäre. Dann jedoch war es ihr egal, ob er ihr glauben würde oder nicht. Immerhin war Donnie aus Sorge um sie zurückgekommen und hörte ihr nun aufmerksam zu.

»Das Mädchen ist einfach so verschwunden«, sagte er dann in sein Weinglas hinein.

»Einfach so, vor meinen Augen!«, bestätigte Julie.

»Ich denke, dass du mit der Einsamkeit hier nicht zurechtkommst, Julie«, fing Donnie an. »Du bist ein Stadtmensch und hast als Schriftstellerin ohnehin eine blühende Fantasie. Der geben solche alten, einsamen Häuser natürlich Nahrung!«

Julie schwieg. Donnie würde ihr nie glauben. Das wusste sie inzwischen. Sie wollte aber auch keinen neuerlichen Streit vom Zaun brechen, indem sie ihm widersprechen würde. Außerdem hegte sie doch insgeheim die Hoffnung, er würde sie begleiten, wenn sie versuchen würde, die Mauer zu überwinden. Allein aus Sorge um sie. Da war es egal, ob er ihr glaubte oder nicht! Vielleicht half es dabei ja sogar, ihn in seinen Annahmen zu bestätigen?

»Das mag sein«, meinte Julie darum. »Vielleicht ist es so. Trotzdem würde ich gerne einen Blick riskieren. Natürlich wäre mir wohler dabei, wenn du mit von der Partie wärst!« Julie setzte sich neben Donnie und schmiegte sich an ihn. Vielleicht war er so dazu zu bewegen, einzuwilligen?

»Ich weiß nicht«, mäkelte Donnie und legte einen Arm um Julies Schultern. »Ich mache mich lächerlich, wenn das herauskommt. Die Leute im Dorf!«

»Die müssen das doch nicht erfahren! Außerdem: Seit wann machst du dir Gedanken darüber, was andere über dich reden?«

Donnie sah lange in Julies grüne Augen, bis er lächelnd nickte und meinte: »Du hast recht. Was kümmert es mich!«

»Heißt das, du kommst mit?«, fragte Julie fast atemlos vor Aufregung.

»Ich weiß noch nicht. Ich finde es ziemlich albern und kindisch.«

»Bitte Donnie!«

»Lass mich darüber nachdenken, ja?«

Julie machte einen beleidigten Schmollmund, was Donnie mit einem Lachen quittierte.

»Wenn du nicht mitkommst, steige ich allein über die Mauer«, meinte sie daraufhin.

»Das tust du nicht!« Donnie wurde plötzlich sehr ernst. »Julie, versprich mir, dass du das nicht tust.«

»Warum denn nicht? Ist doch bloß ein altes Gemäuer dahinter«, versuchte Julie, Donnie mit seinen eigenen Waffen zu schlagen.

»Julie sei nicht unvernünftig! Das Haus kann so marode sein, dass etwas einstürzen und dich verletzen könnte! So verrückt kannst du nicht sein, wegen eines so alten Kastens deine Gesundheit aufs Spiel zu setzen!«

»Dann komm mit, wenn es dir so wichtig ist.«

»Du bist mir wichtig!« Donnie sah sie ernst an, küsste sie auf die Nasenspitze und wiederholte: »Du, Julie!«

Sie lächelte verlegen. Noch vor ein paar Tagen hatte sie sich geschworen, niemals mehr jemanden so dicht an sich heranzulassen. Dann traf sie Donnie und war vom ersten Moment an von ihm fasziniert. Das alte Spiel begann von neuem und Julie wollte und konnte es nicht verhindern. Sie versank in Donnies braunen Augen und dachte auch nicht an ihre Abreise in zwei Wochen. Sie wollte nur den Moment genießen und das ohne Wenn und Aber. Die Zeit verflog, während Julie und Donnie die Flasche Wein leerten und über alles Mögliche sprachen. Auch über Julies Scheidung. Julie erfuhr, dass auch Donnie schon einmal verheiratet war. Allerdings war seine Scheidung schon einige Jahre her.

»Die Ehe hat nicht lange gehalten«, sagte er und blickte andächtig in das rotfunkelnde Glas in seinen Händen. »Ich war ihr wohl zu langweilig.«

»Das bist du doch gar nicht!«, protestierte Julie.

»Ein Lehrer muss langweilig sein«, antwortete Donnie. »Damals, also nach der Scheidung, fing ich auch mit der Schäferei an. Ich habe es gebraucht, für mich allein zu sein und nachdenken zu können. Das kann man recht gut mit den Tieren. Sie strahlen so eine Ruhe aus.«

»Es sei denn, sie verwüsten gerade irgendwelche Vorgärten«, witzelte Julie, doch der Witz prallte an Donnie ab. Er lächelte nur kurz.

»Wieso gehst du nicht in eine Stadt. Edinburgh, Aberdeen oder vielleicht sogar London?«, fragte Julie.

»Ich bin kein Stadtmensch. Mir ist es dort zu hektisch. Die Luft ist auch nicht die Beste in so einer Großstadt. Nein, ich liebe das Landleben. Die Menschen hier sind einfach aber herzlich.« Donnie sah Julie lange an und meinte dann: »Es wundert mich, wie du es als Stadtmensch hier auf dem Land aushältst. Fehlt dir nicht irgendetwas?«

Julie schüttelte den Kopf.

»Nein«, beteuerte sie. »Ich genieße die Ruhe geradezu.«

Ihr Blick fiel wieder auf das Bild auf dem Laptop. Sie klickte es weg und öffnete das Zweite, welches Shirly ihr geschickt hatte. Es war genau so wenig aussagekräftig wie das Erste, lediglich aus einem etwas anderen Winkel aufgenommen.

»Nur Dornengestrüpp«, meinte Donnie, der Julie dabei zugesehen hatte.

»Das sieht so aus. Von oben«, antwortete Julie.

»Kannst du mir verraten, warum es dich, wie du vorhin sagtest, immer wieder in so alte Häuser oder Ruinen zieht?«

»Ich weiß es nicht, Donnie. Es ist, als könnte man die Geschichte, die diese Wände erzählen, atmen und fühlen, wenn man in solchen Räumen steht.«

»Du hast wirklich eine lebendige Fantasie!«

»Mag sein.« Julie lächelte kurz. »Ich möchte auf jeden Fall da hinein, bevor ich wieder nach Hause fahre.«

»Um dir was zu beweisen?«

»Nichts. Ich will es einfach nur gesehen haben.«

Donnie schwieg. Er trank sein Glas aus und stellte es auf den Tisch.

»Ich muss noch einmal nach den Tieren sehen«, sagte der dabei. Julie war enttäuscht. Sie hatte gehofft, Donnie würde die Nacht bei ihr verbringen. Nun aber zog es ihn wieder zu den Schafen.

»Man könnte fast eifersüchtig werden!«, maulte sie beleidigt.

»Du wirst mich mit ihnen teilen müssen«, scherzte Donnie und erhob sich. Julie sah ein, dass er seiner Pflicht nachkommen wollte. Sie fragte auch nicht, ob er danach wieder zurückkommen würde. Sie wollte nicht klammern, obwohl es ihr gerade heute sehr schwer fiel, ihn gehen zu lassen. Ihm fiel es offenbar auch nicht leicht, denn er brauchte fast eine halbe Stunde, um sich von Julie bis zum nächsten Tag zu verabschieden.

KAPITEL 11

Julie träumte wirr. Alle möglichen Menschen, die sie kannte, wirbelten in ihrem Traum durcheinander. Sogar der ältere Herr aus dem Bistro in der Seitenstraße des Gerichtsgebäudes tauchte in ihrem Traum auf. Es war kalt im Zimmer. Julie fror entsetzlich. Selbst unter der dicken Daunendecke hatte sie eine Gänsehaut. Eiskalte Schauer liefen ihr über den Rücken. Über diese Gefühle wachte sie auf. Sie wollte sich eine Strickjacke holen. Noch während sie mit den Füßen nach den Pantoffeln vor dem Bett suchte, sagte sie zu sich:

»Ich werde doch nicht krank werden! Hoffentlich habe ich mir bei dem Sturz in das eiskalte Wasser des Sees nichts geholt!«

Die Kälte in dem Raum war greifbar. Julie erschrak, als sie ihren Atem als kleine, nebulöse Fahnen erkennen konnte. Es konnte doch unmöglich derart abgekühlt haben! Es war Frühling, und auch wenn es hier an der Küste kühler war als sie es von zu Hause aus kannte, war es unmöglich, dass es so kalt sein konnte!

Julie suchte immer noch nach den Hausschuhen. Sie hatte das Licht nicht eingeschaltet. Durch das Fenster im Schlafzimmer konnte man die bleiche Sichel des Mondes sehen. Es schien bereits am Horizont zu dämmern. Endlich hatten Julies Füße ihre Hausschuhe gefunden. Sie griff nach dem Morgenrock, der über dem Fußende des Bettes lag, und zog ihn über. Ihre Strickjacke lag im Wohnzimmer. Julie fröstelte, als sie zur Schlafzimmertür ging und diese öffnete. Dann schrie sie laut auf.

Direkt vor der Tür zu ihrem Schlafzimmer stand das Mädchen! Es stand einfach da, umhüllt von einem neblig weißen Licht und sah sie mit großen Augen an. So dicht hatte Julie noch nie vor dieser Gestalt gestanden. Sie sah einen fahlen, blassen Gesichtsteint und fast bläuliche Lippen in dem sonst so hübschen Kindergesicht. Das Kind wirkte so echt, als stünde es leibhaftig vor ihr.

Julie warf nach der ersten Schrecksekunde die Tür zu und rannte zum Bett. Wie ein Kind verkroch sie sich unter der Bettdecke und traute sich kaum zu atmen. Ihr wurde abwechselnd heiß und kalt. Es brauchte eine ganze Weile, bis sich ihr rational denkender Verstand wieder einschaltete und sich ihr Atem beruhigte. Trotzdem traute sie sich nicht, den Kopf unter der schweren Bettdecke hervorzuheben, auch wenn ihr das Atmen schwerfiel. Sie überlegte, wie spät es wohl sein mochte. Sie hoffte auf das Tageslicht, und dass damit die Gestalt verschwinden würde. Doch dann fiel Julie ein, dass ihr das Mädchen bereits am helllichten Tag erschienen war!

Das Atmen fiel Julie immer schwerer. Sie war inzwischen schweißgebadet. Wie lange war sie schon in ihrem scheinbar sicheren Versteck? Vorsichtig hob sie die Decke etwas an, um mehr Luft zu bekommen und blinzelte durch den schmalen Spalt in das Zimmer. Es dämmerte bereits! Julie fasste Mut, holte tief Luft und schlug die Bettdecke zur Seite. Es war niemand im Raum. Doch Julie erkannte, dass das Licht, das sie als Morgendämmerung definiert hatte, kein solches war. Es schien von draußen zu kommen, wirkte aber künstlich und nicht wie das Licht der aufgehenden Sonne. Vorsichtig kroch Julie aus dem Bett und schlich sich an das Fenster. Sie hatte richtig vermutet. Das Licht, das sie wahrnehmen konnte, kam von der hell erleuchteten Einfahrt zu Finnlay House! Unzählige Fackeln erleuchteten die Toreinfahrt, die weit offen stand. Nichts war von dem riesigen Dornengestrüpp mehr zu sehen. Julie blickte auf eine sehr hohe, weiß getünchte Mauer. Das eiserne Tor stand weit offen.

Julie rieb sich die Augen. Sie konnte nicht glauben, was

sie sah! Wie festgewurzelt stand sie am Fenster des Pförtnerhauses und starrte auf die Toreinfahrt. Hinter den schweren, eisernen Torflügeln konnte man weitere Fackeln erkennen, die einen Weg säumten. Julie kämpfte mit sich. Sollte sie hinauslaufen? Sollte sie durch das Tor gehen und nachsehen, was sich dahinter befand oder sollte sie hier im Haus und damit in Sicherheit bleiben?

Sicherheit? Wieso glaubte sie, hier in Sicherheit zu sein? War ihr nicht eben noch dieses Mädchen erschienen? War es ihre Verbündete oder musste sie sich vor dem Kind schützen?

In Julies Kopf überstürzten sich die Fragen, auf die sie keine Antwort finden konnte. Ihr Blick war starr auf die Toreinfahrt zu Finnlay gerichtet. Sie fror nicht mehr, im Gegenteil. Sie fühlte sich hinter den schweren Übergardinen des Schlafzimmerfensters in absoluter Sicherheit. Was gäbe sie jetzt darum, wenn Donnie hier wäre! Würde er sehen können, was sie sah? War es wirklich nur ihre Fantasie, die ihr einen Streich spielte, oder war es real, was ihre Augen aufnahmen?

Julie kam eine Idee. Sie griff nach ihrem Handy, das sie auf der Nachtkonsole liegen hatte, und schoss mehrere Bilder von der hell erleuchteten Einfahrt. Diese würde sie morgen Donnie zeigen! Dann müsste er einsehen, dass Julie nicht fantasierte! Sie kontrollierte die Aufnahmen und alle zeigten das, was sie mit ihren eigenen Augen sah. Zufrieden wanderten Julies Augen wieder zur Toreinfahrt. Niemand hatte sich bislang dort blicken lassen. Julie lauschte, ob sie etwas würde hören können, doch es war still und friedlich. Ihr fiel ein, dass dieser Pete im Pub erzählt hatte, dass ein Sir Henry am 17. Mai immer noch seinen Geburtstag auf Finnlay feierte. Welches Datum war heute? Es war der zwölfte Mai. Das konnte es also nicht sein. Julie zog sich den Stuhl, auf dem sie immer ihre Kleidung ablegte, an das Fenster heran und setzte sich. Sie starrte immer weiter auf die Toreinfahrt, doch nichts regte sich dort. Langsam wurden ihre Augen müde und schwer, und ohne dass sie es merkte, schlief sie auf ihren Armen auf dem Fensterbrett liegend ein.

Am nächsten Morgen war es schon weit nach neun Uhr, als Julie endlich erwachte. Ihr Rücken schmerzte und sie glaubte, sich nie mehr richtig bewegen zu können. Vorsichtig streckte sie ihre Glieder. Dann endlich fiel ihr ein, was in der Nacht zuvor geschehen war. Das Handy lag noch neben ihr auf der Fensterbank. Julie nahm es und suchte die Fotos, die sie in der Nacht gemacht hatte. Sie fand sie auch, doch was sie jetzt sah, ließ sie erschauern. Man konnte nichts mehr von den Fackeln in der Hofeinfahrt sehen! Julie hatte das Dornengestrüpp fotografiert. Nicht ein Millimeter der Mauer war zu erkennen.

»Was zum Henker soll das?«, fragte Julie sich selbst und zappte die ganzen Bilder durch, die sie in der Nacht gemacht hatte. Nichts! Es gab nichts Außergewöhnliches darauf zu sehen!

Wie konnte das möglich sein? Julie hatte doch die Fotos alle noch einmal angesehen, ehe sie das Handy neben sich legte! Sie wusste, dass die Fackeln und die hell erleuchtete Toreinfahrt sehr deutlich darauf zu erkennen gewesen waren. Nun sah man nichts!

»Das gibt es doch nicht!« Julie erhob sich, was ihr Rücken mit einem heftigen Schmerz quittierte. Vorsichtig öffnete sie die Tür zum Schlafzimmer. Es war alles normal. Es stand niemand davor. Laut seufzend und sich den Rücken haltend ging Julie in die Küche, um sich einen Kaffee aufzubrühen. Hatte sie in der letzten Nacht fantasiert? Mit Sicherheit nicht. Sie war hellwach gewesen! Aber wie konnte es sein, dass nicht einmal die Fotos mehr da waren, die sie selbst gemacht und kontrolliert hatte?

Julie kauerte sich am Tisch zusammen und trank den heißen Kaffee. Es war ihr immer noch unwohl in ihrer

Haut. So, als beobachte sie jemand. Aus diesem Grund fiel die Morgentoilette auch ziemlich spartanisch aus. Einmal würde das schon gehen.

Kaum war sie angezogen, ging Julie auch schon aus dem Haus und über den Trampelpfad bis hin zu der Stelle, an der gestern die Flügel des Tores offen gestanden hatten. Nichts ließ darauf hindeuten, dass hier etwas anders war als an den Tagen zuvor. Julie fröstelte. Es war ihr wieder so, als kroch die Angst ihren Rücken hinauf und blieb in ihrem Nacken hängen. Ihr erster Impuls war der, wegzulaufen. Doch irgendetwas ließ sie an Ort und Stelle verharren. Sie stand mit eng um die Taille geschlungenen Armen und dem Rücken zur Mauer, und wartete. Etwas würde gleich erscheinen! Sie fühlte es ganz deutlich näherkommen und sie hatte Angst, es wäre das, was in ihr wieder dieses Gefühl der Panik auslösen würde. Sie ahnte auch die Richtung, aus der es kommen würde. Verzweifelt kämpfte sie gegen den Drang, einfach wegzulaufen, an. Sie wollte sehen, wer oder was ihr diese Angst auslöste. Ihr Herz schlug hart gegen die Rippen, als sie auch Schritte vernahm. Als sie es endlich sah, wankte sie.

Donnie sah Julie mit um die eigene Brust geschlungenen Armen vor dem Dornengestrüpp stehen. Sie war sehr blass. Ihre Blicke trafen sich, und ehe er etwas sagen konnte, sackte Julie in sich zusammen.

Julie erwachte aus ihrer Ohnmacht. Sie lag in eine Decke gehüllt auf dem Sofa und Donnie kniete neben ihr. Julie wartete auf die Anzeichen der Angst und Panik, die sie vor kurzem noch spürte, als sie Donnie gesehen hatte. Doch nichts dergleichen geschah.

»Was war das denn eben! Geht es dir nicht gut?«, erkundigte sich Donnie, sobald er sich sicher war, dass Julies Lebensgeister wieder vollkommen zu ihr zurückgekehrt waren. Julie versuchte, sich aufzurichten.

»Doch. Doch, alles OK!«, sagte sie dabei und war sich

bewusst, dass sie Donnie anlog. Wie konnte es sein, dass ausgerechnet er diese Angst in ihr hervorgerufen hatte? Vor ihm brauchte Julie sich doch nicht zu fürchten, im Gegenteil! Was war da bloß in sie gefahren? Oder war es gar nicht er gewesen, sondern schlicht und einfach die Angst vor der Angst? Julie hielt sich die schmerzende Stirn.

»Ich hab Kopfschmerzen«, sagte sie zu Donnie. Dieser erhob sich, um in der Küche nach Aspirin zu suchen und mit diesen und einem Glas Wasser zurückzukommen.

»War der Rotwein gestern Abend zu schwer für dich?«, fragte er, als er Julie beides reichte.

»Möglich«, antwortete diese, bevor sie eine Tablette schluckte.

»Du warst ein bisschen sehr blass. Ist wirklich alles in Ordnung?« Donnies Besorgnis klang nicht gespielt.

»Wirklich, Donnie. Ich habe nur sehr schlecht geschlafen.«

»Dann ruh dich am besten noch ein wenig aus. Oder soll ich den Arzt vorbeischicken?«

»Es gibt einen Arzt in Salesburry?«, wunderte sich Julie.

»Natürlich!«, empörte sich Donnie sofort. »Was glaubst du denn?«

»Nein, ich brauche keinen Arzt«, sagte Julie entschieden. »Es geht schon wieder. War vielleicht wirklich nur der Wein.«

Donnie setzte sich in den Sessel und sah Julie lange an. So lange, dass es ihr unbehaglich wurde. Wenn er es nicht gewesen war, der diese Panik in ihr ausgelöst hatte, was war es dann? War es, was auch immer es war, mit ihm mitgekommen? War es um ihn herum? Julie wurde schwindlig. Was hatte das Mädchen damit zu tun, das ihr immer wieder erschien? Warum konnte man auf den Fotos, die Julie letzte Nacht gemacht hatte, die Fackeln und das offene Tor nicht mehr erkennen? Wie hing das alles nur zusammen?

Julie ließ sich wieder auf das Sofa sinken und seufzte.

»Ich denke, ich schicke doch den Arzt vorbei«, meinte Donnie. »Nicht, dass du dir bei deinem unfreiwilligen Bad doch noch was eingefangen hast.«

»Nein, ich bin einfach nur müde«, meinte Julie matt. »Ich habe die Nacht kaum geschlafen.«

»Soll ich hier bleiben, bis du wieder wach wirst?« Donnie war wieder aufgestanden und beugte sich nun besorgt über Julie.

»Ist nicht nötig, Donnie. Ich bleibe wirklich nur eine Stunde liegen. Dann wird es schon wieder gehen.«

»Gut, wenn du das sagst. Aber ich komme nachher noch einmal vorbei, um nach dir zu sehen!«

Julie nickte, erwiderte Donnies Kuss nur zögerlich und atmete tief ein, als er die Tür hinter sich ins Schloss zog. Sie mochte einfach nicht annehmen, dass er diese Panik in ihr ausgelöst hatte. Da musste es noch mehr geben! Irgendetwas, was sie noch nicht sehen und schon gar nicht verstehen konnte. Vielleicht übernahm sie sich auch einfach mit den Recherchen zu diesem alten Anwesen! Über diese Gedanken schlief Julie ein.

Nach fast zwei Stunden wachte sie wieder auf. Sie hatte einen Bärenhunger und richtete sich in der Küche ein belegtes Brot. Während sie aß, zappte sie erneut die Fotos der letzten Nacht durch. Es hatte sich nichts verändert. Man konnte nur das Dornengestrüpp erkennen. Keine Fackeln! Keine offenstehende Toreinfahrt! Julie legte das Handy wieder beiseite und überlegte, ob sie Donnie von den Ereignissen der letzten Nacht berichten sollte. Als sie sich daran erinnerte, welche Angst sein Auftauchen vorhin in ihr ausgelöst hatte, verwarf sie den Gedanken wieder. Gleichzeitig aber war ihr bewusst, dass sie jemanden brauchte, mit dem sie über all das reden konnte. Im Geiste ging sie all die Leute durch, die sie hier bereits kennengelernt hatte. Niemand schien ihr vertrauenswürdig genug.

Niemand, außer Donnie. Womöglich hatte ihre Panikattacke auch gar nichts mit seinem Erscheinen vorhin zu tun. Vielleicht war es wirklich einfach nur eine Überreaktion auf all das erlebte, was man so einfach nicht erklären konnte.

Das Handy klingelte und Julie schrak gewaltig zusammen. Es war Shirly, die sie fragte, ob sie ihre Mail erhalten habe. Julie bestätigte dies.

»Viel habe ich ja nicht herausgefunden«, plapperte Shirly drauf los. »Kannst du nicht in die nächste Stadt in ein Stadtarchiv, um da mal nach Informationen zu suchen?«

»Eine gute Idee«, gab Julie zu. Dass sie selbst noch nicht darauf gekommen war! »Dazu brauche ich aber ein Auto oder jemand, der mich mitnimmt.«

»Da wird sich sicher wer finden. Gibt es denn keine Autovermietung?«

»Hier?« Julie lachte. »Du ahnst ja nicht, wie winzig dieser Ort ist.«

»Doch, ich ahne es.« Shirly lachte mit. Dann plauderten sie noch über verschiedene andere Themen. Julie ging Shirlys Fragen nach Donnie, dem Schäfer, geschickt aus dem Weg und Shirly versprach, sich noch etwas weiter im Internet nach Informationen umzusehen.

Julie machte sich nach dem Telefonat auf den Weg ins Dorf. Sie hoffte, McNab anzutreffen und ihn fragen zu können, ob er in den nächsten Tagen nach Edinburgh fahren und sie mitnehmen würde. In einer Telefonzelle suchte Julie nach der Anschrift des Stadtarchives. Sie fand ein solches und schrieb sich Straße und Hausnummer auf. Dann ging sie zum Laden, um nach Iain und Fiona McNabs Adresse zu fragen. Die Frau hinter der Theke wusste auch gleich, wer gemeint war und gab an, dass Julie die Straße nur zwei Häuser weiter hinuntergehen müsste. Julie kaufte noch ein paar Lebensmittel ein. Sie wollte nicht nur wegen einer Auskunft den Laden betreten haben. Dann ging sie die Straße entlang und fand schließlich Iain McNab, der gerade in seinem kleinen Vorgarten irgendeinen Busch ausgrub. Julie grüßte höflich, worauf hin McNab nur ein »Hallo« nuschelte, aber freundlicherweise seine Arbeit unterbrach und Julie erwartungsvoll ansah.

»Ich wollte nur fragen, ob Sie in den nächsten Tagen mal nach Edinburgh müssen, Mr. McNab«, trug Julie ihr Anliegen vor.

»In der Tat!«, sagte der kleine Mann.

»Ob Sie mich wohl mitnehmen könnten? Ich muss dringend etwas erledigen«, log Julie.

»Natürlich. Wann soll es denn losgehen?«

»Sobald als möglich. Ich meine, wenn Sie Zeit haben?«

»Morgen. Ich werde gegen zehn Uhr bei Ihnen sein«, nuschelte McNab und wandte sich wieder seiner Arbeit zu. In diesem Moment erschien Fiona auf der Türschwelle und freute sich überschwänglich, als sie Julie erkannte. Diese konnte sich nicht dagegen wehren, auf einen Tee das Haus zu betreten. Im Grunde genommen war es Julie sogar recht, von Fiona eingeladen zu werden. Sie hoffte darauf, etwas mehr von Donnie oder Finnlay von der redseligen Schottin zu erfahren. Diese führte sie zunächst durch das eingeschossige Haus, welches dem Pförtnerhäuschen, in dem Julie wohnte, sehr glich. Überall fand man üppige Blumenmuster und alles war sehr sauber.

In der Küche angekommen bot Fiona Julie einen Platz am Küchentisch an und bereitete den Tee zu.

»Haben Sie sich denn schon eingelebt bei uns?«, fragte Fiona.

»Das habe ich«, antwortete Julie und überlegte, wie sie das Gespräch auf die Themen lenken konnte, die sie so sehr beschäftigten, ohne dass Fiona McNabs Argwohn geweckt würde.

»Wie ich hörte, haben Sie sich mit Donnie angefreundet«, plauderte Fiona weiter. Julie dankte dem Himmel, dass es so leicht sein sollte, das Thema Donnie Murdoch anzusprechen.

»Ein wenig, ja. Nachdem seine Schafe den Vorgarten verwüstet haben«, sagte Julie.

»Nicht das erste Mal«, meinte Fiona und stellte ein Sahnekännchen auf den Tisch.

»Davon hat er allerdings nichts gesagt«, lachte Julie.

»Ein sehr ruhiger Mann«, plauderte Fiona McNab weiter, ohne auf Julies Satz einzugehen. Sie schnitt dabei einige Stücken Butterkuchen aus einer größeren Platte heraus. »Man weiß nicht viel über ihn«, sagte sie dabei. Hoffte sie ihrerseits, von Julie mehr über Donnie herauszufinden? Julie wurde es unangenehm und sie lenkte das Gespräch nun direkt auf Finnlay House über:

»Gibt es im Dorf so eine Art Archiv, wo man mehr über die Geschichte von Salesburry und Finnlay House erfahren kann?«, fragte sie direkt und erntete einen erstaunten Blick von Fiona McNab. Diese schwieg zunächst, setzte sich dann zu Julie an den Tisch und legte ihre Hand auf die von Julie.

»Woher das Interesse? Ist es Ihnen vielleicht unheimlich im Pförtnerhaus?«, fragte sie direkt heraus.

»Nein, nein!«, beeilte sich Julie zu sagen. »Es interessiert mich eben einfach nur.«

Fiona McNab sah noch einen Moment in Julies Augen, ehe sie sich erhob und so, als wäre nichts gewesen, den Teetisch weiter eindeckte.

»Es gibt hier kein Archiv. Da müssen Sie schon nach Edinburgh fahren. Aber ob Sie dort irgendwelche Eintragungen finden, die Sie interessieren könnten, weiß ich nicht. Das meiste wird hier mündlich überliefert.«

»Was wird denn mündlich überliefert?«, wagte Julie zu fragen. Fiona sah kurz von ihrer Tätigkeit auf, lächelte und schnitt dann weiter kleine Rechtecke aus der Kuchenplatte.

Daraufhin stellte sie einen gut gefüllten Teller in die Mitte des Tisches und goss Julie Tee ein.

»Sie kennen doch sicher schon Pete«, fing sie an. Julie nickte bejahend.

»Den habe ich vor kurzem im Pub kennengelernt«, bestätigte Julie Fionas Aussage.

»Dann dürften Sie auch alle Überlieferungen kennen«, lächelte Fiona.

»Oh, dieser Pete erzählte nur von einem gewissen Sir Henry, der noch immer auf Finnlay seinen Geburtstag feiern soll«, gab Julie zu verstehen und untermauerte dies mit einem Lächeln. Es sollte Fiona beweisen, dass sie nichts von dieser Aussage hielt. Fiona aber blieb ernst und reichte Julie das Sahnekännchen.

»Das ist eine Geschichte«, sagte sie dabei und bot Julie auch ein Stück des lecker duftenden Butterkuchens an. Julie griff gerne zu.

»Man erzählt sich auch von einem Kind, das dort immer wieder gesehen werden soll«, sagte sie dabei, als spräche sie von etwas vollkommen normalen. Julie hatte gerade herzhaft in ihr Stück Kuchen gebissen und verschluckte sich nun heftig daran. Fiona klopfte ihr fürsorglich auf den Rücken, und als Julie wieder Luft bekam, fragte sie:

»Ich habe Sie doch jetzt nicht erschreckt?«

»Nein«, meinte Julie und spülte mit einem großen Schluck des süßen Tees nach. »Nein, überhaupt nicht. Ich glaube nicht an solche Geschichten!«

Fionas Blick blieb aber forschend auf ihr hängen. Es war eine stumme Frage, die zur Folge hatte, dass Julie sich zunehmend unwohl fühlte.

»Pete ist ein Schwätzer!«, meinte Fiona bestimmt. »Aber das mit dem Kind, da könnte was dran sein. Weil so viele es schon gesehen haben wollen! Meist in der Nähe des alten Stegs, Sie wissen schon. Am See.«

»Also ich habe da noch niemanden gesehen«, log Julie

tapfer. »Was soll es denn mit dem Mädchen auf sich haben?«

Fiona starrte in Julies Augen, ehe sie feststellte:

»Sie haben es auch schon gesehen!«

»Nein«, log Julie weiter. »Habe ich nicht!«

Fiona stand auf und ging zum Spülbecken, sah lange aus dem sich darüber befindlichen Fenster, ehe sie sich wieder zu Julie umdrehte und sagte:

»Sie haben es gesehen! Ich hatte bislang mit keinem Wort erwähnt, dass es sich dabei um ein Mädchen handelt!«

Julie schwieg und sah betreten vor sich auf die Tischplatte.

»Sie haben es gesehen«, hörte sie Fiona McNab erneut.

Julie nickte.

»Einmal. Am See«, gab sie zu. Dass ihr das Kind bereits öfters erschienen war, verschwieg sie.

»Und?«, fragte Fiona und setzte sich wieder an den Tisch. Julie spürte eine knisternde Atmosphäre um sie herum.

»Nichts weiter. Sie stand nur da. Mehr nicht!«

Fiona nickte langsam mit dem Kopf.

»Das Mädchen soll die einzige Tochter von Sir Henry McDonald sein, dem vor vielen Jahren Finnlay gehörte. Sie soll bei einem Sturm im See ertrunken sein, so sagt man«, berichtete Fiona endlich.

»Gibt es denn keine Aufzeichnungen dazu, dass man solchen Überlieferungen glauben muss?«

»Ich weiß es nicht. Wir aus Salesburry forschen da nicht nach. Es geht uns nichts an! Finnlay steht seit vielen, vielen Jahren leer. Warum in der Geschichte herumwühlen?«, sagte Fiona und schüttelte sich, als käme sie gerade aus einer tiefen Trance zurück.

»Wird denn auch der Name dieses Kindes überliefert?«, fragte Julie nach.

»Man sagt, sie hieß Merideth«, antwortete Fiona.

»Merideth McDonald«, flüsterte Julie vor sich hin. Sie war gleichzeitig wild entschlossen, den kindlichen Geist das nächste Mal mit seinem Namen zu konfrontieren!

»Vielleicht war ich aber auch einfach noch zu gestresst von dem langen Flug und hab mir das nur eingebildet«, sagte Julie nun leichthin. Fiona antwortete nicht darauf. Sie nippte an ihrer Teetasse und lächelte Julie freundlich an.

»Der Kuchen ist wirklich wunderbar«, lenkte Julie ab. Fiona bot ihr an, noch ein paar Stücke mitzunehmen, was Julie dankend annahm. Gleich darauf verließ sie das Haus der McNabs. Sie hatte einiges erfahren und wusste nun auch, dass die Erscheinung dieses Kindes bereits von mehreren Menschen hier beobachtet worden war und dass jedermann darüber Bescheid wusste. Auch Donnie Murdoch! Warum aber log er sie an, als sie von dem Kind auf dem Steg berichtete? Warum gestand er nicht ein, dass auch schon andere dieses Kind dort bereits gesehen hatten?

Über diese Gedanken war Julie am Pförtnerhaus angekommen, wo Donnie sie auf den Stufen der Veranda sitzend bereits erwartete.

»Du warst im Dorf?«, fragte er und deutete mit dem Kinn auf die Papiertüte, die Julie auf dem Arm trug.

»Und bei den McNabs«, ergänzte Julie seine Worte. Sie wollte ihn genau beobachten, wie er reagierte, wenn sie ihn mit Fionas Bericht konfrontieren würde.

»Aha«, machte Donnie nur und half ihr, die Eingangstür aufzuschließen.

»Ich fahre morgen nach Edinburgh. Iain McNab ist so freundlich und nimmt mich mit!«, plauderte Julie vollkommen emotionslos, während sie die Papiertüte ausräumte und die Lebensmittel im Kühlschrank verstaute. Donnie lies Wasser in die Kaffeemaschine laufen und sah Julie daraufhin an.

»Was willst du denn in Edinburgh?«, fragte er perplex.

»Ein wenig shoppen!«, log Julie und lächelte Donnie an.

»Aha«, machte der erneut. Julie stellte Fionas Kuchen auf den Tisch.

»Hast wohl etwas mit Fiona geplaudert«, schlussfolgerte Donnie daraus. Julie bestätigte dies.

»Und was gab's zu reden?«, fragte Donnie nach.

»Ach, nicht viel!« Julie setzte sich an den Tisch und Donnie folgte ihrem Beispiel. Es tat ihr unendlich weh, ihn so auf die Probe stellen zu müssen doch sie wollte herausfinden, warum Donnie so abstritt, das Kind gesehen zu haben! Er musste das Mädchen neulich nachts gesehen haben!

»Fiona erzählte von dem Kind, das schon des Öfteren hier gesehen wurde«, platzte Julie heraus und behielt Donnie im Auge. Der hörte sich das an, lachte und erhob sich.

»Über diesen Quatsch habt ihr also geredet. Typisches Frauenthema!«, sagte er und holte den Kaffee von der Maschine.

»Als ich dir sagte, ich hätte das Kind gesehen hast du nichts davon gesagt, dass dies hier schon öfter der Fall war.«

»Weil es Blödsinn ist, Julie!« Donnie stellte die Kaffeekanne etwas hart auf den Tisch und setzte sich. »Das mit dem Kind wurde von Pete in Umlauf gebracht. Und dass der nicht ganz richtig tickt, brauche ich dir wohl nicht zu erklären, oder?«

»Dann tickt Fiona McNab auch nicht richtig? Ihr schien es mit diesen Sichtungen völlig ernst zu sein.«

»Julie! Du kommst aus einer großen Stadt. Einer Stadt, in der das Leben pulsiert. Und dann glaubst du an solche Ammenmärchen?« Donnie lachte gespielt amüsiert auf.

»Ich glaube nicht an solche Ammenmärchen, weil es keines ist!«, fauchte Julie nun in seine Richtung. Was war es nur, was sie gerade jetzt an seiner Haltung so reizte? Er wusste mehr als er zugab und schwieg sich aus! Nein, viel schlimmer noch: Er stritt es ab, dass dieses Kind hier schon öfter gesehen wurde. Das war es!

»Ich habe das Kind genau gesehen, und das nicht nur in der Nacht auf dem Steg!«, entfuhr es Julie. Gleich darauf hätte sie sich am liebsten auf die Zunge gebissen.

»Wann noch?«, fragte Donnie trocken. Als Julie nicht reagierte, wiederholte er seine Frage ziemlich barsch: »Julie, wann hast du es noch gesehen?«

»Ach, jetzt interessiert es dich doch?«, machte Julie schnippisch.

Donnie stand auf und rang die Hände. Dann fuhr er sich durchs Haar und sah Julie an, die wie ein verstocktes Kind auf den Kuchen starrte.

»Ich glaube nicht an solche Sachen«, fing Julie an zu reden. »Alles lässt sich rational erklären. Dachte ich zumindest bis gestern.«

»Was ist heute Nacht passiert?« Donnie ging nun vor Julies Stuhl in die Knie und sah sie fragend an. Stockend fing Julie an, zu berichten. Erst fand sie kaum die richtigen Worte, doch dann sprudelte alles aus ihr heraus. Alles bis auf das Angstgefühl, das sie heute hatte, als Donnie hier auftauchte. Donnie hörte regungslos zu. Erst als Julie endete, atmete er tief ein, hielt die Luft an und atmete hörbar wieder aus.

»Die Fotos?«, fragte er dann.

»Darauf sieht man nichts. Ich habe sie gestern Nacht noch kontrolliert und da sah man die Fackeln und das offene Tor.«

»Und jetzt ist alles weg?«

»Alles«, nickte Julie. »Donnie, bitte halte mich nicht für verrückt. Wirklich, ich glaube nicht an Geistergeschichten und solchen Kram. Aber hier stimmt was nicht!«

Donnie lachte wieder, aber es wirkte unecht. Er starrte eine ganze Weile auf seine Hände, erhob sich dann und setzte sich auf den zweiten Stuhl in Julies Küche.

»Warum sagst du nichts dazu?«, fragte Julie.

»Weil es dazu nichts zu sagen gibt«, antwortete er.

»Wie?«, entfuhr es Julie spitz.

»Hör zu, was auch immer du gesehen hast, ist ein Produkt deiner Fantasie! Du beschäftigst dich zu viel mit diesem alten Kasten da jenseits der Mauer. Warum nur?«

»Ich habe nicht fantasiert!«, maulte Julie beleidigt.

»Doch hast du! Du hast geträumt!«

»Und im Traum Fotos geschossen?«, lachte Julie bitter auf.

»Es gibt Leute, die schlafwandeln«, warf Donnie ein.

»Das ist jetzt nicht dein Ernst, Donnie Murdoch?«

»Mein Völliger!«

Julie schwieg. Was sollte sie noch sagen? Donnie glaubte ihr nicht, obwohl sie für einen Moment das Gefühlt gehabt hatte, er wäre an dem, was sie erlebte, interessiert. Jetzt aber wusste sie, dass er ihr nicht glaubte und alles nur als Fantasterei abtat. Oder tat er nur so? Hatte sie vor wenigen Minuten, als er ihr schweigend zugehört hatte, sein wahres Gesicht gesehen? Da nämlich glaubte sie felsenfest, er würde das ernst nehmen, was sie sagte. Jetzt aber tat es ihr leid, dass sie alles erzählt hatte. Es war ihr regelrecht peinlich. Und sie war wütend auf sich selbst. Sie wollte keinen Streit mit Donnie, ganz im Gegenteil! Sie wollte ihn für sich, solange sie hier in Salesburry war.

»Vergiss es«, seufzte sie.

»Was?«

»Ich sagte, vergiss es. Du hast recht. Ich habe geträumt. Basta.«

»Und du willst immer noch nach Edinburgh, morgen?«

»Ich will shoppen gehen, Donnie. Nichts weiter!«

Donnie schwieg. Er machte den Eindruck, als ahnte er, dass Julie log. Es war ihr aber egal. Sie würde am nächsten Tag dieses Archiv aufsuchen und sehen, was es über die McDonalds und Finnlay zu lesen gab. Donnie Murdoch hin oder her!

»Du kannst ja mitkommen«, schlug sie vor und hoffte doch, dass er ablehnen würde.

»Das ist nichts für mich«, meinte er und sah Julie weiterhin forschend an.

»Dann nicht«, machte diese lapidar, griff nach einem Stück Butterkuchen und biss herzhaft hinein. Sie schwor sich, Donnie nie mehr etwas zu erzählen, sollte es hier noch einmal zu so ungewöhnlichen Begebenheiten kommen. Donnie glaubte ihr nicht, also warum sollte sie noch etwas erwähnen? Sie würde schon allein hinter die Geheimnisse von Finnlay House kommen. Sie müsste nur strukturiert vorgehen und morgen wollte sie damit anfangen. Es gab nichts, aber auch wirklich gar nichts, was man nicht vernünftig erklären konnte. Sie würde die Erklärungen finden!

Donnie beobachtete sie offenbar genau und Julie gab sich sorglos, obwohl die Erinnerung an die letzte Nacht noch greifbar und ziemlich real war. Vor ihrem geistigen Auge sah sie wieder dieses Mädchen, wie es vor ihrer Schlafzimmertür gestanden und sie angesehen hatte. Julie kam die Idee, dass es vielleicht verhindern wollte, dass sie den Raum verlassen und zu dieser Toreinfahrt gehen würde. Doch diesen Gedanken verwarf sie gleich wieder. Sie wusste ja noch nicht einmal, ob dieser kindliche Geist ein Verbündeter oder ein Feind war! Außerdem machte Donnie sie unsicher. Er saß ihr gegenüber und ließ sie scheinbar nicht aus den Augen. Julie tat weiterhin völlig unbefangen und fragte:

»Kennst du ein paar nette Geschäfte in Edinburgh?«

»Ich war schon lange nicht mehr in der Stadt«, antwortete Donnie.

»Schade. Dann solltest du vielleicht doch mitkommen«, schlug Julie vor und bat insgeheim darum, Donnie würde erneut ablehnen. Das tat er dann auch.

»Ich kann die Tiere nicht allein lassen«, antwortete er.

»Ah, ja«, meinte Julie. Sie hoffte, dass Donnie ihr die Einkaufstour abnehmen würde. Sie hoffte ebenso darauf, dass er nicht noch einmal von den Ereignissen der letzten Nacht, die sie ihm berichtet hatte, anfangen würde. Das tat er auch nicht. Julie schwor sich bei allem, was ihr heilig war, dass sie ihn nie mehr ins Vertrauen ziehen würde. Zumindest wollte sie genau abwägen, was sie ihm erzählte und was nicht. Er war schließlich nur ein Urlaubsflirt. Ein Abenteuer, mehr nicht. Sie würde in zweieinhalb Wochen wieder abreisen und er würde hier auf der Insel bleiben. Bei seinen Tieren. Alles, was sie dann mitnehmen konnte, war die Erinnerung an ihn und die sollte schön sein.

Donnie erhob sich und sagte, er wolle noch einmal nach den Tieren sehen, bevor es dunkel werden würde.

»Kommst du dann wieder?«, fragte Julie. Er nickte.

Als er gegangen war, spürte Julie in sich hinein und fand, dass, seitdem sie Donnie von letzter Nacht berichtet hatte, irgendetwas zwischen ihnen stand. Sie war nicht mehr so unbefangen ihm gegenüber, wie sie es gestern noch gewesen war. Nein, es waren nicht nur Julies Berichte, die dieses Gefühl in ihr aufkeimen ließen. Es war auch die Panik, die sich bei Donnies Eintreffen heute in ihr breitgemacht hatte. War er es selbst oder trug er etwas mit sich, was Julie nicht greifen und einordnen konnte? Es konnte unmöglich er selbst sein. Das hätte Julie bestimmt beim ersten Zusammentreffen gespürt.

Julie verbrachte die Zeit, in der sie auf Donnie wartete, mit einem Buch auf der Veranda. Sie las nicht. Sie hatte das aufgeschlagene Buch zwar in ihren Händen, aber ihr Blick war weit auf den Horizont geheftet. Er endete scheinbar irgendwo im Nirgendwo. Sie lauschte auf den Wind, vernahm leise das Blöken von Donnies Schafen und glaubte, das Meer rauschen zu hören. Ihr Blick wurde immer weicher. Die Konturen, die sie sah, verschwammen und ihr geistiges Auge übernahm die Projektion neuer Bilder. Sie sah die Toreinfahrt, hellerleuchtet. So wie sie sie gestern wahrgenommen hatte. Sie sah Kutschen durch das Tor fahren. Ganz leise vernahm sie Musik. Geigen und ein Cello. Sie hörte Stimmen und ein Lachen. Das Bild gefiel ihr zunehmend. Es war, als könne sie sich völlig körperlos durch das Tor bewegen. Sie schwebte auf das Haus zu. Es war stattlich, hellerleuchtet und voll Leben. Ganz entgegen der hier sonst üblichen Bauweise war es zweistöckig und hatte sogar ein Erkertürmchen, das es fast wie ein kleines Schloss aussehen ließ.

Der Brunnen in der Mitte der Einfahrt plätscherte. Es war ein so wundervolles Bild, wie diese zarte Figur in der Mitte des Brunnens mit den Wasserstrahlen tanzte. Julie wollte nun in das Haus, doch irgendetwas hielt sie davor zurück. Sie kam einfach nicht über die Freitreppe. Die Hauseingangstür stand einladend weit offen, doch Julie konnte nicht hindurch schweben! Sie drehte sich um und sah hinter sich das Mädchen stehen. Es fixierte Julie so, als könnte es sie sehen, obwohl Julie sich sicher war, unsichtbar zu sein! Sie versuchte es erneut, in das Haus zu gelangen, doch das Kind war stärker. Julie kam nicht über die Steinstufen, die zum Hauseingang führten, hinaus. Jetzt drehte sie sich zu dem Kind und fragte:

»Warum lässt du mich nicht hinein, Merideth?«

KAPITEL 12

»Du bist ja schon wieder eingeschlafen«, neckte Donnie sie, nachdem er Julie geweckt hatte. »Kein Wunder, dass du nachtaktiv bist!«

Julie war auf der Veranda eingenickt. Sie hielt immer noch das Buch in ihren Händen und blickte direkt in Donnies Augen.

»Entschuldige, das ist wohl die Seeluft«, gähnte sie verhalten hinter dem aufgeschlagenen Buch hervor.

»Die kann schon müde machen, das ist wahr!«, bestätigte Donnie schmunzelnd. »Besonders solche Stadtpflanzen wie dich!«

Julie knuffte ihn sachte nach dieser Aussage und blinzelte dann in die Abendsonne. Sie hatte noch ihren Traum vor Augen. Zu gerne hätte sie das Kind gefragt, warum diese sie offenbar daran hinderte, in das Haus zu kommen. Doch Donnie war ihr zuvorgekommen, indem er sie geweckt hatte. Julie war sich sicher, dass das nicht nur ein Traum gewesen war. Sie hatte das wirklich erlebt! Es war so real gewesen, dass sie sogar den Duft der Rosen in der Nase gehabt hatte, die an einem Spalier neben der Eingangstür emporrankten.

»Ich dachte, wir gehen zum Abendessen ins Dorf«, schlug Donnie vor. Julie stimmte zu:

»Eine gute Idee. Ich habe zwar eingekauft, aber für ein Abendessen für zwei wird es nicht reichen.«

Sie machte sich ein wenig zurecht. Donnie trug eine Jeans und einen grob gestrickten Pullover, was Julie darauf schließen ließ, dass er in das Pub wollte. Also brauchte sie sich auch nicht besonders kleiden. Wenig später machten die beiden sich Arm in Arm auf den Weg. Julie war es inzwischen egal, ob sie jemand mit Donnie zusammen sah.

Sie war sich sicher, dass man im Dorf bereits über sie und Donnie tuschelte. Sollten sie doch sehen, dass sie recht hatten! Donnie schien das auch nicht weiter zu berühren. Er ging sowieso seinen Weg, ohne auf das Gerede anderer zu achten. Julie bewunderte ihn dafür.

Im Pub war wie immer viel los. Scheinbar traf sich ganz Salesburry am Abend in der kleinen Gaststätte. Julie und Donnie bahnten sich einen Weg vorbei am Tresen hin zu einem kleinen Tischchen direkt am Fenster. Wer nichts essen wollte, stand um die Theke herum. Die Tische waren nur für Gäste, die speisen wollten. So kam es Julie jedenfalls vor.

Kaum hatten sie sich gesetzt, konnten sie auch schon die Bestellung aufgeben. Julie überließ das Donnie. Danach prosteten sie sich mit einem guten Whisky zu.

Julie mochte das Pub. Es wirkte familiär und sie fühlte sich dort wirklich wohl. Ihre Blicke streiften all die anderen Anwesenden. Sie erkannte Pete. Etwas weiter hinten an der Theke saß McNab auf einem abgenutzten Barhocker und prostete ihr lächelnd zu. Selbst der Pfarrer der kleinen Gemeinde war am Tresen zu finden, in ein Gespräch mit einem seiner Schäfchen vertieft. Julie schmunzelte bei diesem Vergleich.

Donnie hatte Fisch bestellt. Es schmeckte vorzüglich, obwohl Donnie mehrfach bat, dass Julie nachsichtig sein möge.

»Man kennt hier nur eine sehr einfache Küche«, hatte er gesagt. Julie fand es einfach lecker. Nach dem Essen begaben sich die beiden an die Theke, um dort ihren Whisky auszutrinken. Bald schon war man in einige Gespräche verwickelt und so merkten weder Donnie noch Julie, wie die Zeit verging und wie viel sie getrunken hatten. Es war schon nach Mitternacht, als sie endlich den Heimweg antraten.

Donnie schlief in dieser Nacht bei Julie. Diese fühlte

sich durch seine Anwesenheit so sicher, dass sie am nächsten Morgen beinahe verschlief. Irgendwie wusste sie, dass nichts geschehen würde, so lange Donnie sich im Haus aufhielt. Sie schaffte es gerade noch rechtzeitig, sich fertig zu machen, ehe McNab vor dem Haus vorfuhr. Julie wunderte sich, wie der kleine, drahtige Mann die vielen Whiskys, die er gestern gehabt hatte, so wegstecken konnte. Er war noch im Pub, als Julie und Donnie gingen, und machte jetzt einen ausgeschlafenen und frischen Eindruck.

Donnie schlief noch. Er hatte gestern mehr als nur einen über den Durst getrunken. Julie hatte ihm Frühstück gerichtet und einen Zettel geschrieben. Darauf bedankte sie sich für den gestrigen Abend und ließ ihn wissen, dass sie sich auf einen weiteren Besuch seinerseits freuen würde.

Sie und Iain McNab sprachen nicht viel auf der Fahrt nach Edinburgh. Julie genoss die Landschaft, die an ihr vorüberglitt. In Edinburgh angekommen machten die beiden einen Treffpunkt und eine Zeit für die Heimfahrt aus. Dann trennten sich ihre Wege.

Julie hatte keine Mühe, sich in der Stadt zurecht zu finden. Sie fuhr mit dem Bus bis fast vor das Gebäude, in dem das von ihr gesuchte Archiv zu finden war. Julie musste lediglich ihren Ausweis vorzeigen und durfte dann an einem Rechner, der neben einigen anderen in einer Art Bibliothek stand, Platz nehmen. Sie war erstaunt, wie einfach es doch war, an solche Informationen heran zu kommen. Sofort flogen ihre Finger über die Tasten. Was sie zunächst über Finnlay House herausfinden konnte, waren die Besitzverhältnisse bis zum Tod von diesem Sir Henry McDonald, der offenbar keine weiteren Erben hatte. Seit dem stand das Haus leer. Das war im Jahr 1934! Das Geburtsjahr dieses Mannes war mit 1876 angegeben. Julie errechnete, dass Sir Henry zum Zeitpunkt seines Todes 58 Jahre alt gewesen war. Von einer Heirat war nichts in den Eintragungen zu lesen. Julie notierte sich alle Daten in einem kleinen Taschenkalender. Dann suchte sie weiter nach Merideth McDonald. Hierzu fand sie keinerlei Eintragungen. Durch Zufall fand sie jedoch einen Link zu einer örtlichen Zeitung und deren Archiv. Nun versuchte Julie es erneut und stieß auf einen kleinen Artikel, in dem vom Tod eines Mädchens im Loch Salesburry berichtet wurde. Es stand jedoch kein Name des Kindes dabei. Man berichtete von einem tragischen Badeunfall. Das war 1916 und das Kind war zehn Jahre alt. Merideth McDonald war also 1906 geboren, sofern es sich bei dem Kind, um das es in diesem unscheinbaren Artikel ging, um Sir Henrys Tochter handelte. Julie ging stark davon aus.

Dann suchte sie im Archiv dieser Zeitung weiter nach der Geschichte von Finnlay House, fand aber nichts, was ihr wichtig erschien. Sie rechnete nach und ermittelte, dass Finnlay House nun seit 80 Jahren unbewohnt war. 80 Jahre! Das war fast mit einem Menschenleben zu vergleichen! Julie war jetzt sogar ein wenig enttäuscht. Nach so langer Zeit war es kein Wunder, dass die Natur langsam das Haus und alles, was damit zusammenhing, wieder zurückerobert hatte. Und sicher hatte Donnie recht: Die Jahre mochten vieles morsch gemacht haben, was vielleicht einmal für die Ewigkeit gedacht war. Es war zu gefährlich, nach so langer Zeit des Leerstands dort alleine hineingehen zu wollen. Julie hoffte, dass Donnie Wort halten und mit ihr gehen würde!

Eine geraume Weile suchte Julie noch planlos herum, bis sie schließlich auf ein Bild stieß, welches diesen mysteriösen Sir Henry darstellte. Es war sehr schlecht zu erkennen doch Julie bekam Herzrasen, als sie es auf dem Bildschirm hatte. Was sie sah, erinnerte sie sehr stark an Daniel, den Inhaber von dem kleinen Bistro in der Seitenstraße des Gerichtsgebäudes! Es war sein Lächeln, seine Augen. Sein Gesicht! Nur, dass dieser Sir Henry zum Zeitpunkt der Aufnahme nicht so alt wie Daniel gewesen sein mochte. Doch die Ähnlichkeit war einfach frappierend!

Julie starrte auf das Bild. Sie atmete so schnell, als wäre sie zweimal um den Häuserblock gelaufen. Das konnte doch kein Zufall sein! Es war einfach nicht möglich! Sie suchte nach einer Möglichkeit, das Bild auszudrucken und fand diese auch. Der Druck war zwar sehr miserabel, aber das, was man erkennen konnte, reichte völlig aus.

Daraufhin wählte sie Shirlys Nummer und sprach auf den Anrufbeantworter. Shirly musste ihr den Gefallen tun und in dieses Bistro gehen, um von Daniel ein Foto zu machen. Notfalls auch heimlich. Julie erklärte es Shirly so, dass sie jemanden kennengelernt habe, der diesem Daniel zum Verwechseln ähnlich sah, was ja nicht gelogen war. Nur, dass dieser Mann bereits seit 80 Jahren tot war. Das jedoch verschwieg Julie ihrer Freundin.

»Daniel hat mir erzählt, er käme aus Schottland. Es kann ja sein, dass die beiden verwandt sind«, sprach Julie auf den Anrufbeantworter. Nachdem sie das erledigt hatte, beschloss Julie, noch ein paar Geschäfte aufzusuchen und Alibieinkäufe zu tätigen, damit Donnie keinen Verdacht schöpfte. Sie war sehr unkonzentriert und hatte immerzu das Bild Sir Henrys vor Augen. Sie war sich sicher, einfach ganz sicher, dass das kein Zufall war, dass er Daniel aus dem Bistro so ähnlich sah wie ein Zwillingsbruder! Julie kaufte viel zu viel Unnützes und fand sich schließlich zur vereinbarten Zeit am ausgemachten Treffpunkt ein. McNab wartete schon. Auf ihn konnte man sich also verlassen. Pünktlich war er!

Er sah Julies viele Taschen und meinte nur trocken:

»Na, das hat sich ja wohl gelohnt!«

Julie nickte nur lächelnd und sank ermattet in das Polster des Beifahrersitzes. Auf dem Weg nach Hause fand sie immer noch keinen klaren Gedanken und noch weniger eine plausible Erklärung dafür, dass Daniel und dieser Sir Henry sich so ähnelten. Sie war so in ihre Gedanken versunken, dass sie nicht einmal die Zeit bemerkte, die die Fahrt in Anspruch nahm. Auf einmal standen sie mit McNabs Rover vor dem Pförtnerhaus und McNab fragte sie, ob sie denn nicht aussteigen wollte. Peinlich berührt nahm Julie ihre Einkäufe an sich und sah McNab hinterher, als dieser in Richtung des Dorfes fuhr. Noch ehe sie die Tür zum Haus aufschließen konnte, klingelte ihr Handy. Es war Shirly.

»Sag mal, du wolltest mich wohl veräppeln«, hörte Julie ihre Freundin, als sie das Gespräch angenommen hatte.

»Hallo Shirly, es freut mich auch, dich zu hören«, ulkte Julie, ehe sie nachfragte: »Wieso wollte ich dich veräppeln?«

»Ich habe dieses Bistro gesucht!« Julie hörte anhand der Außengeräusche, die Shirlys Handy übertrug, dass diese im Auto unterwegs war.

»Es liegt am Ende der Seitenstraße, die links neben dem Gericht wegführt.«

»Das sagtest du bereits. Aber da ist nichts!«

Julie schluckte trocken.

»Die zweiundachtzigste Straße. Nummer 102, ganz am Ende!«, sagte sie erneut mit rauer Stimme.

»Süße, da stehe ich gerade und hier ist nichts! Nichts außer ein paar Ladenlokalen, die wohl schon seit hundert Jahren geschlossen sind! Alles verrammelt und vernagelt!«

Julie ließ sich auf die Verandastufen sinken und flüsterte: »Das kann nicht sein!«

»Pass auf, ich schicke dir mal ein Foto von dem Haus. OK?« Shirly wirkte leicht genervt.

»Ja, mach das mal.« Julie beendete das Gespräch und wartete mit zitternden Händen auf die Bildmitteilung, die Shirly schicken wollte. Als sie diese erhielt, sah sie nichts weiter als mit Holzplatten verrammelte Ladenlokale. Sogar das Fenster, das zu Daniels Bistro gehörte, war mit Latten und einer Sperrholzplatte verschlossen. Die Tür ebenso. Es hatte wirklich den Anschein, als wäre das bereits seit Jahren so, denn etliche Graffitis verzierten die Holzkonstruktionen. Julie schüttelte den Kopf. Das konnte einfach nicht wahr sein! Sie hatte sogar noch den Geschmack des Cognacs auf der Zunge, den ihr Daniel immer angeboten hatte. Sie sah noch immer die kleinen Tischchen und die Theke vor sich! Das konnte einfach nicht wahr sein!

Das Handy klingelte und Shirly meldete sich:

»Und? Ist es das Haus oder hast du dich vertan?«

»Das ist das Haus. Und ich schwöre, dass da ein Bistro drin war!«

»Hör mal, Süße. Ich habe mich ein wenig umgehört. Hier kann sich niemand an ein Bistro erinnern. Schon gar nicht in den letzten Tagen. Die Straße ist seit Jahren tot. Hier wohnt keiner und es gibt auch keine Ladenlokale mehr. Julie bist du noch da?«

»Ja, ja sicher!«

»Also?«

»Dann habe ich mich sicher vertan«, log Julie. Sie wusste, dass sie sich nicht vertan hatte! Sie wusste, was sie gesehen hatte! Sie war doch nicht verrückt!

»Das meine ich auch. Soll ich hier noch weiter suchen oder –«

»Nein, lass mal. Schon in Ordnung. War ja auch nur so eine Idee.« Julie war in Gedanken ganz weit weg. Sie fürchtete wirklich um ihren Verstand. Das Schlimmste daran aber war, dass sie mit niemandem darüber reden konnte! Julie hörte am anderen Ende Shirly noch sprechen, aber sie verstand nicht, was sie sagte. Mechanisch verabschiedete sie sich dann von ihrer Freundin, als diese das Gespräch beendete. Sie saß noch immer inmitten ihrer Einkäufe auf der Verandastufe, als Donnie auftauchte.

»Du bist ja schon da, Liebes!«, freute er sich. Sein Lächeln aber fror ein, als er den Ausdruck in Julies Gesicht sah.

»Was ist denn nun schon wieder?«, fragte er leicht genervt und setzte sich neben Julie.

»Nichts. Was soll sein?«, sagte diese tonlos.

»Nichts? So siehst du mir aber nicht aus. Irgendwas ist doch!«

»Nein, nur ein paar schlechte Neuigkeiten von zu Hause«, gab Julie vor. Sie atmete tief ein und versuchte, sich zu sammeln. Sogar ein Lächeln gelang ihr nach einiger Zeit, doch es wirkte reichlich gequält.

»Hast wohl zu viel Geld ausgegeben«, scherzte Donnie und sah in eine der Einkaufstüten hinein, indem er fragte: »Himmel, für was braucht ihr Frauen all diesen Kram?«

Der Scherz prallte an Julie ab. Auch, dass Donnie sie spottend „Liebes" genannt hatte, hatte sie überhört. Sie lächelte einfach weiter, obwohl in ihrem Kopf die Gedanken gerade Achterbahn fuhren. Sie konnte nicht verstehen, dass sie sich Daniels Bistro eingebildet haben sollte!

»Julie? Ist wirklich alles in Ordnung?« Donnie klang besorgt.

»Alles gut«, bestätigte Julie schnell und erhob sich. »Alles in Ordnung!« Sie schloss die Haustür auf und ging mit ihren Einkäufen hinein. Donnie folgte kopfschüttelnd. Julie wollte sich nicht anmerken lassen, dass sie gerade sehr verwirrt war. Sie gab die unbekümmerte, erzählte Donnie von der Stadt und was sie in manchen Geschäften alles gesehen hatte. Doch Donnie ließ sich nicht irreführen. Als es ihm zu viel wurde, wie Julie aufgekratzt durch das Zimmer jagte und ihm ihre Beute präsentierte, stand er auf und nahm sie einfach in den Arm. Es dauerte nicht lange und Julies Fassade bröckelte. Sie fing an zu weinen.

Donnie hielt sie fest und wiegte sie wie ein Kind. Er sagte nichts, war einfach nur für sie da und die Schulter, an der sie sich ausweinte. Es dauerte eine Weile, bis Julie wieder ruhiger wurde. Donnie fasste sie um die Schultern und fragte:

»Was ist denn los? Willst du nicht drüber reden?«

»Ich will schon, aber du wirst es mir nicht glauben«, schniefte Julie.

»Versuch es doch einfach«, sagte Donnie und zog Julie an der Hand mit sich auf das Sofa.

»Am Tag, als meine Scheidung war, war ich in einem kleinen Bistro in einer Seitenstraße des Gerichtsgebäudes«, begann Julie nun zu berichten. Sie erzählte von Daniel, von dem Mann mit der Zeitung, dem jungen Pärchen, dem Cognac und dann von dem Bild Sir Henrys. Dieses zog sie aus der Hosentasche und zeigte es Donnie.

»Sir Henry McDonald könnte der Zwillingsbruder von Daniel sein«, berichtete Julie. Donnie sah sich das Foto an und meinte:

»Dann zeig doch diesem Daniel mal das Foto. Vielleicht ist er ja wirklich ein McDonald?«

»Würde ich ja machen, wenn es ginge. Das hier«, Julie kramte ihr Handy hervor und zeigte Donnie das Foto, das sie von Shirly bekommen hatte und auf dem die verrammelten Fenster zu sehen waren, »das hier ist Daniels Bistro!« Donnie sah verwirrt in Julies Gesicht.

»Ja, du siehst richtig. Das Bistro gibt es gar nicht! Die Läden in der Straße sind seit mehreren Jahren dicht. Da gibt es kein kleines Café.« Julie fasste sich an die Stirn, während sie das zu Donnie sagte, und setzte sich wieder neben ihn.

»Ich zweifle an meinem Verstand«, meinte sie dabei. Donnie holte Atem, so als wolle er etwas sagen, blieb aber stumm. Er starrte immer noch abwechselnd auf das Handy und dann wieder in Julies Gesicht.

»Ich war dort, Donnie!«, versicherte diese ihm jetzt. »Ich war dort drinnen!«

»Aber, wie?«, fragte der nun, nachdem er sich geräuspert hatte.

»Mein Gott, wie man in so ein Lokal kommt. Durch die

Tür!«

»Das meine ich doch jetzt gar nicht. Ich meine, wie kann es sein, dass da ein Bistro gewesen sein soll? Hast du dich in der Straße geirrt?«

»Habe ich nicht! Ich erkenne doch das Haus wieder!«

»Also für mich sehen die Häuser da alle gleich aus.«

»Sieh auf die Hausnummer. 102 steht da, richtig?«

Donnie schwieg.

»Verstehst du jetzt, warum ich ein wenig neben mir stehe?«, fragte Julie nun beinahe hysterisch. Donnie legte das Handy wieder auf den Tisch und nahm Julie in seine Arme. Aber er schwieg.

»Sag doch was!«, bettelte Julie.

»Was soll ich sagen? Ich denke einfach, du warst nach der Scheidung so emotional, dass du die Straße verwechselt hast«, versuchte Donnie zu erklären.

»Ich war am Tag darauf noch einmal dort!«, unkte Julie. »Zwei Mal Straße verwechseln ist ein bisschen viel, meinst du nicht auch?«

Donnie atmete tief aus und kniff die Lippen zusammen. Dann fragte er:

»Und dieser Daniel sieht aus wie er hier, Sir Henry?«

»Ganz genau so! Nur etwas älter!«

»Aha.« Donnie schwieg wieder eine geraume Weile, ehe er fragte: »Aber, was macht das für einen Sinn?«

»Das frage ich dich, Donnie! Erst dieses Mädchen, dann die offene Toreinfahrt, jetzt das!«

»Zufall«, hörte Julie Donnie sagen. »Alles Zufall!«

Sie schüttelte den Kopf und wand sich aus seinem Arm.

»Du glaubst mir immer noch nicht, was?«

»Ich glaube dir, Julie!«, beteuerte Donnie ehrlich. »Ich glaube dir das alles aber ich denke einfach, du interpretierst da etwas hinein, was da gar nicht ist!«

»Und was?«

»Na, irgendeine Geistergeschichte. Was weiß denn ich!«

Donnie stand auf und begann nun seinerseits, im Zimmer auf und ab zu laufen.

»Das kann wirklich Zufall sein, dass dieser Daniel und Sir „Was-weiß-ich-noch" sich so ähnlich sehen. Reiner Zufall! Und du machst einen Staatsakt daraus«, sagte er.

Julie sah ihn an. Sie sah ihn sehr lange an, ehe sie sagte:

»Ich hab es gewusst, du glaubst mir nicht!«

»Julie, das hat mit dir nicht glauben gar nichts zu tun! Natürlich glaube ich dir! Jedes Wort sogar. Du hast es mit Sicherheit so erlebt. Aber interpretier da nicht Dinge hinein, die da nicht hineingehören!«

Donnie blieb stehen, ließ sich neben Julie auf das Sofa sinken und fasste sie an den Schultern, als er sagte: »Es gibt keine Geister, Julie!«

Julie konnte nur schmerzlich lächeln, als sie über seine linke Schulter deutete und ihn fragte:

»Und was steht dann da hinter dir?«

KAPITEL 13

Sie sah das Mädchen ganz deutlich. Es stand still in der Zimmerecke. Seine Augen blickten traurig und sein süßes Sommerkleid war verschmutzt. Es tropfte. Die Kleine war triefnass. Die blonden Haare klebten ihr auf Stirn und Schultern. Die Strümpfchen waren nach unten gerutscht. Sie sah so erbärmlich blass aus!

Donnie drehte sich nur langsam um und an seiner Reaktion erkannte Julie, dass er sie ebenfalls sehen konnte. Sie bildete sich das nicht ein! Donnie sah das Mädchen genauso wie sie, dessen war sie sich sicher! Sie spürte einen sanften Ruck in seinem Körper, nachdem er das Gesicht in die Richtung gewandt hatte, in der das Kind stand.

»Da ist nichts!«, hörte sie Donnie sagen.

»Was?« Julie war versucht, Donnie kräftig zu schütteln.

Hatte sie richtig gehört? Er leugnete es, das Kind zu sehen? Julie verstand die Welt nicht mehr.

»Du siehst sie, Donnie. Ich weiß es genau!«, zischte Julie.

»Da ist nichts!«, wiederholte er ruhig und sah Julie an. »Rein gar nichts!«

»Warum lügst du?«

»Julie, ich lüge nicht. Ich sehe einfach nichts in der Ecke!«

Julies Blick glitt zurück zu der Stelle, an der eben noch das Kind gestanden hatte. Es war weg.

»Ich habe es ganz deutlich gespürt an deiner Reaktion, dass du sie gesehen hast!«, versuchte Julie erneut, Donnie aus der Reserve zu locken. Dieser schüttelte nur den Kopf und sagte:

»Langsam mache ich mir ernsthaft Sorgen um dich, Julie!«

»Warum gibst du nicht zu, dass du das Kind gesehen hast? Warum nicht?«

»Was soll ich denn zugeben, wenn ich nichts gesehen habe? Julie, du solltest wirklich zu einem Arzt gehen. Du verlierst den Bezug zur Realität!«

Julie stand auf. Sie war wütend. Sie war so wütend wie schon lange nicht mehr. Am liebsten hätte sie Donnie hinausgeworfen! Doch das brachte sie einfach nicht fertig. Vielleicht hatte er wirklich nichts gesehen? Nein, sie wollte nicht, dass Donnie ging. Solange er da war, verspürte Julie wenigstens ein bisschen Sicherheit. Außer der Möglichkeit, Donnie wegzujagen, blieb ihr nur noch eine Alternative. Das war die, abzureisen. Dagegen sträubte sie sich aber mit aller Macht. Sie wollte nicht abreisen! Sie wollte verstehen, was hier vor sich ging! Außerdem war ihr schlagartig klar geworden, dass das alles bereits in New York seinen Anfang genommen hatte. Abzureisen käme einer Flucht gleich, so dachte sie. Sie war sich sicher, dass sie vor dem, was hier passierte, nicht fliehen konnte. Diese Einsicht legte sich wie ein Stahlreif um ihr Herz.

Auf Donnies Hilfe konnte sie offenbar nicht zählen, das war ihr ebenfalls klar geworden. Selbst wenn sie das noch so sehr gehofft hatte. Alles, was sie von ihm erwarten konnte, war ein wenig Sicherheit und Schutz. Mehr nicht. Sie wusste ganz genau, dass er sie angelogen hatte. Er hatte das Kind gesehen. Aber, warum log er?

Julie beschloss im selben Augenblick, in dem sie sich diese Frage gestellt hatte, Donnie nichts weiter zu erzählen, was auch immer sich noch ereignen mochte. Sollte er glauben, alles sei in bester Ordnung. Sie wollte ihn einfach nur nicht verlieren. Sie hielt an ihm fest als sei er der einzige Mensch hier in Salesburry.

»Schon in Ordnung«, sagte Julie und fasste sich an die Stirn. »Vielleicht habe ich wirklich Halluzinationen.«

»Bestimmt!«, lachte Donnie, um gleich darauf noch

einmal nachzufragen, ob Julie nicht doch lieber zu einem Arzt wollte.

»Nein, ist schon gut. Es ist alles gut«, beteuerte sie und hoffte, er würde ihr glauben, was er aber nicht tat.

»Mir wäre wirklich wohler, du ließest dich durchchecken!«, sagte er. »Ich meine, das ist doch nicht normal, dass du Dinge siehst, die nicht da sind.«

»Weißt du was? Wenn ich wieder zu Hause bin, lasse ich das untersuchen, wenn es nochmal auftritt. Vielleicht bin ich auch einfach überspannt. OK?« Julie hatte sich wieder zu Donnie auf das Sofa gesetzt und schmiegte sich nun an ihn. Sollte er glauben, was er mochte! In etwas mehr als zwei Wochen würde Julie wieder nach New York zurückfliegen. Bis dahin würde sie allein das Rätsel gelöst haben, das sich ihrer Meinung nach um dieses Pförtnerhaus und Finnlay rankte. Auch ohne seine Hilfe! Sie wollte dabei einfach nur nicht allein sein und wissen, dass ab und zu jemand nach ihr sah. Dazu müsste ein Mann wie Donnie Murdoch doch vollkommen ausreichen!

»Überspannt«, wiederholte Donnie.

»Ja. Die Scheidung, dann die Reise hier her. Der Zeitunterschied. Wer weiß, was da alles so mitspielen kann.« Julie wirkte überzeugend. Donnie atmete tief ein und lächelte.

»Wenn du mir versprichst, dass du das wirklich tust, dann sage ich nichts mehr dazu!«, meinte er.

»Ich auch nicht«, dachte Julie und lächelte Donnie entwaffnend an: »Versprochen!«

»Und wegen diesem Daniel, da denke ich, dass du wirklich die Straßen verwechselt hast. Ihr Frauen habt doch sowieso eine Rechts-Links-Schwäche.« Donnie feixte. Julie ließ ihn in dem Glauben und ärgerte sich darüber, dass sie sich ihm gegenüber geöffnet hatte. Aber noch mehr ärgerte es sie, dass er nicht zugeben konnte, das Mädchen vorhin gesehen zu haben.

Julie und Donnie verbrachten einen ruhigen Abend und

Donnie blieb auf Julies Bitte hin über Nacht. Es war kurz nach ein Uhr nachts, als Julie aufwachte. Das Bett neben ihr war leer. Sie hörte Geräusche von der Veranda her. So, als ginge jemand darüber. Die Holzplanken knarrten bei Belastung immer ein wenig. Sicher war es Donnie, der keinen Schlaf fand. Julie schlüpfte in den Morgenmantel. Es war hell genug, dass sie sich ohne Licht zu machen zurechtfand.

Die Haustür stand einen Spalt offen. Julie hörte wieder Schritte auf der Veranda. Weil das nur Donnie sein konnte, öffnete sie die Tür und stand ihm auch schon gegenüber.

»Hab ich dich geweckt?«, fragte er leicht irritiert.

»Was machst du um diese Uhrzeit hier draußen?«, stellte Julie eine Gegenfrage.

»Ich konnte nicht schlafen«, sagte er. Julie kam es aber so vor, dass da noch mehr war, was er aber nicht aussprach. Im schwachen Licht des Mondes sah er einfach umwerfend aus mit seinen wild zerzausten Haaren. Er hatte sich vollständig angezogen und lehnte nun gegen einen Holzpfosten, der das Dach der Veranda trug.

»Komm doch wieder rein. Wir können ja noch ein wenig reden oder fernsehen«, schlug Julie vor. Es war recht frisch draußen.

»Einen Moment noch«, bat er. »Ich mag die Nächte, wenn alles so ruhig ist.«

Julie setzte sich auf einen der Gartenstühle auf der Veranda und kauerte sich zusammen. Inzwischen war ihr richtig kalt geworden.

»Ich –«, fing Donnie nach einer ganzen Weile an, »ich habe das Mädchen auch gesehen.« Nachdem er das ausgesprochen hatte, sah er auf seine Füße. Julie sprang auf.

»Was?«, rief sie. »Das sagst du mir jetzt einfach so und lässt mich bis eben noch im Glauben, dass da nichts war?«

»Julie, ich bitte dich!« Donnie legte seine Hände auf ihre Schultern. »Ich wollte einfach, dass du nicht weiter nachforschst!«

»Das ist unfassbar!«, echauffierte sich Julie.

»Julie hör mir bitte zu. Diese Erscheinung ist hier seit langem bekannt. Ich verstehe im Grunde auch nicht, wie Iain es verantworten kann, das Pförtnerhaus an Urlauber zu vermieten.«

»Also weiß er auch davon?« Julie musste sich räuspern. Ihr blieb einfach die Sprache weg.

»Jeder hier weiß davon. Und jeder hat das Kind schon mindestens einmal gesehen«, gab Donnie kleinlaut zu.

»Und du wagst es mir ins Gesicht zu sagen, dass, – dass –«, Julie wandte sich wütend ab.

»Ich habe es dir doch jetzt gesagt«, meinte Donnie und versuchte, Julie wieder in seine Arme zu nehmen. Diese aber wandte sich schroff von ihm ab.

»Ich denke schon die ganze Zeit, dass ich verrückt bin! Dass ich wirklich Halluzinationen habe! Und jetzt kommst du und – oh! Ich fasse es nicht!«

Donnie stellte seine Bemühungen ein und lehnte wieder gegen den Pfosten.

»Dann hast du es in der Nacht, in der ich ins Wasser gefallen bin, auch gesehen? Auf dem Steg?« Julie ließ sich schwer in den Gartenstuhl fallen und sah Donnie forschend an. Der schüttelte den Kopf:

»Nein, Julie. Ich schwöre dir. Da habe ich nur dich gesehen.«

»Es ist unglaublich!«, schnaubte Julie. »Alle hier wissen Bescheid über diese Erscheinung und keiner macht den Mund auf!«

»Ich gehe davon aus, dass alle es wissen. Ob wirklich jeder in Salesburry dieses Kind schon einmal gesehen hat, kann ich nicht mit Gewissheit behaupten. Es tauchte schon früher hier auf, wenn man den Berichten glauben darf. Ich selbst habe es bislang erst zwei Mal gesehen. Einmal, als ich mit meinen Tieren in der Nähe von Finnlay ein Lager aufgeschlagen habe. Da stand es lange beim Zaun und schaute den Schafen zu. Ja, und jetzt noch einmal bei dir im Wohnzimmer.« Donnie stieß sich vom Pfosten ab, ging vor Julie in die Hocke, um ihr in die Augen sehen zu können.

»Bitte, glaub mir!«, sagte er und griff nach ihren Händen. »Es hat sich auch für lange Zeit nicht mehr gezeigt, was man so hört. Dass es in den letzten Tagen wieder öfter zu sehen ist, ist merkwürdig.«

»Ach? Auf einmal!«, giftete Julie in Donnies Richtung.

»Julie, ich wollte dich schützen«, sagte der sehr ruhig, ohne den Blick von Julies Augen zu lösen. »Ich glaubte, dass du mit deinen Nachforschungen aufgeben würdest, wenn man nur hartnäckig genug alles leugnet.«

»Ich habe nicht nachgeforscht!«, konterte Julie. »Ich habe nicht darum gebeten, das alles sehen zu können!«

»Dann muss es einen anderen Grund geben, warum du das alles sehen kannst«, schlussfolgerte Donnie. Julie sah ihn sprachlos an.

»Lass uns rein gehen. Du frierst ja«, meinte er, erhob sich und reichte Julie die Hand. Diese folgte ihm wortlos. Auf der einen Seite war sie froh, endlich die Wahrheit zu kennen. Auf der anderen Seite verstand sie nicht, was Donnies Beweggründe gewesen waren, ihr das alles so vehement zu verschweigen.

Donnie führte sie in das Wohnzimmer.

»Ich konnte nicht einschlafen mit diesem Wissen. Darum bin ich aufgestanden. Ich konnte das auch nicht mehr für mich behalten«, fing er an. »Zuerst dachte ich, dass ich einfach so tun könnte, als würdest du dir das alles einbilden. Aber du bist mir zu wichtig, Julie. Und nach dem, was du mir erzählt hast, konnte ich nicht länger so tun, als wäre das alles nicht. Ich habe keine Erfahrungen mit solchen Dingen. Alles, was ich weiß ist, dass ich mir Sorgen um dich mache.«

Julie sah lange in Donnies Augen. Sie verstand ein wenig, warum er so gehandelt hatte und sie wollte ihm das zu gerne nachsehen.

»Wenigstens bist du jetzt ehrlich«, meinte sie. Eine leichte Bitterkeit schwang in ihrer Stimme mit, das konnte sie nicht verhindern. Donnie lächelte matt.

»Ich verspreche dir, dass ich dir nichts mehr verschweige. Mir ist klar, dass du Hilfe brauchst. Irgendetwas passiert hier und es hat mit dir zu tun, Julie.«

»So etwas Ähnliches habe ich heute auch schon gedacht«, meinte Julie leise. »Mir kam in den Sinn, dass das alles nicht erst hier angefangen hat, sondern schon in New York.«

»Du meinst, das Bistro?«, fragte Donnie nach.

»Das meine ich.«

»Aber wie soll das mit Finnlay zusammenhängen?« Donnie setzte sich nun neben sie.

»Weniger das Bistro selbst als der Inhaber. Dieser Daniel. Der macht mir Kopfzerbrechen, seit ich heute das Bild von diesem Henry McDonald gesehen habe«, sagte Julie. Sie spürte eine große Erleichterung, nun endlich all die Dinge, die sie bedrückten und bewegten, mit Donnie durchsprechen zu können. Sie war ihm dankbar, dass er ihr die Wahrheit gesagt hatte.

»Vielleicht ist es wirklich nur Zufall, dass die sich so ähneln«, meinte Donnie.

»Ich weiß nicht.« Julie stand auf. »Ich weiß es einfach nicht. Manchmal habe ich das Gefühl, ich müsste noch abwarten, um die Zusammenhänge erkennen zu können. Aber, ich bin zu ungeduldig! Ich will es jetzt wissen.«

»Das kann ich nachvollziehen.« Donnie lächelte Julie an.

»Geduld war noch nie meine Stärke«, sagte diese. »Außerdem macht es mir Angst, weiter abzuwarten. Weil ich nicht weiß, was als Nächstes passiert.«

»Das wirst du nicht herausfinden. Was wir aber herausfinden können ist, wie es in Finnlay aussieht. Vorausgesetzt, du zeigst mir die Stelle, wo der Baum auf der Mauer liegt.«

Julie überlegte einen Moment. War Donnie jetzt ehrlich mit ihr? Sein Blick war klar und fest auf sie gerichtet. Schließlich dachte sie, dass sie es ohnehin nicht allein würde schaffen können, über den Baumstamm in das Gelände von Finnlay eindringen zu können. Sie brauchte jemanden, der ihr dabei half, und dieser jemand war Donnie! Sie musste ihm vertrauen!

»Okay«, meinte sie. »Ich werde dir das heute zeigen.«

Donnie nickte zufrieden:

»Ich will es mir nur ansehen. Vielleicht reicht es ja auch nicht aus, um die Mauer zu überwinden.«

Julie schwieg. Vielleicht reichte es ja aber doch aus! Sie würde endlich mehr von Finnlay sehen können und dazu war ihr inzwischen beinahe jedes Mittel recht.

»Wir sollten wieder ins Bett«, meinte sie zu Donnie. »Mir ist kalt und ich bin müde!«

Donnie folgte ihr wortlos. Die restliche Nacht blieb ruhig. Nach dem Frühstück versorgte Donnie seine Schafe und ging dann mit Julie zu der Stelle, an der der umgestürzte Baum lag. Julie befürchtete, sie würde wieder diese Angst empfinden, wie sie sie das letzte Mal hatte, als sie hier gewesen war. Doch nichts dergleichen geschah.

Donnie begutachtete den umgestürzten Stamm und ging auf ihm auch hinauf, soweit es die Äste erlaubten. Julie folgte ihm.

»Siehst du den Brunnen?«, fragte sie, als sie ziemlich weit vorn angekommen waren. Donnie folgte mit seinen Blicken ihrer ausgestreckten Hand und sagte dann:

»Ja, ich sehe ihn. Mehr kann man aber nicht erkennen. Wir werden ein Seil brauchen. Besser noch zwei.«

Die Baumkrone ragte jenseits der hohen Mauer etwas mehr als einen Meter in den Innenhof hinein.

»Wir müssen an Seilen hinunterklettern, wenn wir da

hinein und auch wieder heraus wollen«, stellte Donnie fest.

»Auch das noch«, seufzte Julie.

»Es gibt keine andere Möglichkeit! Du willst doch hinein, oder etwa nicht?«

»Ich weiß und doch, ja. Natürlich!«

»Außerdem müssen wir die Äste ein wenig auslichten. So kommt man ja fast nicht durch!« Donnie gab Julie ein Zeichen, wieder zurück zu klettern. Auf dem Weg zum Pförtnerhaus sagte er, dass er eine Säge und die Seile besorgen wollte. Sie wollten am Nachmittag die Vorarbeiten leisten, um tags darauf über den Baumstamm klettern zu können. Julies Herz machte einen Freudensprung. Dass Donnie das so bald in Angriff nehmen wollte, freute sie. Sie war schon sehr aufgeregt, was sich ihnen hinter der Mauer alles offenbaren würde und sie hoffte, dass sie nicht enttäuscht werden würden.

Donnie hielt Wort. Er brachte am Nachmittag zwei Seile und eine Säge mit. Zusammen mit Julie entfernte er dann einige der Äste des Baumes, bis sie sich weit genug jenseits der Mauer befanden, um die Seile befestigen zu können. Es war eine ziemliche Höhe, aus der sie an den Seilen herabklettern mussten. Julie hätte sich gern davor gedrückt, aber anders war es einfach nicht möglich, die Mauer zu überwinden. Es war beachtlich, dass sie nach so vielen Jahren noch so wehrhaft das Grundstück umfriedete und an keiner einzigen Stelle eingestürzt war. Sicher hätte man auch mit großem Gerät die Dornenbüsche an der Hofeinfahrt entfernen können, doch das hätte zu viel Aufsehen erregt. Genau das wollten Julie und auch Donnie vermeiden! Sie wollten nicht, dass irgendjemand erfuhr, dass sie sich heimlich auf das verlassene Grundstück begaben.

Nachdem alles soweit vorbereitet war, räumten sie noch die abgesägten Äste zur Seite, damit niemand ihre Absicht erraten konnte, sollte doch jemand den Baum entdecken. Zufrieden gingen sie dann zurück zum Pförtnerhaus. Julie bereitete das Abendessen zu. Donnie sah nochmal nach den Tieren. Sie gingen sehr früh schlafen, weil sie sich am nächsten Tag ebenfalls zeitig auf den Weg machen wollten. Sobald die Sonne sich zeigte, wollten sie aufbrechen. Julie war sehr nervös deswegen und schlief in dieser Nacht auch ziemlich unruhig.

Der nächste Tag brachte Sonnenschein mit sich. Nachdem die Schafe versorgt waren, machten sich Julie und Donnie auf den Weg. Beide trugen sie derbe Kleidung, da der Kletterakt über den Baum und die Seile kein Spaziergang werden sollte. Julie hatte sogar ein bisschen Bammel davor, welcher aber wieder verschwand, sobald sie an das Haus dachte, welches sie im Inneren der Umfriedung erwarten würde.

Donnie ging voraus. Es war nicht einfach, auf dem Baum bis zu der Stelle voranzukommen, an der die beiden Seile befestigt waren. Donnie prüfte wohl zum hundertsten Mal die Verknotung, ehe er sich langsam auf den Boden hinab ließ. Julie folgte ihm in geringem Abstand.

»Das Runterkommen ist nicht schwer«, empfing sie Donnie auf dem Boden. »Das Raufkommen wird spannend!« Er zeigte nach oben und Julie schluckte trocken. Von hier unten sah das Ganze noch ein Stück höher aus als von oben betrachtet. Doch darüber wollte sie jetzt nicht nachdenken. Das würde sie schon irgendwie schaffen. Ihre Augen suchten die Umgebung ab. Sie standen in der Nähe des Brunnens, den Julie auch schon von oben gesehen hatte. Julie sah das schlanke Bein und den Arm einer Wassernymphe, die auf dem Brunnen dargestellt war. Aus dem Blickwinkel, den Julie nun hatte, konnte sie die Figur sehr gut erkennen. Sie war wunderschön und wirkte filigran und leicht. Zu gerne hätte Julie sie gesehen, wenn die Wasserstrahlen sie umspielt hätten. Nun war sie überwuchert mit Efeu und dem allgegenwärtigen Dornengestrüpp. Donnie zog einige der Ranken beiseite und sagte nach einer Weile:

»Sie ist wunderschön, findest du nicht auch?«

Julies Blick aber war inzwischen zu dem Haus gewandert, oder vielmehr dem, was man davon unter dem dichten Gestrüpp noch erkennen konnte. Es war genauso zugewuchert, wie die Mauer selbst. Julie war ein wenig enttäuscht. Aber, was hatte sie denn erwartet? Ein vollständig intaktes Anwesen? Dennoch fiel ihr auf, wie sehr das Gebäude dem glich, was sie in ihrem Traum gesehen hatte.

In einiger Entfernung vom Brunnen schwangen sich einige ausladend gearbeitete Stufen hinauf zur Eingangstür. Diese war allerdings nicht auszumachen. Irgendwo hinter dem steil aufragenden Dickicht musste sie versteckt sein. Die Ranken ohne entsprechende Scheren entfernen zu wollen, war unsinnig. Julie bewegte sich als Erste. Sie ging langsam und ehrfürchtig die Stufen hinauf, so wie die Damen seinerzeit geschritten sein mögen, wenn sie zum Empfang geladen waren. Oben angekommen drehte sie sich wieder um und ging genauso grazil die Stufen wieder herunter. Donnie lächelte.

»Fast perfekt«, meinte er und Julie machte einen albernen Knicks. Dann sahen sie sich weiter um. Vom Haus selbst konnte man von der Warte aus, an der sich Julie und Donnie befanden, nicht viel erkennen. Lediglich ein Stück Schiefer gedecktes Dach und eine Art kleiner Erker blitzte unter dem dichten Bewuchs hervor. Donnie fasste nach Julies Hand und ging mit ihr nach links. Der Innenhof schien riesengroß und schloss noch einen weitläufigen Park mit ein, der aber dank des Umstandes, dass ihn keiner mehr gepflegt hatte, zu einem Urwald ausgewachsen war. Das Unterholz war so dicht, dass man kaum hindurch konnte. Man konnte auch nicht erkennen, wo der Wald aufhörte und das Haus eventuell anfing. Julie sah die schmalen Überreste einer gepflasterten Auffahrt, die um den Brunnen eine Kehre beschrieb. Viel konnte man davon nicht mehr ausmachen aber Julie hatte eine Ahnung, in welcher Richtung das Pförtnerhaus und somit das Eingangstor zum Grundstück liegen musste.

»Es ist riesig!«, sagte sie andächtig zu Donnie.

»Das ist es wirklich!«, antwortete er.

Sie gingen noch ein Stück weiter in den Wald hinein und kamen zu den Resten eines Pavillons. Die weißen Säulen, die sein Dach einmal getragen haben mussten, lagen wie gebrochene Beine auf der Erde. Schlingpflanzen hielten sie dort fest und Efeu überwucherte die Bruchstellen. Auf der Plattform konnte man noch das Mosaik eines mit sehr viel Kunstfertigkeit verlegten Bodens erkennen. Nun war Julie es, die einige Äste zur Seite zog, um mehr sehen zu können.

»Wunderschön«, sagte sie leise, als könne ein lautes Wort die Ruhe, die auf dem Grundstück lag, zerstören.

»Die Leute hatten Geschmack«, pflichtete ihr Donnie bei.

Julies Blick wanderte wieder zurück in die Richtung des Haupthauses. In Höhe des ersten Geschosses konnte man ein winziges Stück eines Fensters erkennen. Es war fast zugewuchert und doch schimmerte es leicht weiß hinter dem dichten grün hervor. Julie wurde neugierig und ging nun zurück. Schließlich stand sie ziemlich dicht vor der grünen Wand und sah, dass das da oben wirklich ein Fenster sein musste.

»Siehst du das, da oben?«, machte sie Donnie auf ihre Entdeckung aufmerksam.

»Ein Fenster«, sagte der.

»Eine Möglichkeit, rein zu kommen. Wenn es nicht anders geht«, meinte Julie.

»Wie willst du bitte da hinaufkommen?«

»Wenn ich etwas will, dann schaffe ich das auch!« Julie lächelte Donnie entwaffnend an.

»Da kommst du niemals durch! Das ist viel zu klein!«

»Wozu gibt es Astscheren. Dann schneide ich mir das Loch eben größer!«

»Du bist verrückt. Du kannst dich da nicht festhalten und gleichzeitig mit einer Astschere herumhantieren!«

»Dann müssen wir eine andere Möglichkeit finden«, meinte Julie leichthin. Donnie schüttelte nur den Kopf. Er bezweifelte, dass es überhaupt auch nur irgendeine Möglichkeit gab, in das Haus einzudringen. Was er bislang gesehen hatte, war die buchstäblich grüne Hölle: Undurchdringbar und uneinnehmbar. Julie ging an dieser grünen Wand entlang.

»Da gibt es keinen Weg hinein«, sagte Donnie, hinter ihr herlaufend.

»Es muss aber!« Julie blieb stehen. »Ich bin nicht so weit gekommen, um jetzt einfach unverrichteter Dinge wieder abzuziehen!«

Donnie antwortete nicht. Er ging einfach weiter. Für ihn gab es schlicht und ergreifend keine Möglichkeit, dieses dichte Gestrüpp zu durchdringen. Außerdem, was würde sie dann erwarten? Das, was sich dahinter befand, war mit Sicherheit morsch, verfault und verwittert!

Sie hatten den großen, grünumrankten Block in der Mitte des Grundstückes einmal umrundet. Als sie wieder bei der Freitreppe ankamen, setzte Julie sich sehr enttäuscht auf die Stufen und seufzte:

»Ich hatte wirklich gehofft, es gäbe einen Weg hinein!«

»Und dann?«, fragte Donnie. »Denkst du nicht, dass der Holzboden des Hauses schon so morsch sein muss, dass es gefährlich ist, ihn zu betreten?«

»Schon«, nörgelte Julie.

»Nun sei nicht traurig. Wir sind immerhin hinter die Mauer gekommen und haben gesehen, was dahinter verborgen liegt.«

Julie seufzte laut: »Lass es uns noch einmal versuchen,

ja?«

Donnie schüttelte den Kopf, gab aber nach und folgte Julie auf einer erneuten Runde um das zugewucherte Haus. Schließlich musste sie einsehen, dass es keinen Weg gab, der hineinführte. Zumindest keinen, der leicht zugänglich war. Julie kam sich vor, als stünde sie vor einem enormen Goldschatz, hatte aber keine Möglichkeit, ihn zu erreichen. Wie ein Esel, dem man eine Möhre vor die Nase hielt, um sie immer wieder wegzuziehen.

Sie musste sich geschlagen geben und kletterte mit Donnie zusammen die Seile hinauf auf den Baumstamm. Dort angekommen machten sie erst einmal Pause. Das sich am Seil hochhangeln hatte enorme Kraft gekostet und Julies Knie waren jetzt butterweich.

»Ich möchte noch einmal hier herkommen. Es muss einen Weg geben«, sagte Julie. »Es muss einfach!«

»Du gehst nicht allein, versprich mir das, Julie!« Donnie war sofort alarmiert, als Julie das gesagt hatte. Er kannte sie inzwischen so gut, dass er wusste, dass sie alles daran setzen würde, ein Ziel zu erreichen, welches sie sich gesteckt hatte.

»Dann musst du dir morgen noch einmal Zeit nehmen«, stellte Julie fest.

»Wir werden sehen«, sagte Donnie. Für ihn war es vergebliche Mühe, noch einmal diese Klettertour zu unternehmen. Er hatte gesehen, was er sehen wollte, und beließ es dabei. Julie allerdings nicht. Sie gab nicht auf! Sie war nicht nur stur, sondern auch höchst eigensinnig. Aber genau das mochte Donnie an ihr. Er hatte bislang noch nie eine Amerikanerin kennengelernt und er bewunderte Julie für ihre selbständige Denk- und Lebensweise. Ob die Amerikanerinnen alle so waren? Er jedenfalls mochte es, dass Julie ihren Weg ging und ihre Ziele verfolgte. Sie war so ganz anders wie die Mädchen, die Donnie aus Salesburry oder den angrenzenden Ortschaften bislang kennengelernt hatte. Aber nicht nur ihre Selbständigkeit mochte Donnie sehr an Julie. Nein, sie sah in seinen Augen auch noch wunderschön aus! Er war ein bisschen stolz, dass ausgerechnet er sie erobert hatte.

Julie hatte sich erholt und wollte gerade anfangen, den Baumstamm hinunter zu klettern, als sie sich noch einmal nach dem Brunnen umsah. Neben der Steinfigur stand das Kind! Julie verlor fast den Halt. Donnie hielt sie fest und Julie deutete wortlos auf die Gestalt. Sie hatte sich so erschrocken, dass ihr buchstäblich die Stimme wegblieb!

»Siehst du sie?«, flüsterte sie Donnie zu. Der nickte.

»Ja, klar und deutlich!«

»Sie will nicht, dass wir schon gehen«, sagte Julie. Sie spürte ganz deutlich, was sie soeben gesagt hatte. Das Kind wollte nicht, dass sie gingen! Julie hockte wie erstarrt in der Baumkrone und blickte zu dem Kind hinunter.

»Heißt das, sie redet zu dir?«, flüsterte Donnie.

»Nicht mit Worten. Eher mit Gefühlen. Ich spüre es einfach!«, antwortete Julie ebenso leise.

»Aha. Und was will sie?«

»Ich habe keine Ahnung. Auf jeden Fall will sie nicht, dass wir gehen.«

»Dann müssen wir nochmal hinunter!«, seufzte Donnie.

Julie schüttelte nur stumm den Kopf. Ihre Kräfte waren aufgebraucht und sie suchte nach einer Möglichkeit, dies diesem kindlichen Geist oder was auch immer das war, mitzuteilen.

»Das schaffe ich nicht mehr«, sagte sie leise zu Donnie. »Ich habe keine Kraft mehr.«

Donnie schwieg und blickte wieder zu dem Kind, das nach wie vor unbeweglich neben der Brunnenfigur stand. Julie grübelte: Wenn das Mädchen schon die ganze Zeit, die sie bei Finnlay House verbracht hatten, in ihrer Nähe gewesen war, dann hatte Julie es nicht gespürt. Und wenn sie es nicht gespürt hatte, konnte es auch nicht der Auslöser für die Panik neulich gewesen sein. Hatte Julie jemals schon erfühlt, dass sich diese Gestalt in der Nähe befand? Wenn es über Gefühle mit Julie kommunizieren konnte, war es doch auch möglich, dass es Angst in ihr auslösen konnte! Wie konnte Julie nur mit dem Kind in Kontakt treten, um herauszufinden, was es wollte? War ein Geist überhaupt in der Lage, etwas zu wollen?

Julie wurde schwindlig, doch sie konnte ihren Blick nicht von dem Kind lösen. Das Gesicht des Mädchens war nach wie vor sehr blass und die Lippen beinahe bläulich. Aber im Gegensatz zum letzten Mal, als sie auftauchte, waren ihre Kleidung und ihr Haar trocken. Sie stand nur da und starrte Julie an. Nur Julie. Donnie schien sie gar nicht wahrzunehmen. Julie fiel auf, dass das Kind nicht einmal blinzelte, während es sie anstarrte. Auch sein Kleid bewegte sich nicht im jetzt aufkommenden Wind. Es stand wie ein Gemälde.

Julie dachte daran, dass sie jetzt gehen müsse. Der Zwang, wieder nach unten zu klettern, verlor sich. Gleichsam wurde Julie bewusst, wie sie mit dem Wesen, oder was auch immer das war, kommunizieren konnte. Es ließ sie los. Sie konnte sich endlich von dem Kind abwenden. Es funktionierte mit ihren Gedanken!

»Ich weiß, wie es geht«, sagte Julie zu Donnie, dessen Blick zwischen dem Mädchen und Julie hin und her wanderte.

»Wie was geht?«, fragte er.

»Wie ich mit dem Mädchen Kontakt aufnehmen kann«, flüsterte Julie.

»Ach ja, und wie?«

»Mit meinen Gedanken!« Julies und Donnies Blicke trafen sich, und als sie beide wieder zu dem Kind sahen, war es verschwunden. Ohne ein weiteres Wort zu wechseln, machten Julie und Donnie sich auf den Rückweg. Das Klettern auf dem Baum und an dem Seil hatte Julie ganz schön mitgenommen. Sie fühlte sich, als habe sie einen Marathon hinter sich.

»Ich bin ja nicht unsportlich, aber das war ganz schön heftig«, sagte sie zu Donnie, als sie am Pförtnerhaus wieder ankamen. Das war auch das Einzige, was sie lange Zeit zu dem Erlebnis und dem, was sie gesehen hatten, sagten. Jeder von ihnen schien seine Eindrücke erst selbst bearbeiten zu wollen, ehe er sich mitteilte.

Daher war es bereits Abend, als Donnie von den Schafen zurückkam und beide endlich über ihre Eindrücke reden konnten. Sie saßen gemütlich vor dem Fernseher, nahmen aber nicht wahr, welcher Film dort gerade lief.

»Schon beeindruckend, das Areal hinter der Mauer«, fing Donnie an.

»Ich habe mir ja schon gedacht, dass es groß ist. Aber so groß?«, pflichtete Julie ihm bei.

»Wie das wohl mal ausgesehen hat, als sich noch Gärtner um das Gelände gekümmert haben«, dachte Donnie laut.

»Wenn man das so sieht, dann muss dieser Sir Henry nicht gerade arm gewesen sein«, stellte Julie fest.

»Ihm gehörte viel Land, nicht nur hier. Das wird jedenfalls erzählt. Arm war der sicher nicht.«

»Es ist schade, dass man so wenig über ihn lesen kann. In dem Archiv, in dem ich war, gab es zu Finnlay und zu ihm selbst nur wenige Notizen.«

»Und das Bild«, ergänzte Donnie Julies Worte.

»Genau, das Bild.« Julie verlor sich wieder in der Erinnerung daran, wie sie in dem Bistro in New York Schutz vor dem Regen gefunden hatte. In einem Bistro, das es offensichtlich gar nicht gab. Sie bekam eine Gänsehaut.

»Wem gehört das alles denn seit dem Tod Sir Henrys?«, fragte Julie.

»Ich weiß es nicht. Konntest du das im Archiv nicht herausfinden?«

Julie schüttelte den Kopf.

»Vielleicht gibt es ja doch noch irgendwelche Erben in weiteren Blutlinien, denen es egal ist, was mit dem ganzen Besitz passiert«, philosophierte Donnie.

»Bestimmt«, griff Julie den Gedanken auf. »Hier zu wohnen ist eine Herausforderung. Und Finnlay House –«

»Das kann man sicher nur noch abreißen«, fiel Donnie ihr ins Wort. »Da kümmert man sich lieber nicht drum und lässt alles verkommen!«

»Was aber sehr schade ist, wie du selbst zugeben musst. Der Park ist wirklich eindrucksvoll.«

»Das ist er. Und das Haus eigentlich auch. Es muss ganz schön groß sein.«

»Untypisch!«, meinte Julie.

»Wie?«

»Nun ja, ich habe hier noch kein Haus gesehen, das aus mehreren Stockwerken besteht. Finnlay hat außer dem Erdgeschoss noch mindestens ein Stockwerk und den Dachboden, so wie es aussieht. Und einen Erker. Wer baut hier schon Häuser mit einem Erkertürmchen?«

Donnie sah lange vor sich hin, ehe er bestätigte:

»Du hast recht. Das ist untypisch.«

»Vielleicht war dieser Henry ja gar kein gebürtiger Schotte?«, dachte Julie laut nach.

»Vielleicht hat er das Haus auch gar nicht gebaut, sondern sein Vater oder Urgroßvater?«

»Oder Ururgroßvater oder noch weiter zurück!«, lachte Julie, ehe sie wieder ernster sagte: »Nein, das glaube ich nicht. Ich denke schon, dass Henry der Erbauer war. Es ist eigentlich eine für die Epoche typische Villa. Nur, dass sie hier in Schottland steht. Das ist eher nicht so typisch.«

»Schade, dass du nicht mehr herausfinden konntest.«

»Du müsstest eigentlich wissen, wie viele McDonalds es hier gibt, Donnie. Die gibt's hier wie Sand am Meer! Es ist fast unmöglich, ohne einen genauen Bezug da jemanden herauszufinden«, beklagte sich Julie.

»Ich weiß. Wir müssen eben etwas finden, anhand dessen wir diesen McDonalds Clan eindeutig identifizieren können.«

»Ein Wappen wäre toll«, seufzte Julie. »Vielleicht hätten wir im Haus eines gefunden.«

»Vielleicht.«

»Wollen wir es morgen noch einmal versuchen?«

»Julie, wir haben alles abgesucht. Es gibt keinen Weg hinein. Zumindest keinen, den man relativ einfach gehen könnte.«

»Aber das Fenster –«

»Ist viel zu weit oben!«, unterbrach Donnie Julie. »Außerdem ist der Ausschnitt viel zu klein. Da passt kein Mensch durch. Und, wie willst du da eine Leiter hinein schaffen? Wir können uns gerade selbst auf dem umgestürzten Baumstamm sichern und festhalten.«

»Vielleicht gibt es auf dem Gelände ein Gärtnerhaus oder ein Schuppen, wo man eine Leiter finden könnte?« Julie gab nicht auf.

»Auf dem Gelände!« Donnie lachte bitter. »Du hast doch selbst gesehen, wie groß und zugewuchert das ist. Da brauchen wir Tage, um das ganze Areal abzusuchen!« Er lehnte sich mutlos zurück und starrte an die Zimmerdecke. »Das Fenster kommt nicht in Frage. Allein schon der Gedanke an morsche Zimmerböden sollte uns zur Vernunft bringen.«

»Kann sein, muss aber nicht. Wenn das Dach noch in Ordnung ist.«

»Wir müssen trotz allem damit rechnen.«

»Schon gut.«

»Vielleicht weiß ja dieser Geist einen Weg hinein?«, dachte Donnie laut nach und sah daraufhin Julie an.

»Du meinst, ich soll sie einfach fragen, wenn sie wieder auftaucht?«, lachte Julie los. Der Gedanke, sich mit einem

Geist zu unterhalten, schien ihr geradezu absurd!

»Ja, das meine ich. Du sagtest doch selbst, du hättest einen Weg gefunden, mit ihr zu kommunizieren!« Donnie ließ Julie nicht aus den Augen.

»Das ist absurd!«, lachte Julie. Sie mochte sich fast nicht mehr beruhigen.

»Konntest du es denn auf dem Baumstamm oder nicht?«, fragte Donnie nun eindringlicher, so dass Julies Lachen verstummte.

»Natürlich konnte ich es!«, gab sie zu verstehen und wischte sich über die Augen.

»Und warum versuchen wir es nicht einfach?«

»Weil das Quatsch ist, Donnie!« Julie geriet in Rage: »Mit einem Geist zu reden, ist absoluter Quatsch! Überhaupt einen Geist zu sehen ist Quatsch! Es gibt keine Geister! Was wir da sehen, ist eine kollektive Halluzination. Oder irgendein anderer Mist.« Julies Rage verwandelte sich nun in ein hysterisches Lachen und dann weinte sie. »Oder? Donnie, oder?«

Es fiel ihm selbst schwer, all das als wahr anzunehmen, was er gesehen hatte. Donnie war Realist. Und doch wusste er, dass diese Dinge wirklich passierten. Es gab diesen kindlichen Geist genauso, wie es Julie gab, die ihn nun mit verheulten Augen ansah. Sie zog höchst undamenhaft die Nase hoch, und sagte dann:

»Du meinst das ernst, oder?«

»Ja, ich meine es ernst!«

»Ich soll mit ihr oder ihm oder was auch immer reden?«

Donnie nickte:

»Versuchen könntest du es. Vielleicht haben wir ja Glück?«

Julie schwieg. Sie erinnerte sich an das, was auf dem Baumstamm passierte. Sie war sich so sicher, einen Weg gefunden zu haben, mit dem Kind Kontakt aufnehmen zu können. Doch irgendetwas in ihr sträubte sich dagegen, mit einem Geist zu reden. Wer konnte so etwas schon akzeptieren?

»Ich kann's ja versuchen«, sagte sie leise. »Wenn sie wieder auftaucht.«

»Das wird sie, dessen bin ich mir sicher. Spätestens morgen, wenn wir nochmal über die Mauer klettern.«

Julie schwieg. Nicht nur ihre physische Kraft war aufgebraucht. Das alles überstieg mittlerweile ihren Geist. Sie wollte einfach nichts mehr davon hören und schlief an Donnies Schulter ein.

Der nächste Tag war verregnet. Trotzdem machten sich Donnie und Julie auf den Weg zu dem umgestürzten Baum und kletterten den rutschigen Baumstamm hinauf. Jenseits der Mauer angekommen ließen sie sich, wie bereits gestern, an den Seilen hinab. Julie sah sich um. Die Regentropfen erzeugten ein leichtes Rauschen auf den Blättern um sie herum. Es war sonst bemerkenswert still. Zu still für einen Regentag, dachte Julie. Sie blickte zu der Freitreppe des Hauses, zum Brunnen und weiter in die Richtung, in der der kleine Pavillon gestanden hatte. Es war nichts zu sehen, außer üppigem Grün. Donnie bewegte sich als Erster. Er ging in Richtung des Pavillons. Julie zog die Kapuze ihrer Regenjacke hoch und folgte ihm.

»Was hast du vor?«, fragte sie dabei.

»Ich habe keine Ahnung. Vielleicht gehen wir einfach nur herum und locken sie so hervor?«, antwortete Donnie. Julie wusste, von wem er sprach.

»Wir können ja nochmal ums Haus herum gehen?«, schlug sie vor.

Statt einer Antwort schlug Donnie nun die vorgeschlagene Richtung ein. Sie umrundeten einmal das Haus. Es blieb still. Dann ging Donnie doch in die Richtung des Pavillons. Dort angekommen sahen sich beide um. Plötzlich hob Donnie die Hand und sagte:

»Da! Da scheint ein Geräteschuppen zu sein!«

Julies Blick folgte seiner ausgestreckten Hand. Sie glaubte jetzt auch, zwischen zwei ausladenden Tannen das Dach eines Gebäudes erkennen zu können. Es war schwierig, dorthin zu gelangen. Sie kamen nur langsam voran. Dornen und dichtes Unterholz erschwerten ihnen jeden Schritt. Beim Näherkommen allerdings wurde es immer deutlicher, dass sie wirklich auf ein Gebäude zugingen.

»Was auch immer das war oder ist«, hörte Julie Donnie sagen. »Gleich wissen wir es!«

Das Holzhaus war fast genauso zugewachsen wie das Haupthaus und die Mauer. Doch da, wo die Eingangstür war, waren die Ranken und Dornen weniger dicht als am übrigen Gebäude. Es war eine Art Schuppen oder Gerätehaus, dessen war Julie sich sicher. Donnie versuchte inzwischen, die Tür aufzubekommen. Zunächst wiedersetzte sie sich. Doch das Holz war zu morsch und verwittert, um länger gegen Donnies Anstrengungen standzuhalten. Beim dritten oder vierten Mal schwang die Tür mit einem lauten knarzen nach innen auf. Donnie und Julie starrten in einen schwarzen Schlund. Es war stockdunkel hinter der Tür und ein wenig einladender Geruch strömte den beiden entgegen. Es roch modrig und feucht.

»Hast du die Taschenlampe?«, fragte Donnie. Julie reichte sie ihm. Sie war zwar nicht sehr stark doch es sollte genügen, um sich von der Tür aus ein wenig in dem Holzhaus umzusehen.

Der Lichtkegel streifte einige alte, in Spinnweben eingehüllte Gartengeräte, Holzeimer, die schon sehr vermodert aussahen, Schaufeln und Hacken ohne Stiele. Ebenso tauchten im Lichtschein Gartentische auf, die arg verrostet waren. Stühle und Liegen folgten. Donnie leuchtete auf dem Boden. Er bestand nicht aus Holz, sondern aus Steinplatten, die eng aneinandergelegt waren. Hin und wieder erkannte man ein wenig grün zwischen den Fugen. Doch mangels Licht hatte sich hier im Inneren des Hauses offenbar nichts Pflanzliches lange halten können.

Vorsichtig tat Donnie einen Schritt in das Gebäude. Dem Ersten folgte ein zweiter Schritt und Julie tat es ihm gleich.

»Vorsichtig«, mahnte sie Donnie. »Und nichts anfassen!«

Julie konnte nur mit dem Kopf nicken. Sie folgte wie gebannt dem Kegel der Taschenlampe und ihr Herz schlug hart gegen die Rippenbögen.

»Wie lange sagtest du, steht das jetzt leer?« Donnie flüsterte, so als habe er Angst, dass ein lauter Ton das Holzhaus zum Einsturz bringen könnte.

»Nach meinen Recherchen etwa 80 Jahre«, antwortete Julie ihm ebenso leise.

»Wow!«

»Vielleicht war ja vorher noch jemand hier und hat für Ordnung gesorgt, aber Sir Henry ist jetzt 80 Jahre tot«, räumte Julie nachträglich ein.

»Aha«, machte Donnie. Er leuchtete weiter in die Ecken des Bauwerks. Es gab allerdings außer Gartengerät und Gartenmöbeln, die allesamt sehr vergammelt und verrostet waren, nichts zu sehen. In einer Ecke lag ein Haufen Sitzkissen, oder das, was die Zeit davon noch übrig gelassen hatte. Der bunte Stoff war kaum mehr zu erkennen und die Kissen waren mit Moos überzogen. Dann traf der Lichtkegel der Taschenlampe auf eine Leiter. Sie war an der Rückwand des Gebäudes befestigt. Es war eine einfache Holzleiter, die jedoch lang genug gewesen wäre, um das obere Fenster am Haupthaus zu erreichen.

Julie tippte Donnie auf die Schulter und zeigte mit dem Kinn auf die Leiter, als er sie ansah. Er schüttelte jedoch den Kopf.

»Überleg doch mal, wie lang die da wohl schon hängt. Ich möchte die nicht benutzen müssen!«, sagte er.

»Man kann es doch versuchen«, quengelte Julie, doch

Donnie blieb standhaft:

»Denk nicht einmal daran!«, zischte er Julie an.

Diese kniff die Lippen zusammen und atmete laut hörbar aus. Donnie wusste, dass ihr seine Entscheidung nicht recht war. Doch er wollte nicht riskieren, dass sich einer von ihnen hinter den hohen Mauern Finnlays noch verletzte. Hier Hilfe zu bekommen wäre ein Unding und ließe sich nur unter hohem Aufwand realisieren. Das wollte er auf keinen Fall riskieren.

Julie sah sich weiter um. Inzwischen hatten sich ihre Augen an die Dunkelheit gewöhnt. Das Licht, das durch die offene Tür in den Schuppen fiel, verwandelte das Schwarz langsam in ein helles Grau. Gegenstände zeichneten ihre Umrisse und Julie ging nun ein, zwei Schritte von Donnie weg. Sie hatte etwas auf dem Boden gesehen und wollte wissen, was das war.

»Leuchte mal hier hin«, bat sie Donnie schließlich, da sie einfach nicht erkennen konnte, was da zu ihren Füßen lag. Donnie folgte ihrer Hand.

»Oh Gott!«, entfuhr es Julie, als sie erfasste, vor was sie stand. Vor ihr auf dem Boden lag eine Porzellanpuppe. Ihre Glieder waren unnatürlich verrenkt, die Kleidung voll Spinnweben und Schimmel. Das Kunsthaar, das unter den Resten eines Strohhütchens hervor lugte, war durch Mäuse zu einem Nest umfunktioniert worden. Die unnatürlich großen, blauen Augen des Puppengesichtes sahen Julie fragend an. Donnie leuchtete weiter die Ecke aus, in der die Puppe lag. Man sah jetzt einen sehr alten Puppenwagen und die Reste eines uralten, verrosteten Dreirades. Julie stippte mit dem Fuß gegen den Puppenkörper.

»Ob sie Merideth gehört hat?«, fragte sie sehr leise.

»Keine Ahnung«, antwortete Donnie. Er war inzwischen zu dem Puppenwagen gegangen und hatte diesen am Griff angefasst. Sofort fiel dieser in sich zusammen. Julie erschrak.

»Verdammt! Nichts anfassen! Hast du selbst gesagt!«

»Schon gut«, ließ Donnie vernehmen. Er war inzwischen mutiger geworden. Da der Boden des Holzhauses aus Steinplatten bestand und auch nicht davon auszugehen war, dass es ein Kellergewölbe geben würde, ging er nun furchtlos von einem Objekt zum anderen und besah sich alles aus der Nähe.

»Wirklich uralt, das Zeug hier«, ließ er Julie nach einer Weile wissen. Julie stand immer noch wie aus Stein gehauen vor der Puppe und rührte sich nicht weg. Donnie zog inzwischen an der Leiter, die an großen, verrosteten Haken an der Rückwand des Hauses angebracht war.

»Sieht eigentlich noch ganz gut aus«, kommentierte Julie sein Tun. Donnie aber sah sie nur an und meinte:

»Nein! Julie, nein! Nicht mit DIESER Leiter!«

»Ist ja schon gut, ich hab es ja verstanden!« Julie beugte sich über den Puppenwagen. Er war jedoch leer. Vermutlich hatte die Puppe einst in ihm gelegen und war durch wilde Tiere aus dem Puppenwagen herausgezogen worden. Julie erkannte an der einen Seite des Holzhauses drei Fenster. Sie waren alle komplett zugewuchert, und zwar so dicht, dass kein Lichtschein hindurchfiel.

»Gehen wir«, meinte Donnie. Er hatte genug gesehen. Julie ging nur langsam aus dem Holzhaus ins Freie.

»Immerhin«, hörte sie Donnie sagen.

»Was immerhin?«, fragte sie nach und klopfte ihre Kleidung ab, so, als sei sie voll Spinnweben. Es juckte sie überall.

»Nun, immerhin waren wir in einem Gebäude von Finnlay.«

»Das stimmt.« Julie sah sich um. »Könnten wir es nicht doch versuchen mit der Leiter –«

»Julie nein! Wenn sich einer von uns hier verletzt, wie willst du dann Hilfe holen? Hier kann nicht einmal ein Hubschrauber landen! Außerdem müssten wir dann zugeben, dass wir uns hier herumgetrieben haben, was vermutlich sogar gegen das Gesetz verstößt, denn irgendwem muss das alles hier ja gehören!«

Julie sah Donnie nach dieser Rede verwundert an. So viel hatte er erst selten auf einmal gesagt.

»Es ist zu riskant«, meinte er nach einer kurzen Atempause.

»Dann müssen wir selbst eine Leiter hier herschaffen«, stellte Julie fest. »Ich will da hinein, und das geht offensichtlich nur über dieses eine Fenster!«

Donnie schwieg. Die Exkursion in dem alten Gartenschuppen hatte ihn Blut lecken lassen. Er wollte auch irgendwie in das Haupthaus vordringen! Aber nicht um jeden Preis.

»Donnie! Wenn ich ein paar der Ranken dort wegschneiden kann, komme ich hindurch!«, bettelte Julie.

»Und dann? Machst du mir die Eingangstür auf, ja?«, fragte Donnie bitter. »Entweder wir beide kommen dort hinein oder keiner von uns.«

Julie sah beleidigt auf den Boden zu ihren Füßen. Donnie nahm sie um die Schultern und sagte etwas sanfter:

»Versteh doch! Für einen allein ist es einfach zu gefährlich!«

Julie schwieg. Sie wand sich aus Donnies Armen und ging langsam zurück zum Haus. Donnie folgte ihr nach wenigen Sekunden. Julie stand vor dem Haus und fixierte es mit ihren Blicken, als könne sie dadurch erreichen, dass die Ranken und Dornenäste verschwinden würden.

»Das ist wie in dem Märchen, in dem ein Schloss von Dornen zugewuchert wird. Dann aber kommt ein Prinz und kämpft sich hindurch zur Prinzessin, um sie wach zu küssen«, meinte Julie.

»Dornröschen«, lachte Donnie bitter.

»Hm«, machte Julie bejahend.

»Ich bin leider kein Prinz«, ulkte Donnie weiter.

»Schade«, meinte Julie und sah ihn an. Dann jedoch glitt ihr Blick an ihm vorbei und blieb an irgendetwas hinter ihm hängen. Donnie drehte sich langsam um. Das Mädchen war da! Genau wie gestern stand es wie eine Statue und starrte Julie an.

»Hab ich mich erschrocken!«, flüsterte Julie.

»Versuch es. Jetzt! Frag sie!«, sagte Donnie, ohne das Kind aus den Augen zu lassen. Inzwischen schien die Sonne immer wieder zwischen dicken, weiß bauchigen Wolken. Alles warf dann einen Schatten, nur das Kind nicht! Julie registrierte dies. Dann fühlte sie in sich hinein und fand etwas, das wie ein Hallo klang. Es fühlte sich friedlich an. Julie versuchte, ebenfalls ein Hallo zu dem Mädchen zu schicken. Doch wie sie es auch anfing, es schien nicht zu funktionieren. Irgendwie ging ihre Botschaft ins Leere.

»Es klappt nicht«, sagte sie zu Donnie.

»Versuch es weiter!«

»Vielleicht ist sie böse, weil wir in dem Schuppen waren!«

»Blödsinn!« Donnie lachte leise.

Julie versuchte es noch einmal, doch auch diesmal hatte sie nicht das Gefühl, gehört worden zu sein. Dann fragte sie frei heraus, ob das Mädchen böse sei, weil sie in dem Geräteschuppen gewesen waren. Es kam ein lautes NEIN in Julies Kopf an. Ein stimmloses und doch deutlich hörbares nein!

Julie setzte nun alles auf eine Karte. Sie schob Donnie beiseite und sah dem kindlichen Geist fest in die Augen. Ihr Verstand sträubte sich gegen das, was sie jetzt tat, doch sie tat es einfach. Sie fragte das Kind laut und deutlich:

»Du bist doch Merideth, habe ich recht?«

Das Kind öffnete den Mund und verzog das Gesicht zu einer hässlichen Grimasse. Dann hörte Julie ein JA. Ein tonloses Ja.

»Wir wollen in das Haus. Weißt du einen Weg hinein?«,

fragte Julie weiter. Nichts geschah.

»Weißt du einen Weg in das Haus?«

Das Kind blieb stehen und legte den Kopf etwas schräg.

»Es funktioniert nicht!«, sagte Julie enttäuscht zu Donnie gewandt.

Der schwieg und deutete auf das Kind, das sich umgedreht hatte und nun springender und hüpfenderweise, als würde es spielen, hinter das Haus lief. Julie und Donnie folgten ihr. Hinter dem Haus blieb sie stehen und starrte wieder auf Julie. Nach einer Weile deutete sie auf den Boden zu ihren Füßen und verschwand.

»Ich erschrecke mich jedes Mal, wenn sie das macht!«, gab Julie zu und fasste sich ans Herz.

»Geht mir genauso«, meinte Donnie. Er ging zu der Stelle, an der das Kind auf den Boden gezeigt hatte. Dort angekommen scharrte er mit den Füßen Laub und Tannennadeln weg.

»Was ist da?«, fragte Julie und ging zu ihm.

»Ein Keller! Oder sowas Ähnliches. Auf jeden Fall ist hier eine Luke!«, hörte sie Donnie sagen. Der war inzwischen auf die Knie gegangen und wühlte ungeachtet seiner Kleidung in dem nassen Laub. Julie sah vor ihm einen eisernen Ring auf dem Boden. Sie ging ebenfalls auf die Knie und half Donnie.

»Tatsache!«, jubelte sie dabei. »Ein Kellergang!«

»Freu dich nicht zu früh! Wir wissen noch nicht, wo der hinführt!«

Donnie hatte einen der zwei vorhandenen Flügel freigelegt. Nun zog er an dem eisernen Ring. Er brauchte ein paar Anläufe, bis der hölzerne Flügel nachgab und sich öffnen ließ. Mit fiebernden Händen legten er und Julie die andere Hälfte frei und zogen diese ebenfalls hoch. Die Holzflügel waren sehr massiv und schwer, wenn auch schon durch die Witterung ziemlich angegriffen. Aus dem viereckigen, dunklen Loch im Boden zu Donnies und Julies

Füßen strömte ein sehr modriger Geruch nach oben.

»Pfui Teufel!«, schimpfte Julie und wandte sich ab.

»Da ist schon seit einigen Jahren keine frische Luft mehr hineingekommen«, kommentierte Donnie. Er zog die kleine Taschenlampe aus der Hosentasche und Julie folgte mit den Augen dem Lichtkegel. Sie hielt sich immer noch eine Hand vor die Nase. Vor sich sah sie eine sehr morsche und marode wirkende Holztreppe, die in dieses Erdverlies führte. Donnie leuchtete das schwarze Loch, so gut er es mit der schwachen Taschenlampe konnte, aus. Es gab einige zerborstene Krüge und Fässer zu sehen. Und eben die sehr instabil wirkende Holztreppe.

»Die können wir auch nicht mehr benutzen«, stellte Donnie fest.

»Das denke ich auch«, gab Julie zu. Keine zehn Pferde hätten sie auf diese altersschwache Konstruktion gebracht.

»Das bedeutet, selbst wenn das ein Zugang zum Haus sein sollte, dass wir trotz allem erst eine ordentliche Leiter herschaffen müssen«, kommentierte Donnie.

»Das bedeutet es wohl.« Julie seufzte. Sie hatte so sehr gehofft, heute noch in das alte Haus vordringen zu können. Doch offenbar ging das nicht so einfach. Donnie leuchtete weiter in das Loch hinab. Schweigend standen die beiden und folgten mit ihren Augen dem Lichtkegel. Die Nähe zum Haus ließ hoffen, dass dies wirklich der Zugang zu den Kellerräumen desselben war. Der Eingang zu diesem Bodenverlies befand sich direkt vor dem Sockel des Hauses. Allerdings konnte man nicht erkennen, wie es nach der Treppe weiterging. War der Zugang zum Haus noch intakt?

»Eine Leiter«, dachte Julie laut nach. Donnie nickte zu ihren Worten.

»Das wird spaßig«, sagte Julie weiter. »Wie sollen wir eine mindestens zwei Meter lange Leiter über den schlüpfrigen Baum hier herein bekommen?«

»Vielleicht habe ich eine Lösung«, meinte Donnie und sah Julie an. »Ich habe zu Hause eine ausziehbare Leiter. Es wird dadurch zwar nicht einfacher, die über den Baumstamm hier herein zu bekommen, doch sie ist eben nicht so lang. Wenn wir uns dabei Zeit lassen, sollte es auch machbar sein.«

»Wir sollten es zumindest versuchen.«

»Wie gesagt, wenn wir uns Zeit lassen. Wir werden das schon hinbekommen.«

»Und wenn einer von uns mit der Leiter direkt über die Mauer geht?«, schlug Julie vor. Donnie schüttelte den Kopf.

»Also ich möchte nicht oben auf der Mauer nach Halt suchen müssen. Nicht in dem ganzen Dornengestrüpp. Und das müsste man, wenn man die Leiter von der einen auf die andere Seite bringen wollte. Wer weiß, was unter den ganzen Dornen und Ranken noch versteckt ist. Stacheldraht vielleicht? Die Mauer gleicht ja der einer Festung! Der ehemalige Besitzer von Finnlay muss ganz schön paranoid gewesen sein.«

»Stimmt«, meinte Julie nachdenklich.

»Es muss über den Baum gehen«, wiederholte Donnie. »Und das wird es auch!« Das kam so überzeugt, dass Julie das nun selbst glaubte. Sie würden es schaffen!

Donnie wandte sich ab und sah Julie an.

»Morgen?«, fragte er. Julie nickte. Zusammen verschlossen sie den Kellerzugang wieder. Dann traten sie den Rückweg an. Diesmal fiel es Julie nicht so schwer, sich an dem Seil hochzuhangeln. Oben angekommen verstauten sie die Seile wieder in der dichten Baumkrone, sodass niemand sie von unten sehen konnte. Donnie und Julie wollten nicht riskieren, entdeckt zu werden. Sie wollten so auch unbequemen Fragen aus dem Weg gehen. Dass jemand den umgestürzten Baum entdecken würde, blieb auf Dauer wohl nicht aus, da dieser vom See aus gut zu sehen sein musste.

Während Julie das Essen vorbereitete, sah Donnie nach den Tieren und holte die Leiter, von der er gesprochen hatte. Als er damit bei Julie ankam, traf auch Iain McNab dort ein. Er betrachtete Donnie sehr verwundert.

»Ho, Donnie! Was schleppst du die Leiter hier an? Ist etwas nicht in Ordnung?«, fragte er.

Julie wurde es unbehaglich. Zum ersten Mal wurde ihr bewusst, dass das, was sie taten, ganz sicher nicht erlaubt war. Sie stand in der Eingangstür und blickte zu den beiden Männern, die sich nun gegenüberstanden. Sie hoffte, Donnie würde eine passende Ausrede einfallen. Irgendein Grund, warum es nötig war, eine ausziehbare Leiter von seiner Wohnung hier herzuschleppen.

»Die Fernsehantenne«, fing der an. »Beim Sturm hat sie sich wohl verdreht.«

»Aha«, machte Iain und sah nun zu Julie. Diese lächelte entschuldigend.

»Donnie war so freundlich, mir seine Hilfe anzubieten. Und da ich keine Leiter gefunden habe, die lang genug gewesen wäre, um damit auf das Dach zu kommen –«

»Kann ich denn helfen?«, fragte McNab.

»Ich krieg das schon hin!«, antwortete Donnie.

»Gut. Dann einen schönen Abend noch zusammen!« Iain McNab schmunzelte, als er das sagte und Julie war, als kniff er dabei das rechte Auge zu. Ganz so, als wolle er sagen, dass er ohnehin wüsste, was zwischen der Amerikanerin und Donnie laufen würde.

»Grüßen Sie Ihre Frau«, rief Julie Iain noch hinterher, ehe der die Autotür schloss und sich in Richtung des Dorfes entfernte.

»Der ahnt doch was«, meinte Julie grinsend zu Donnie.

»Wie meinst du? Wegen Finnlay?«, fragte der nach.

»Nein, dass zwischen uns was läuft.«

»Soll er doch denken, was er will«, grinste Donnie lausbubenhaft und zog Julie in die Arme. Jedes Mal, wenn Donnie dieses Lächeln aufsetzte, schmolz Julie dahin. Sie wusste das, aber sie wollte sich auch einfach nicht dagegen wehren.

KAPITEL 14

Es war kalt im Zimmer. Julie erwachte, weil es sie so fror. Nach einer ganzen Weile schlug sie die Augen auf und wusste sofort, dass sie nicht allein im Zimmer war. Dennoch blieb sie regungslos liegen und stellte sich schlafend. Donnie war nach dem Abendessen nach Hause gegangen, also war sie ganz allein. Ihr Herz schlug viel zu schnell. Wer oder was auch immer im Zimmer war, machte ihr Angst. Sie spürte wieder diese Panik ihren Rücken hinaufkriechen. Genau die gleiche Angst, die sie neulich in die Flucht getrieben hatte. Nun konnte Julie nicht weglaufen. Sie war gefangen!

Fast verzweifelt kniff Julie die Augen zusammen und verkroch sich noch mehr in den Daunen ihrer Bettdecke. Sie bekam fast keine Luft mehr und hoffte, das Gefühl der Angst würde endlich nachlassen. Doch es ließ nicht nach! Es hatte sich in ihrem Nacken festgesetzt.

»Warum machst du mir solche Angst, Merideth?«, dachte Julie voller Verzweiflung. Sie war sich nicht einmal sicher, ob es wirklich der kindliche Geist war, der ihr diese Panik bescherte. Sie brauchte einfach nur jemanden, den sie ansprechen konnte. Statt einer Antwort spürte Julie, wie die Angst wich. Es wurde weniger und weniger, bis sie sich fast ganz verlor. Auch die Kälte wich aus dem Zimmer. Julies Atem beruhigte sich und sie spickte vorsichtig unter den halb geschlossenen Lidern hindurch. Es war dunkel im Raum. Julie öffnete die Augen und rang nach Luft. Sie schlug die schwere Decke zur Seite, um besser atmen zu können, da sah sie das Mädchen in der Zimmerecke stehen.

Die kleine Gestalt war von einem schwachen, milchigen Licht umgeben. Sie stand einfach nur da und starrte zu

Julie hinüber.

»Warum musst du mich immer so erschrecken!«, seufzte Julie. Die Gestalt des Mädchens war ihr inzwischen schon vertraut. Sie empfand keine Furcht mehr, wenn sie das Kind sah, denn sie spürte, dass von dem Mädchen keine Gefahr mehr ausging und es das, was eben noch im Zimmer gewesen war, vertrieben oder besänftigt hatte.

»Was war das?«, fragte Julie. Sie bekam keine Antwort. »Was war eben noch hier im Raum?«, fragte Julie in Gedanken erneut. Das Kind öffnete den Mund und formte tonlos das Wort: »Dad«.

»Dein Vater war hier?«

Das Mädchen schwieg und löste sich einfach auf, um ganz dicht vor Julie erneut zu erscheinen. Julie erschrak zutiefst. So nahe war sie der Gestalt noch nie gewesen! Ihr Herz schlug wieder schneller.

»Ich mag das nicht, wenn du das machst!«, rutschte es ihr heraus. Julie wusste nicht einmal, ob dieses Kind sie verstehen konnte, wenn sie sprach. Also sagte sie den Satz in Gedanken noch einmal. Das Kind trat sofort zwei Schritte zurück.

»Aha, so funktioniert das also!«, sagte Julie zu sich selbst. Obwohl sie immer noch fror und es ihr in Anwesenheit dieser Erscheinung unwohl war, nahm sie allen Mut zusammen und fragte das Kind in Gedanken, was es wolle. Das Mädchen deutete ihr an, ihr zu folgen. Es winkte mit der Hand, was so viel hieß wie: Komm mit!

»Ich werde doch nicht in der Nacht einem Geist hinterherlaufen!«, protestierte Julie. Die Gestalt hörte nicht auf, Julie zu locken.

»Nein!«, dachte diese jetzt. »Nicht in der Nacht! Nicht ohne Donnie!«

Das Mädchen hörte auf, Julie zu bitten, ihr zu folgen. Es blickte ein wenig traurig drein und verschwand dann einfach, noch ehe Julie sie weiter ausfragen konnte. Sie hätte so gern noch gewusst, ob wirklich Sir Henrys Geist hier gewesen war. Dass die Angst nicht von dem Mädchen ausging wusste Julie inzwischen beinahe genau. Es musste etwas anderes sein, das diese Panik auslöste. Etwas oder jemand anderes. Julie knipste das Nachttischlämpchen an. Das Licht gab ihr ein wenig Sicherheit, obwohl sie wusste, dass das Kind auch bei Licht oder am helllichten Tag erscheinen konnte. Konnte das ihr Vater auch? Wenn ja, warum suchte er sie auf? Warum machte er ihr solche Angst?

Julie hatte inzwischen alle Lichter im Haus angeschaltet. Sie hockte auf einem Küchenstuhl mit dem Rücken gegen die Wand gelehnt. So fühlte sie sich ein wenig sicherer. Sie wusste nicht, ob sie ins Bett gehen oder auf dem Stuhl sitzen bleiben sollte. Schließlich stand sie auf, um sich einen Tee zu brühen. Als sie sich mit der Tasse in der Hand wieder dem Tisch zuwandte, stand das Mädchen erneut vor ihr und winkte ihr, sie möge ihr folgen. Fast hätte Julie die heiße Teetasse fallen gelassen.

»Erschreck mich nicht immer so!«, ließ sie das Kind in Gedanken wissen. Dieses fuhr jedoch weiter, Julie anzudeuten, sie möge ihr folgen. Inzwischen war Julies Neugier groß geworden. Sie wollte wissen, was es denn gäbe, was dieses Kind ihr zeigen wollte. Entschlossen stellte sie die Teetasse beiseite, ging ins Schlafzimmer und zog sich an. Eingepackt in eine warme Jacke folgte sie dem Mädchen nach draußen. Dort schlug das Kind den Weg zu dem umgestürzten Baum ein. Julie erkannte sofort die Richtung und blieb stehen.

»Ich kann da nicht alleine hinauf!«, dachte sie. »Donnie sagte, es ist gefährlich, alleine da hineinzugehen!«

Das Kind aber fing wieder an, ihr zuzuwinken. Julie folgte dem Mädchen daraufhin bis zu dem auf der Mauer liegenden Baumstamm.

»Ich gehe da nicht alleine hinauf! Vergiss es, Merideth!«, ließ Julie das Kind wissen. Doch die Gestalt winkte ihr wieder zu, sie möge ihr folgen. Sie verschwand durch die Mauer, um gleich darauf wieder aufzutauchen und nachzusehen, ob Julie ihr folgte. So ging es eine ganze Weile, in der Julie mit sich kämpfte und haderte. Dann erinnerte sie sich daran, dass sie am vergangenen Tag ohne Probleme das Seil hinab und wieder hinauf geklettert war. Warum sollte es jetzt anders sein? Es war durch den Mond hell genug, um auf dem Baumstamm sicher nach oben gehen zu können! Julie erklomm den Stamm. Noch während sie überlegte, dass sie besser nicht tun sollte, was sie gerade tat, war sie bei den Seilen angelangt und ließ sich langsam auf der anderen Seite der Mauer hinab.

»Ich muss verrückt sein!«, sagte Julie leise zu sich selbst. »Ich sollte umkehren!« Doch irgendetwas hielt sie davor zurück, diesen Gedanken in die Tat umzusetzen. Sie suchte in der Jackentasche nach der Taschenlampe und sah sich währenddessen nach dem Kind um. Dies ging jetzt geradewegs auf den Kellereingang zu. Es ging? Nein, es schwebte. Direkt bei den beiden Holzflügeln blieb es stehen.

»Ich soll da hinunter? Das wird nicht gehen! Ich bekomme diese Flügel alleine gar nicht auf!«, dachte Julie. »Außerdem habe ich die Leiter nicht dabei. Warum willst du, dass ich da hinuntergehe?«

Natürlich kam keine Antwort. Das Mädchen stand einfach da und starrte Julie an. Dieser wurde langsam unbehaglich. Sie fing an zu frieren, wurde sich bewusst, wo sie war und sah zu dem Haus. Es wurde ihr immer unheimlicher. Die Geräusche der Nacht taten ihr Übriges, um Julie dann doch in die Flucht zu schlagen. Sie hatte es plötzlich sehr eilig, das Seil hochzuklettern. Und je mehr sie es wollte, umso weniger gelang es ihr. Sie kämpfte! Sie kämpfte sich regelrecht nach oben in die Baumkrone und von dort aus zurück auf die andere Seite der Mauer. Dort angekommen brach sie in Tränen aus und rannte in Richtung des Pförtnerhauses. Es dämmerte bereits. Erst als sie das Haus erreicht hatte, blieb sie schwer atmend stehen. Sie weinte und keuchte. Niemals dürfte Donnie erfahren, was sie getan hatte. Niemals!

Julie suchte nach der Taschenlampe. Sie musste sie verloren haben, als sie das Seil wieder hinaufkletterte! Das Seil! Julie hatte es in der Eile nicht wieder in der Baumkrone versteckt, so wie Donnie es immer tat. Jetzt kam zu der Enttäuschung darüber, dass sie das Versprechen brach, was sie Donnie gegeben hatte, auch noch die Wut über sich selbst hinzu. Sie ging ins Haus und schlug die Tür hinter sich zu. Sie musste Donnie beichten, dass sie alleine über die Mauer geklettert war. Er würde es ohnehin schon allein daran merken, dass das Seil nicht ordentlich versteckt und die Taschenlampe verschwunden war. Julie war einfach nur wütend auf sich selbst! Was hatte sie geglaubt, wo diese Gestalt sie hinführen würde? Mitten in der Nacht? Julie schlug mit den Fäusten auf die Tischplatte. Dann atmete sie tief ein. Es war nichts geschehen. Sie war gesund und munter wieder im Pförtnerhaus angekommen. Das sollte doch genügen!

Sie blickte zum Fenster hinaus. Am Horizont konnte man einen hellen Streifen sehen. Es würde bald Tag werden. Ein neuer Tag, an dem sie mit Donnie zusammen noch einmal versuchen wollte, in das Haus zu kommen. Sie stand noch immer am Fenster und sah hinaus, als sie wieder anfing, zu frösteln. Obwohl sie noch die warme Jacke trug, wurde ihr mit einem Mal furchtbar kalt.

»Nicht schon wieder!«, dachte Julie. Sie befürchtete, dass das, was sie in der Nacht schon so in Panik versetzt hatte, wieder kommen würde. Sie zog die Jacke am Hals fester zusammen und starrte in den schummrig dunklen Flur. Warum hatte sie das Licht nicht überall angemacht? Julies Augen brannten. Sie traute sich nicht einmal zu blinzeln, weil sie fürchtete, dann könnte wer oder was auch immer sich aus dem dunklen Flur heraus auf sie stürzen! Inzwischen war es so kalt geworden, dass Julie ihren Atem sehen konnte. Sie versuchte, sich zu beruhigen und ruhiger zu atmen. Es half nichts. Ihr Atem flog. Dann sah sie ihn. Ein Mann, der sie ansah und lächelte. Eine milchige Gestalt, durchsichtig und schwach fluoreszierend. Julie wusste sofort, wen sie sah, auch wenn die Erscheinung wenig mit dem Foto gemeinsam hatte, das sie sich aus dem Archiv mitgebracht hatte. Er wirkte viel jünger, wie er da so im Flur stand. Konnten Geister überhaupt stehen? Julie schluckte. Die Gestalt bewegte sich nicht, sie verschwand aber auch nicht. Sie war einfach da. Ob er es war, der ihr immer wieder diese Angst bereitete? Julie konnte es fast nicht glauben. Wie das Kind auch wirkte er wenig bedrohend. Eher freundlich. Was abstoßend war, war die Kälte um ihn herum. Das hatte Julie so noch nie gefühlt, wenn das Kind auftauchte.

Nach einer ganzen Weile wurde die Gestalt immer durchsichtiger und mit zunehmender Helligkeit verschwand sie. Auch die Kälte wich aus dem Haus. Julie stand noch immer total verkrampft am Küchenfenster und versuchte, ihren Atem zu kontrollieren. Normalerweise war das eine sehr gute Sache, um Aufregung einzudämmen. Heute aber half es gar nichts. Julie erschrak bis ins Mark, als es an der Tür klopfte.

Es war Donnie. Sie hatten sich für diesen Tag ganz früh verabredet. Julie hatte entgegen ihrer sonstigen Angewohnheit die Tür abgeschlossen.

»Julie?«, rief Donnie. »Ich bin es, Donnie. Warum hast du abgeschlossen?«

Julie beeilte sich, die Riegel zu entfernen und die Tür zu öffnen.

»Keine Ahnung, rein gewohnheitsmäßig denke ich mal«, sagte sie, als sie Donnie hereinließ und dieser sie mit einem Kuss begrüßte.

»Kaffee schon fertig?«, fragte er gut gelaunt.

»Noch nicht, aber gleich«, antwortete Julie mechanisch. Sie war in Gedanken noch ganz bei dem, was sie eben gesehen hatte.

»Du siehst ja aus, als hättest du ein Gespenst – ah, entschuldige!« Donnie unterbrach sich sofort, als er merkte, dass sein Witz keiner werden würde.

»Ich habe auch ein Gespenst gesehen«, sagte Julie.

»Das Kind wieder!« Donnie ließ sich schwer auf einen Küchenstuhl fallen.

»Nicht nur«, sagte Julie und sah lange in seine Augen.

»Heißt das, es spuken hier noch mehr Gestalten herum?«

»Ich weiß nicht. Jedenfalls habe ich einen Mann gesehen. Vorhin, im Flur.«

»Hier?«, fragte Donnie spitz.

»Ja, hier.«

»Und was wollte – ich meine, hast du eine Ahnung, wer?«, stammelte Donnie.

»Ich denke, es war Sir Henry. Allerdings, wenn er das war, dann war er noch sehr jung.«

»Himmel noch eins!«, entfuhr es Donnie. »Im Ernst?«

»Wenn ich es dir doch sage!«

»Also von einer männlichen Erscheinung wurde hier noch nie berichtet. Das ist was Neues.«

»Mach dich jetzt nicht lustig über mich, Donnie!« Julie funkelte Donnie böse an.

»Mach ich nicht! Ich habe nur laut gedacht. Es wurde wirklich nie von so einer Erscheinung gesprochen. Wenn, dann ging es immer nur um das Kind.«

Julie setzte sich zu Donnie an den Tisch.

»Weißt du noch mehr über sie. Ich meine, außer dem, was ich auch weiß?«, fragte sie.

»Dass sie ertrunken sein soll«, meinte Donnie und rührte in seiner Kaffeetasse. »Sie soll das einzige Kind von

Henry McDonald gewesen sein.«

»Das alles weiß ich auch«, bemerkte Julie enttäuscht.

»Soll!«, wiederholte Donnie. »Manche Berichte sagen, es gab noch ein Kind. Allerdings gibt es von dem keinerlei Berichte oder Aufzeichnungen. Man müsste das noch einmal genauestens recherchieren.«

»Hm!«, machte Julie nachdenklich. »Wenn es das tatsächlich gibt, dann könnte es doch auch sein, das dessen Kinder die Erben von Finnlay sind. Nur, – wo stecken die? Warum kümmern sie sich nicht um das ganze Anwesen?«

»Wer weiß das schon.« Donnie trank seinen Kaffee aus.

Julie tat es ihm gleich. Daraufhin machten sie sich für den Fußmarsch fertig. Es war ein gutes Stück vom Pförtnerhaus bis zu der Stelle, wo der Baum auf die Mauer gefallen war. Zudem mussten sie die Leiter mitnehmen. Sie war zwar handlicher als Julie gedacht hatte, doch sie wog auch einiges. Donnie hatte gestern ganz schön geschwitzt, bis er mit ihr über der Schulter bei Julie angelangt war. Von seiner Wohnung bis zum Pförtnerhaus war es vergleichsweise nicht einmal die halbe Strecke gemessen an der, die heute vor ihnen lag. Sie trugen die schwere Leiter zusammen. Das allerdings wirkte sich auf ihr Tempo aus. Der Vormittag war schon sehr weit fortgeschritten, als sie endlich ankamen.

»Willst du es nicht doch mal versuchen, mit der Leiter direkt über die Mauer zu kommen?«, fragte Julie. Donnie schüttelte den Kopf.

»Nein. Wir gehen über den Baum!«, sagte er entschieden. Das war wohl auch der Moment, Donnie endlich zu beichten, dass Julie letzte Nacht alleine über die Mauer geklettert war. Donnie hörte sie an und schüttelte den Kopf.

»Wie kannst du!«, sagte er immer wieder. »Wenn dir was passiert wäre!«

»Es ist aber alles gut gegangen.« Julie senkte den Kopf.

»Das war sehr leichtsinnig! Mach das bitte nie wieder! Es ist einfach zu gefährlich!« Donnie umfasste Julie an den Schultern und schüttelte sie leicht. »Du darfst auf keinen Fall alleine hier rein, verstehst du?«

»Ich weiß ja«, gab Julie zu. »Ich verspreche dir, dass ich das nie mehr ohne dich machen werde, in Ordnung?«

»Hoffentlich vergisst du das nicht wieder!«, maulte Donnie und machte sich daran, über die aus dem Boden gerissene Wurzel des Baumes auf dessen Stamm zu klettern. Als er das geschafft hatte, reichte Julie ihm die Leiter hoch. Sie brauchte einige Anläufe, bis Donnie diese endlich fassen konnte.

»Die ist aber wirklich entsetzlich schwer!«, keuchte Julie.

»Aber dafür auch sicher«, kommentierte Donnie. Zusammen balancierten sie dann mit der Leiter zwischen sich bis zur Baumkrone. Dort ließ Donnie die Leiter einfach herunterfallen. Danach folgten er und Julie an den Seilen. Das war einfacher, als die Leiter in der Höhe, in der sie sich befanden, auseinanderklappen zu wollen, um dann über diese herunterklettern zu können.

Julie spürte schon, dass sie diese Aktion einiges an Kraft gekostet hatte. Sie spürte es in den Armen. Direkt unter ihrem Seil lag auch die verlorengegangene Taschenlampe. Julie zeigte sie Donnie und der schüttelte nur den Kopf und meinte:

»Ich verspreche dir, Julie Miller: Wenn du noch einmal alleine hier herkommst, rede ich nie mehr ein Wort mit dir! Was da alles hätte passieren können! Du bist so unvernünftig!«

»Es ist doch nichts passiert!«, schimpfte Julie.

»Gott sei Dank nicht! Gott sei Dank!« Donnie schulterte die schwere Leiter. Auf dem Weg zur Bodenluke schimpfte Donnie immer weiter:

»Was mache ich eigentlich hier? Ich sollte zu Hause

sein. Auf meine Schafe aufpassen! Stattdessen laufe ich irgendwelchen Erscheinungen hinterher, die mich überhaupt nicht kümmern sollten! Was zum Henker mache ich eigentlich hier?« Bei der Bodenluke angekommen, ließ er die Leiter auf den Boden gleiten und sah Julie lange an.

»Hör mir mal zu, Julie«, begann er sehr eindringlich. »Wenn ich jetzt die Leiter da runter stelle, ziehe ich die nicht jedes Mal, wenn wir gehen, wieder hoch. Sollte ich nur einmal mitbekommen, dass du ohne mich hier runter gestiegen bist, nur ein einziges Mal, blase ich die ganze Aktion sofort ab! Es ist erstens verboten, was wir hier machen, und zweitens auch noch gefährlich! Das darfst du nie vergessen! Ich will mir keine Sorgen um dich machen müssen!«

»Wow!«, machte Julie nach dieser Rede und zickte gleich los: »Ich habe dir doch versprochen, dass ich da nicht alleine reingehe! Reicht das nicht?«

»Offensichtlich nicht, sonst wärst du letzte Nacht nicht – ach, lassen wir das. Hilf mir mal!«

Zusammen zogen Donnie und Julie die Flügel der Bodenluke auf. Donnie hatte auch an eine stärkere Taschenlampe gedacht. Mit ihr suchte er nun einen geeigneten Standort für die Aluminiumleiter. Dann entriegelte er die in sich zusammengeschobene Leiter und zog sie auf volle Länge aus. Sie ragte sogar ein gutes Stück über das Erdloch hinaus, als er sie in dem Abgang versenkte. Julies Herz klopfte aufgeregt. Endlich sollten sie erkunden können, ob es von diesem Kellerraum einen Zugang zum Haupthaus gab. Julie war schon so gespannt auf die Eindrücke, die sie gleich würde sammeln können. Zuerst aber stieg Donnie in den Kellerabgang hinunter. Als er unten ankam, kommentierte er, was er alles sehen konnte.

»Das geht gut zwei Meter nach unten«, rief er Julie zu, die oben an der Bodenluke wartete. »Und es stinkt!« Jetzt kam auch das Halstuch zum Einsatz, auf das Donnie bestanden hatte. Er zog es sich über Mund und Nase.

Danach war es eine Weile still. Julie sah Donnie dabei zu, wie er langsam und systematisch jeden Winkel des Kellerabganges ausleuchtete. Bei der Holztreppe angekommen leuchtete er nach oben und schüttelte den Kopf.

»Gut, dass wir nicht versucht haben, über die Holztreppe nach unten zu kommen«, rief er Julie zu. »Hier fehlen schon einige Stufen. Weggegammelt, denke ich mal.« Dann konnte Julie sehen, wie Donnie sich von der Leiter weg bewegte und verschwand. Sie hielt den Atem an. Hatte er den Zugang zum Haus gefunden?

»Hier geht's weiter!«, hörte sie Donnie rufen. »Komm runter, Julie! Aber zieh das Halstuch über deinen Mund und deine Nase. Ist besser! Man weiß ja nicht, was hier für Sporen in der Luft sind!«

Julie tat es Donnie gleich und zog sich das Halstuch über die Nase, ehe sie nach der Leiter griff und langsam nach unten stieg. Donnie leuchtete ihr hierbei die einzelnen Sprossen an, damit ihre Füße sicheren Halt fanden. Als sie unten ankam, atmete sie tief ein. Die Luft war feucht und roch gammlig. Julies Augen folgten Donnies Taschenlampe. Sie sah haufenweise vermodernde Bretter von Fässern und Kisten, dazwischen immer wieder einige Tonscherben. Es war unangenehm feucht.

Donnies Taschenlampe fing jetzt etwas ein, was einstmals eine Tür gewesen war. Sie hing schief in den verrosteten Angeln und war zur Hälfte weggefault.

»Hier scheint es weiter zu gehen«, sagte Donnie, bewegte sich aber nicht vom Fleck.

»Dann lass uns doch nachsehen!«, meinte Julie nach einer Weile. Ihre Stimme klang ihr durch das über Nase und Mund gezogenen Halstuch selbst fremd. Donnie bewegte sich, nicht ohne vorher Julie geheißen zu haben, ihn vorangehen zu lassen. Sie folgte ihm in geringem Abstand.

Die Reste der Tür versperrten den Weg. Donnie konnte

einen Gang dahinter ausmachen. Um jedoch weitergehen zu können, musste die alte Tür gänzlich geöffnet werden. Donnie drückte dagegen und die Reste der Tür, die eben noch halbwegs in den Angeln gehangen hatten, fielen zu Boden. Das Holz war so feucht und morsch, dass es nicht einmal ein Geräusch von sich gab, als es zu Boden bröselte.

»Vorsicht hier!«, mahnte Donnie, als er über die Reste der Tür stieg. Julie tat es ihm gleich.

Direkt hinter dieser Tür gab es einen kurzen Gang zu einer Steintreppe, die hinauf führte. Der erdige und modrige Geruch intensivierte sich, bis Julie und Donnie schließlich an der Steintreppe ankamen. Hier verlor sich der Gestank. Donnie leuchtete die Stufen nach oben. Das Geländer links neben der Treppe eignete sich nicht mehr, um daran Halt zu finden. Es war nur noch der Rost, der es zusammenhielt. Es musste früher einmal aus Eisenstangen geschmiedet worden sein.

Donnie fasste das Geländer an und es bröselte sofort an der Stelle weg.

»Nicht anfassen!«, mahnte er Julie. Die nickte nur. Stufe für Stufe stiegen die beiden jetzt die Treppe hinauf, bis sie wieder vor einer Tür standen. Diese schien allerdings noch besser in Schuss zu sein wie die, die unten im Keller gewesen war. Donnie musste ein paarmal kräftig drücken, bevor das verrostete Schloss nachgab. Dann jedoch schwang die Tür mit einem lauten Quietschen auf. Das Geräusch erzeugte bei Julie eine Gänsehaut. Sie stand noch auf den Steinstufen, während Donnie schon oben an der Tür stand und links und rechts leuchtete.

»Was siehst du?«, fragte Julie ungeduldig und zwängte sich hinter Donnie. Beinahe wäre sie die Stufen hinabgestürzt, denn bedingt durch die Enge auf der oberen Stufe verlor sie den Halt und fasste nach dem Geländer und somit ins Leere. Donnie hielt sie am Arm fest.

»Was machst du denn?«, zischte er böse.

»Ich will auch etwas sehen!«, mäkelte Julie, obwohl der Schreck ihr noch in den Knochen saß.

»Hier gibt es noch nichts zu sehen, Donnerwetter! Du wärst fast die Treppe hinuntergestürzt!«

»Richtig: FAST!«

»Julie, bitte! Wir brechen sofort ab, wenn es nicht anders geht!« Donnies Augen funkelten im Licht von Julies Taschenlampe. Er war wohl ernsthaft böse.

»Ok! Ok!« Julie ging eine Stufe zurück und ergab sich ihrem Schicksal. Sie musste warten. Donnie leuchtete jetzt auf den Boden. Dann machte er einen Schritt aus der Kellertür heraus und federte in den Knien, als prüfe er so die Stabilität des Bodens.

»Steinboden. Wie im Schuppen. Fliesen, denke ich«, bemerkte er. »Ich glaube auch nicht, dass das hier unterkellert ist. Der Keller ist ja seitlich«, sprach er weiter und machte noch einen prüfenden Schritt. Julie folgte ihm jetzt auf die oberste Kellerstufe und spähte um die Ecke, Donnies Taschenlampe folgend. Man konnte links nur einen Gang erkennen. Rechts war eine Wand. Da ging es nicht weiter. Julie leuchtete nach rechts und erkannte, dass das eine Tür war, also eine Verbindung nach draußen. Sie rüttelte am Türgriff doch die Tür gab keinen Millimeter nach. Sie war wohl vollkommen verrottet und versperrt durch die Dornenranken. Donnie hatte ihr Tun verfolgt und meinte:

»Scheint der Hintereingang oder Dienstboteneingang gewesen zu sein.« Julie erinnerte sich, dass es früher tatsächlich Hauseingänge geben hatte, durch die das Personal beinahe unbemerkt und ohne die Herrschaft zu stören ein- und ausgehen konnte. Sie rief sich die Lage des Kellerraumes ins Gedächtnis und schlussfolgerte daraus, dass das wirklich der Dienstboteneingang gewesen war. Sie befanden sich an der Rückseite des Hauses.

Donnie ging prüfend weiter. Seine Schritte wurden

immer mutiger. Schließlich landeten sie wieder vor einer Tür, die sich jedoch leicht öffnen ließ. Es war eine Schwingtür. Sie hatte kein Schloss. Lediglich die Angeln quietschten, als Donnie und Julie durch die Tür traten. Kaum waren sie da hindurchgegangen, standen sie seitlich neben einer großen, ausladenden Holztreppe.

»Das Treppenhaus oder die Empfangshalle. Wie man will!«, kommentierte Donnie.

»Wow!«, entfuhr es Julie. Ihre Augen hatten sich inzwischen an die Dunkelheit gewöhnt und kamen mit dem schwachen Licht ihrer Taschenlampe gut aus. Man konnte erkennen, dass es durchaus noch Möbelstücke gab. Sie waren abgedeckt mit weißen Leintüchern, welche an manchen Stellen schon mottenzerfressen aussahen. Auch waren sie teilweise durch was auch immer von dem Möbel, das sie abdecken sollten, heruntergerutscht oder hatten Feuchtigkeit angezogen und waren moosbedeckt. Wie die Strahlen der beiden Taschenlampen darüber glitten, hatte es in der großen Eingangshalle etwas Gespenstisches. Hier oben roch es gar nicht mehr so faulig wie im Keller. Trotzdem behielten Julie und Donnie die Halstücher vor Nase und Mund. Julie ging nun auf eines der abgedeckten Möbelteile zu und hob das Leinentuch etwas an. Darunter war ein Sekretär verborgen. Er war trotz des Tuches sehr staubig. Neugierig zog Julie an einer der Schubladen. Sie ließ sich nicht leicht öffnen, hakte ein wenig und war leer. Nun zog Julie das Tuch komplett von dem Möbel und stand gleich darauf in einer dichten Wolke aus Staub.

»Was machst du denn?«, rief Donnie erschrocken. Er hatte nicht mitbekommen, was Julie gerade getan hatte. Seine Aufmerksamkeit galt einer uralten Standuhr, die unter einem halb zerfetzten Tuch hervor lugte.

»Ich wollte das nur Mal im Ganzen sehen!«, hustete Julie.

»Sei bitte vorsichtig!«, mahnte Donnie erneut.

»Bin ich ja!«

Julie sah sich weiter um, genau wie Donnie. Nach einer Weile ging dieser auf eine Tür zu, die rechts zu erkennen war. Unter seinen Füßen knirschte es. Die Tür war einst mit Einlegearbeiten aus Glas versehen gewesen. Diese lagen nun zerbrochen auf dem Boden. Donnie leuchtete in den Raum dahinter. Er war komplett leer.

»Hier gibt es nichts zu sehen«, erklärte er Julie, die nun neben ihm stand. Sie fanden noch weitere Türen, die allesamt nicht verschlossen waren und sich mehr oder weniger gut öffnen ließen. Die Räume dahinter waren alle leer. Julie war ein wenig enttäuscht. Sie hatte so sehr gehofft, dass sie weitere Möbel oder vielleicht sogar persönliche Besitztümer der letzten Bewohner von Finnlay finden würden. Die Möbel in der Eingangshalle hatten diese Hoffnung noch geschürt. Aber offensichtlich war das Haus bis auf diese wenigen Einrichtungsgegenstände komplett leer geräumt.

Julie hatte kein Zeitgefühl mehr. Als Donnie den letzten Raum im Erdgeschoss, der wohl einmal die Küche gewesen sein musste, untersucht hatte, hoffte sie, im oberen Stockwerk fündig zu werden. Doch Donnie deutete auf die Uhr an seinem Handgelenk und meinte:

»Wir sind schon zu lange hier. Wir sollten den Rückweg antreten! Es wird sicher bald dunkel und ich habe keine große Lust, im Dunklen auf den Baum klettern zu müssen!«

»Och bitte, nur noch einen Raum!«, bettelte Julie, doch Donnie blieb hart.

»Wir können an einem anderen Tag nochmal wiederkommen«, sagte er. »Für heute muss es genügen. Ich habe mich auch noch um meine Tiere zu kümmern.«

Donnie blieb hart. Er trat den Rückweg an und Julie folgte ihm missmutig. Als sie wieder neben dem Kellerabgang im Freien standen, zog Julie das Halstuch von Nase und Mund und klopfte sich den Staub aus der Jacke.

»Wir lassen die Leiter hier stehen bis morgen«, beschloss Donnie. »Komm nicht auf die Idee, hier allein runter zu gehen, Julie!« Das sagte er so bestimmend, dass Julie wie ein Schulkind nur nicken konnte. Daraufhin enterten sie den Baum, versteckten die Seile wieder ordentlich und machten sich auf den Heimweg.

Sie waren noch nicht ganz am Pförtnerhaus angekommen, da sah Julie schon ein Auto davor stehen. Es war ein fremdes Fahrzeug und nicht der Rover von McNab. Langsam näherten sich Donnie und Julie. Als sie nur noch ein paar Schritte entfernt waren, ging die Fahrertür auf und ein blonder Wuschelkopf wurde sichtbar.

»Brandon?«, fragte Julie ungläubig, obwohl sie genau wusste, dass er es war, der jetzt da neben dem Auto stand.

»Hey, Julie«, lächelte er und kam mit ausgestreckten Armen einen Schritt auf sie zu. Julie duckte sich weg. Sie wollte nicht von Brandon umarmt werden und schon gar nicht vor Donnie! Dieser blickte abwechselnd von Julie zu Brandon mit einem stummen Fragezeichen im Gesicht.

»Was machst du hier?«, fragte Julie Brandon. Sie konnte einfach nicht fassen, dass er wirklich vor ihr stand! Brandon lehnte sich gegen das Auto und verschränkte die Arme vor der Brust. Sein Blick glitt abschätzend über Donnie. Für einen Moment vergaß er zu lächeln, doch das änderte sich gleich wieder, sobald er sich gefasst und für sich beschlossen hatte, dass dieser zugegeben attraktive Naturbursche da keine ernsthafte Konkurrenz für ihn sein konnte. Julie konnte nicht fassen, was sie sah. Brandon trug wie immer einen sehr gut sitzenden Anzug. Seine strahlend veilchenblauen Augen wirkten wie Magnete. Man war versucht, immerzu den Kontakt zu ihnen zu suchen. Er sah aus wie aus dem Ei gepellt, passte überhaupt nicht in die Landschaft und wirkte völlig deplatziert neben Donnie. Gegensätzlicher hätten die beiden Männer wirklich nicht sein können, und doch fand Julie Donnie weitaus attraktiver!

In Julies Kopf arbeitete es fieberhaft. Woher wusste Brandon, wo sie war? Ihr kam nur Shirly in den Sinn, was Brandon auch bestätigte:

»Ich habe mir schon gedacht, dass du bei Shirly untergekommen bist, nach deiner Flucht aus unserer Wohnung.« Seine Augen fingen Julies Blick ein, als er fortfuhr: »Hab mit Shirly telefoniert.«

Julie konnte Shirly nicht böse sein. Sie wusste genau, dass man Brandon nicht widerstehen konnte. Sie selbst hatte es nie geschafft und Shirly war wohl keine Ausnahme.

»Und was willst du hier? Mir meinen Urlaub versauen?«, giftete Julie los. Angriff war Brandon Miller gegenüber die beste Verteidigung.

»Ich bin nur auf der Durchreise, Julie.« Brandon wusste ganz genau, wie er Julie einfangen konnte. Nur, dass es nicht mehr wirkte. Julie sah Donnie an und Brandon folgte ihrem Blick. Er löste sich aus seiner Haltung und hielt Donnie die Hand entgegen.

»Miller, Brandon Miller. Ich bin der Gatte dieser bezaubernden Lady.«

»Du warst!«, fauchte Julie. »Da gab es einen Scheidungstermin! Schon vergessen? Also? Was willst du hier?«

Donnie ergriff die ihm dargebotene Hand nicht. Sein Blick war weiter auf Julie gerichtet. Brandon lehnte sich wieder gegen das Auto.

»Einfach nur sehen, wie es dir geht. Na ja, scheinbar ganz gut, was?«, antwortete er auf Julies Frage mit einem Seitenblick zu Donnie. Shirly würde ihr einiges erklären müssen, dachte Julie.

»Du hast es gesehen. Und? War es das jetzt?«

»Warum bist du so giftig? Statt dich zu freuen!«

»Ich freue mich aber nicht. Wundert dich das vielleicht, nach allem, was du mir angetan hast?«

Es entstand ein eisiges Schweigen, das Donnie schließlich unterbrach, indem er sagte: »Ja, also. Ich geh dann mal«, sich umwandte und ging.

»Warte!«, rief Julie ihm hinterher. Sie holte ihn ein, hielt ihn am Arm fest und flüsterte:

»Ich hab keine Ahnung, was Brandon hier will!«

»Dann klärt das«, meinte Donnie ebenso leise. Er zauberte einen Kugelschreiber aus seiner Hosentasche und griff nach Julies Hand. Er schob ihren Jackenärmel etwas in die Höhe, und während er ein paar Zahlen auf ihren Unterarm schrieb, sagte er weiterhin so leise, dass Brandon ihn nicht hören konnte:

»Ruf mich nachher an, OK? Und lass dir nichts gefallen!«

Julie konnte nur noch ein »Ja« hauchen, da war Donnie auch schon weg.

»Hast ja schon eine enorme Eroberung gemacht«, lästerte Brandon. »Für so ein Landei bist du doch die Königin von Persien!«

»Halt dich mit deinen Kommentaren einfach zurück, ja?«, schimpfte Julie. »Also? Was willst du wirklich? Hat dich deine neue Eroberung schon sitzen lassen? Das ging ja mal schnell!« Julie schien den wunden Punkt getroffen zu haben, denn Brandons Lächeln gefror und er stieß sich vom Auto ab. Zunächst antwortete er nicht, was ein Zeichen dafür war, dass Julie richtig lag. Dann sagte er:

»Ja, weißt du, wir konnten uns eben in gewissen Punkten nicht einigen.«

»Ach? Sie hat deine Spielchen wohl von Anfang an durchschaut. Da war sie wohl doch klüger, als ich dachte!« Julie lachte bitter. »Was willst du jetzt von mir?«

Brandon griff nach Julies Hand.

»Ja, weißt du. Irgendwie vermisse ich dich!«, sagte er dabei.

Julie musste laut und hysterisch auflachen.

»Du vermisst mich? Auf einmal? Ach, hör doch auf,

Brandon Miller! Lass die Spielchen bei mir sein. Das zieht nicht mehr. Auch, dass du mir bis hier her in die Wildnis nachgereist bist, juckt mich überhaupt nicht. Ich will, dass du mich in Ruhe lässt, verstehst du? Verschwinde einfach aus meinem Leben!«

»Aber Julie –«

»Nichts aber! Es hat dich auch nicht interessiert, dass ich mir wegen dir Nächte lang die Augen aus dem Kopf geheult habe. Sieh zu, dass du Land gewinnst! Und komm bloß nicht auf die Idee, mir meinen Urlaub versauen zu wollen! Ich habe mit dir abgeschlossen, kapiert?« Julies Herz schlug heftig. Sie regte sich gerade fürchterlich auf! In all die Aufregung mischte sich plötzlich die Frage, wie es sein konnte, dass Brandon so einfach seiner Kanzlei den Rücken kehrte! Jahre lang hatte er diese immer vorgeschoben, wenn Julie das Gespräch auf einen gemeinsamen Urlaub lenkte. Brandon schien einfach unabkömmlich. Jetzt allerdings hatte er die Zeit, ihr hinterher zu reisen? Wie passte das zusammen?

»Gibt es in dem Dorf da vorn ein Hotel?«, fragte Brandon unbeeindruckt von dem, was Julie eben gesagt hatte.

»Nein, und im nächsten auch nicht. Du musst schon nach Edinburgh fahren. Und am besten bleibst du auch dort!«, giftete Julie.

Brandon drehte sich um und sagte, indem er in das Auto einstieg:

»Ich komme morgen wieder vorbei und dann reden wir in Ruhe, Julie.«

»Ich werde nicht da sein!«

»Ach? Hast du dich mit diesem, diesem Typen da verabredet?«

»Selbst wenn, ginge es dich einen Scheiß an!«

»Ich komme morgen vorbei. Wenn du nicht da bist, dann warte ich eben auf dich.« Brandon blieb stur wie ein Panzer! »Bis morgen«, sagte er und setzte sein unwiderstehlichstes Lächeln auf, ehe er den Wagen wendete und verschwand.

Julie war wütend. Sie war so wütend wie schon lange nicht mehr. Die Wut überdeckte sogar all die Eindrücke, die sie in dem alten Gemäuer von Finnlay House hatte machen können. Sie nestelte das Handy aus der Tasche und rief Shirly an. Es war ihr egal, wie spät oder früh es zu Hause war! Shirly meldete sich sofort.

»Gut dass ich dich erreiche«, schimpfte Julie auch gleich los. »Rate mal, wer mich hier gerade besucht hat!«

»Nein, oder?« Shirly war die Fassungslosigkeit anzuhören.

»Doch!« Julie atmete ein paarmal tief ein, um ruhiger zu werden. »Wieso hast du ihm erzählt, wo ich bin?«

»Gott, Julie. Das ist mir eher so beiläufig rausgerutscht. Ich dachte, er hätte es gar nicht gehört!«

»Hat er aber. Und jetzt nervt er mich! Ach, Shirly! Wie konntest du!«

»Es tut mir so leid, Süße! Wirklich!« Shirlys Bedauern klang echt. »Was will er denn da bei dir?«

»Seine Neue hat ihm den Laufpass gegeben. Du kennst doch Brandon. Er kann nicht alleine sein und was ist einfacher, als zum Altbewährten zurückzukommen? Das hat er schließlich immer getan, wenn seine Gespielinnen ihm über waren. Nur jetzt ist seine Eitelkeit angekratzt, weil offenbar sie Schluss gemacht hat!«

»Es tut mir echt so leid! Hätte ich nur den Mund gehalten!«

»Nicht zu ändern.« Julie starrte auf ihre Füße. Es war wirklich nicht zu ändern und sie beschloss, Brandon morgen lange, sehr lange warten zu lassen. Vielleicht begriff er dann, dass für sie das Thema Brandon Miller mehr als nur abgehakt war. Notfalls wollte sie mit Donnie zu dessen Haus oder Wohnung gehen und dort übernachten.

»Gibt es denn schon Neuigkeiten wegen diesem Barmann und dem Menschen, den du in Schottland kennengelernt hast? Sind die beiden wirklich Brüder?«, fragte Shirly nun und lenkte so vom Thema ab.

»Nein, da gibt es noch nichts Neues«, gestand Julie nachdenklich. Das Gespräch geriet ins Stocken. Julie verabschiedete sich auch bald von ihrer Freundin. Es machte keinen Sinn, sie dafür verantwortlich zu machen, dass Brandon in Salesburry aufgekreuzt war. Shirly konnte nichts dafür, wenn auch Julie sich gewünscht hätte, sie hätte Brandon gegenüber den Mund gehalten. Es war heraus und nicht zu ändern. Julie ging endlich ins Haus und zog die Jacke aus. Dabei fiel ihr Blick wieder auf die Telefonnummer, die Donnie ihr auf den Arm geschrieben hatte. Sie wählte die Nummer. Donnie war schon zu Hause.

»Ist er schon weg?«, fragte er, nachdem Julie sich gemeldet hatte.

»Ist er«, sagte sie. »Ich hoffe, er ist nach Edinburgh gefahren, weil es hier keine Hotels gibt!«

»Wie lang will er denn bleiben?«, fragte Donnie nach.

»Ich habe keine Ahnung«, seufzte Julie.

»Und warum ist er hier?«

»Seine Flamme hat ihm wohl den Laufpass gegeben. Hör zu, Donnie: Können wir morgen, nachdem wir in Finnlay waren, zu dir gehen? Brandon hat mir versprochen, dass er auf mich warten würde. Er soll warten, bis er schwarz wird!«

»Sehen wir dann«, antwortete Donnie kurz angebunden. »Ich weiß noch nicht, ob es sinnvoll ist, dass wir morgen ins Haus gehen.«

»Warum denn nicht? Nur, weil Brandon da ist?« Julie war enttäuscht.

»Ach was, nicht wegen dem! Oder doch. Ach ich weiß nicht!«

»Donnie, Brandon ist für mich gestorben, verstehst du? Es ist mir egal, was er tut oder was nicht! Wollen wir uns jetzt von ihm alles vermiesen lassen?« Julie klang verzweifelt. Sie wollte nicht zulassen, dass Brandon mal wieder alles kaputtmachen würde!

Donnie schwieg zunächst. Dann holte er tief Atem und meinte: »Wir sehen uns morgen!« Das war Julie Aussage genug. Sie wusste somit, dass sie morgen Finnlay House weiter erkunden würden, Brandon Miller hin oder her. Beruhigt darüber machte sie sich einen Tee und setzte sich zum Fernseher. Sie konnte sich nicht auf das konzentrieren, was da gezeigt wurde. Ihre Gedanken schweiften immer wieder ab. Sie dachte an Donnie und daran, wie sehr sie ihn inzwischen in ihr Herz geschlossen hatte. Zu Beginn hatte sie noch geglaubt, dass er ein Urlaubsflirt wäre. Inzwischen aber musste sie sich eingestehen, dass Donnie Murdoch schon weit mehr war als nur ein Flirt. Gerade, als sie ihn heute so direkt mit Brandon vergleichen konnte, war ihr das aufgegangen.

Brandon! Julie schnaubte, als sie an ihn dachte. Was bildete der sich bloß ein? Dass Julie wieder schwach werden würde? Nachgeben würde? Dann war er aber wirklich schief gewickelt. Julie suchte nach den Emotionen und Gefühlen, die sie gehabt hatte, als sie nach der Scheidung aus dem Gerichtsgebäude gestolpert war. Sie fand diese noch ganz genau und greifbar real. Niemals würde sie noch einmal zulassen, dass ihr jemand so weh tat! Jetzt kam Brandon wieder angekrochen, weil er fürchtete, allein zu sein. Nicht mit ihr! Sollte er doch morgen hier wieder auftauchen! Er konnte warten, bis in die Nacht hinein! Julie grinste hämisch. Sie stellte sich vor, wie Brandon vor dem Haus auf und ab gehen würde und auf sie wartete. Doch sie kam einfach nicht! Es tat so unendlich gut, ihm mal eins auszuwischen!

Julie ging früh zu Bett. Der ganze Tag hatte sie doch etwas mehr gefordert, als sie zugeben wollte. Sie schlief unruhig und wachte mitten in der Nacht durch leise Musik auf. Ein Blick zur Uhr zeigte, dass es gerade zwei Uhr nachts war. Sie hörte Violinen! Eine wundervolle, zarte Melodie. Julie angelte nach den Hausschuhen und tapste zum Fenster. Finnlay House war hell erleuchtet! Die Laternen auf der Zufahrt flackerten, das Tor war weit geöffnet und auch dahinter säumten Lichter den Weg. Julie rieb sich die Augen, doch das Bild blieb. Dann fiel es ihr ein. Heute war der 17. Mai! Der Geburtstag von Sir Henry! Sollte Pete doch die Wahrheit gesagt haben?

Mit fliegenden Händen zog Julie sich an. Sie stürzte regelrecht aus dem Haus hinaus und ging dann unsicher auf die Zufahrt zu Finnlay zu. Immer weiter ging sie, bis sie das Tor erreichte. Von der Dornenhecke und den vielen Rank- und Schlingpflanzen, die das Tor und die Mauer eigentlich überwucherten, war nichts mehr zu sehen. Julie streichelte mit ihrer Hand über das gusseiserne Tor.

»Unglaublich!«, sagte sie dabei. Sie hörte immer noch leise Musik. Diesmal war das Lied fröhlich und Julie glaubte sogar, jemanden lachen zu hören. Sie duckte sich neben dem Weg ins Unterholz und ging der Beleuchtung nach. Es war noch ein gutes Stück zu gehen, bis sie starr vor Erstaunen stehen blieb und sich die Hand vor den Mund hielt: In Finnlay House waren alle Zimmer hell erleuchtet! Auch hier waren die Dornenranken nicht mehr zu sehen. Das Haus sah gepflegt und sehr edel aus. Die Freitreppe war mit Fackeln und Feuerkörben hell erleuchtet und die Hauseingangstür stand weit offen. Julie hörte Lachen und Stimmengewirr, als fände in dem Haus eine große Feier statt. Gläser klirrten, dann vernahm sie wieder Musik. Doch es war kein Mensch zu sehen!

»Was ist das denn?«, flüsterte Julie und rieb sich erneut über die Augen. Doch genau wie vorhin blieb das Bild bestehen. Julie ging weiter im Schutz des Waldes näher an das Haus heran. Sie konnte durch die weit geöffneten Flügel der Eingangstür nach drinnen sehen. Sie erkannte die hölzerne Treppe, die in das Obergeschoss führte. Sogar die Schwingtür, durch die sie und Donnie gestern in die Eingangshalle gelangt waren, war deutlich zu sehen. Die Musik und die Stimmen waren lauter geworden, doch im Eingang des Hauses ließ sich kein Mensch blicken. Julie ging im Schutz der Pflanzen weiter um das Haus herum. Nach einigen Schritten kam sie auf die dem Eingang gegenüberliegende Hausseite. Hier gab es etliche Fenster, die alle hell erleuchtet waren. Von hier kamen auch die Musik und das Stimmengewirr. Doch es war keine Menschenseele zu sehen!

Julie stand der Mund sprichwörtlich offen. Sie konnte nicht fassen, was sie sah. Der Raum, der jetzt hell erleuchtet vor ihr lag, diesen Raum hatten sie gestern noch erkundet! Er war leer gewesen! Jetzt sah Julie wundervolle Möbel darin stehen. Schwere Brokatvorhänge rahmten die Fenster, von der Decke hingen einige sicher sehr wertvolle Kronleuchter. Es gab Bücherregale, die sehr gut gefüllt waren. Polstermöbel schmückten den Raum, und niemand war zu sehen! Sie hatte das Bild noch vor sich, wie sie tags zuvor diesen Raum erkundet hatten. Sie hatte die leeren Regalbretter der eingelassenen Bücherregale gesehen. Und nun waren sie prall gefüllt! Das konnte doch nur ein Trugbild sein!

Julie ging im Schutz der Dunkelheit und einer hohen Buchsbaumhecke weiter am Haus entlang. Der nächste, dem Wohnzimmer folgende Raum hatte ihr und Donnie Rätsel aufgegeben. Sie wusste nicht wirklich, als was dieser einst gedient hatte. Nun konnte Julie es sehen: Es war das Esszimmer. Julie schüttelte den Kopf. Sie sah eine lange Tafel, die fürstlich eingedeckt war. Wunderschöne, große Bilder zierten die Wände. Ein schwerer, dicker Teppich lag unter dem Tisch und den daran aufgereihten Stühlen. Julie suchte in ihrer Jackentasche nach ihrem Handy und schoss ein Foto nach dem anderen. Sie vergewisserte sich, wie neulich nachts bereits, dass auf den Bildern auch zu erkennen war, was sie mit ihren eigenen Augen sehen konnte. Inzwischen war sie an dem Punkt angelangt, an dem sie und Donnie den Kellerabgang gefunden hatten. Auch hier waren die beiden Holzflügeltüren geöffnet. Julie spähte in alle Richtungen. Dann wagte sie sich aus der Deckung, um einen Blick hinunter zu riskieren. Die gestern noch marode Holztreppe sah sehr robust und gepflegt aus. Selbst die Kisten und Fässer, die Julie und Donnie nur noch hatten erahnen können, standen ordentlich an der Wand aufgereiht. Es roch auch überhaupt nicht modrig sondern nach Bohnerwachs. Julie atmete tief ein. Den Geruch kannte sie aus ihren Kindertagen. Dann fasste sie sich ein Herz und setzte einen Fuß auf die Holztreppe. Sie sah nicht nur robust aus, sie war es auch. Links gab es sogar einen Handlauf, den Julie jetzt anfasste. Er löste sich nicht in Luft auf! Er blieb und sie fühlte das Holz warm unter ihrer Hand. Langsam ging sie die Stufen hinab. Eine nach der anderen. Unten angekommen sah sie sich in dem hell erleuchteten Kellerraum um. Da, wo gestern noch die vermodernden Bretter gelegen hatten, standen jetzt Holzkisten. Julie suchte die Tür, die bei Donnies Berührung zerfallen war. Auch sie hing ordentlich in ihren Angeln. Keine Spur von Verfall war an ihr zu finden. Der Boden, auf dem Julie stand, war mit einem Kopfsteinpflaster belegt. Julie drückte den Knauf an der Tür und sie schwang leise auf. Sie kannte ja den Gang bis hin zur Steintreppe. Dort angekommen fand sie auch das Geländer dieses Aufganges vollkommen intakt wieder. Julie schüttelte den Kopf. Was ging hier nur vor sich? Das konnte sie doch nicht träumen! Es war alles so real!

Langsam stieg sie die Stufen nach oben. Sie hörte Stimmen und Menschen lachen, aber sie sah niemanden. Mutig trat sie aus dem Keller in den Flur und ging dann auf die Schwingtür zu, die in die Eingangshalle führte. Dort öffnete sie die Tür einen Spalt und machte erst noch einmal Fotos, ehe sie lautlos in die Halle glitt und sich hinter den Stufen der ausladenden Holztreppe versteckte. Sie kauerte dort eine Weile bevor sie an der Wand entlang in Richtung des Speisezimmers huschte. Die Stimmen waren immer noch zu hören. Zuerst glaubte Julie, sie kämen aus der Eingangshalle. Als sie aber dort war, klang es, als kämen sie aus dem Speisezimmer. Vorsichtig öffnete Julie die Tür und sah hinein. Sie sah den prunkvollen Tisch und all die Stühle, aber die Stimmen schienen jetzt aus dem Wohnzimmer zu kommen. Julie schloss sachte die Tür und glitt nun zur Holztreppe hin. Sie wollte unbedingt die oberen Räume sehen. Wenn jemand hier im Haus war, schien noch keiner sie bemerkt zu haben. Julie ging langsam die Stufen nach oben, während sie sich immer wieder umdrehte um nachzusehen, ob da auch wirklich niemand war. Sie spürte unter ihren Händen das glatte, mahagonifarbene Holz des Treppengeländers. Auch hier roch es sehr nach Bohnerwachs. Auf der obersten Stufe angekommen drehte Julie sich noch einmal um. Die Eingangshalle war leer. Julie ging nun auf einem dicken Teppich, der jedes Geräusch schluckte. Sie erreichte nach wenigen Schritten die erste Tür, die sich ohne Widerstand öffnen ließ. Das Zimmer dahinter war ein Schlafzimmer. Ein großes Bett stand darin, an der Wand wundervoll verzierte Schränke und vor dem Bett eine lederbezogene Sitzbank. Der Geruch nach Bohnerwachs schien im ganzen Haus allgegenwärtig zu sein, hier jedoch war er sehr intensiv. Es gab eine wundervolle Kassettendecke. Der Boden bestand aus dunklen Dielen und auch an den Wänden waren Holzvertäfelungen zu finden. Julie hatte hier genug gesehen und schloss leise die Tür. Sie schlich zur nächsten. Es gab hier oben vier Zimmer, die sie unbedingt gesehen haben wollte, um sie mit ihren Eindrücken zu vergleichen, wenn sie das Haus in seinem normalen Zustand wieder besuchte. Normaler Zustand! Julie lächelte bitter. Das hier war doch der normale Zustand, oder etwa nicht? Ihre Hand legte sich vorsichtig auf den Türknopf der nächsten Tür. Als diese aufschwang, fand sich Julie in einem dem vorangegangenen Raum ähnlichen Schlafzimmer. Allerdings hatte dieses eine weibliche Note. So gab es zum Beispiel einen Schminktisch, auf dem etliche Parfumflacons standen. Julie ging zu dem Tischchen und stäubte sich eines der Parfums auf das Handgelenk. Es roch sehr blumig und intensiv. Der Duft kam ihr irgendwie bekannt vor. Vielleicht, so dachte sie, gab es heutzutage ein Parfum, das so ähnlich roch?

Sie wähnte sich alleine, also öffnete sie auch den großen Kleiderschrank, der an der Wand neben dem Himmelbett stand. Sie fand wundervolle Abendroben darin. Ein Kleid prächtiger als das andere. Julie kam sich vor wie Cinderella. Zu gern hätte sie eines dieser Abendkleider angezogen. Stattdessen schloss sie sachte wieder die Schranktür und verließ den Raum.

Das nächste Zimmer glich einem Kinderzimmer. Es gab zwar auch ein großes Bett darin, jedoch stand auch einiges an Spielzeug im Raum. Julie erkannte sogar den alten Puppenwagen, den sie und Donnie in dem Gartenhaus gefunden hatten. Sie hatte keinen Zweifel: Sie stand in Merideths Zimmer! Julie sah sich sorgfältig um. Als sie den Kleiderschrank öffnete, fiel ihr sofort ein Kleidchen auf. Es war das, was der kindliche Geist immer trug, wenn er ihr erschien. Auch die Lackschuhe standen unten im Schrank, die das Kind immer trug. Julie schloss den Schrank und sah auf das Bett. Am Kopfende lag ein kleiner Teddybär. Ohne weiter nachzudenken nahm Julie den an sich, und stopfte ihn in ihre Jackentasche. Dann verließ sie das Zimmer. Die Tür zum letzten Raum ließ sich nicht öffnen. Sie war abgeschlossen! Julie rüttelte sachte daran, doch sie rührte sich nicht.

Lautlos schlich Julie die Treppe hinunter und verließ durch

den Keller, durch den sie auch gekommen war, das Haus. Jetzt ging sie schnell und suchte auch nicht mehr den Schutz des Dickichts. Die letzten Meter bis zum Tor rannte sie sogar! Der Kies knirschte laut unter ihren Füßen. Ihr war klar, dass man sie schon lange gesehen haben musste. Warum hatte niemand sie aufgehalten oder angesprochen? Den Stimmen nach musste das Haus voller Gäste gewesen sein! Warum hatte sie niemanden gesehen? Mit fahrigen Bewegungen schloss Julie die Tür zum Pförtnerhaus auf, schlüpfte in das Haus und lehnte sich schwer atmend von innen gegen die Tür. Geschafft! Sie holte das Handy hervor und betrachtete erneut all die Bilder, die sie gemacht hatte. Es waren etliche, auch von Merideths Zimmer. Julie hoffte inständig, dass die Bilder auch noch zu sehen waren, wenn sie diese Donnie zeigen würde. Sie sank auf einen Küchenstuhl, ein Glas Wasser in der Hand, und wartete darauf, dass es Tag wurde. Irgendwann musste sie jedoch am Tisch sitzend eingeschlafen sein.

KAPITEL 15

Julie schrak auf, als Donnie gegen die Haustür polterte. Normalerweise schloss Julie die Tür immer auf, wenn sie wach war. Dass diese noch abgeschlossen war, zeigte Donnie an, dass Julie verschlafen hatte. Sie tapste in den Flur und öffnete die Tür.

»Du schläfst noch? Ich dachte, wir wollten zeitig los?«, empfing Donnie sie.

»Dir auch einen guten Morgen«, gähnte Julie hemmungslos. »Machst du uns bitte einen Kaffee? Ich gehe mich frisch machen und dann erzähle ich dir, was ich Unglaubliches erlebt habe heute Nacht!« Julie wollte Donnie absichtlich auf die Folter spannen. Der gab sich auch widerstandslos geschlagen und verschwand in der Küche. Nachdem Julie endlich aus dem Badezimmer zurück war, sah sie auch wieder etwas frischer aus als eben noch. Donnie saß am Küchentisch und sah sie neugierig an.

»Nun erzähl schon!«, sagte er. »Was war los? Du schläfst doch auch sonst nicht in deinen Kleidern!«

Julie erzählte, wie sie geweckt wurde. Sie berichtete von der Musik, die sie gehört hatte und davon, dass das Tor zu Finnlay House weit geöffnet gewesen war. Donnie hörte zu, ohne Julie auch nur einmal zu unterbrechen. Als sie mit ihrem Bericht am Ende angekommen war, fragte Donnie:

»Und du sagst, du hast Fotos gemacht?«

»Habe ich!«, bestätigte Julie und nahm das Handy in die Hand. »Ich hoffe, es ist nicht so wie beim ersten Mal, dass man nichts sieht!«

Sie öffnete den Dateimanager und suchte die Fotos der letzten Nacht. Sie waren noch da, alle. Doch man konnte nichts darauf erkennen. Die Bilder waren dunkel, so als wären sie in stockfinsterer Nacht ohne Blitz aufgenommen worden. Sprachlos starrte Julie Donnie an.

»Ich habe das zwei Mal kontrolliert!«, japste sie. »Das kann doch nicht wahr sein!«

»Julie bist du wirklich durch das Tor gegangen oder nicht vielleicht doch über den Baum geklettert?«, fragte Donnie und fixierte Julie mit Blicken.

»Donnie, ich versichere es dir: Ich bin durch das Tor gegangen und nicht über die Mauer! Ich war im Haus! Da war eine Feier im Gange.«

Donnie schwieg und klickte noch einmal die Bilder auf Julies Handy durch. Daraufhin gab er es ihr zurück und stellte fest:

»Ich denke, du bist allein über die Mauer geklettert!«

»Das bin ich nicht!«, empörte sich Julie. »Ich bin durch das Tor gegangen.«

»Julie, du weißt doch, wie gefährlich das ist, allein in dem alten Gemäuer herumzuschleichen!« Donnie beugte sich vor und sah Julie eindringlich an.

»Warum glaubst du mir nicht?«, flüsterte Julie. Sie wusste nicht, wie sie Donnie beweisen sollte, was sie erlebt hatte! »Vielleicht sollte man die Bilder auf einen PC ziehen. Vielleicht kann man dann mehr erkennen!«, war ihr letzter Versuch, Donnie glaubhaft zu versichern, dass sie nicht alleine über die Mauer geklettert war.

»Wenn dir was passiert wäre, nicht auszudenken!« Donnie lehnte sich wieder zurück und seufzte: »Ich werde die Leiter da raus holen und die Seile wieder entfernen. Julie, das ist mir zu gefährlich!«

»Aber Donnie!«, rief Julie und sprang von ihrem Stuhl auf. »Donnie, wenn ich dir doch sage!«

Donnie schüttelte nur den Kopf und machte Anstalten, sich ebenfalls zu erheben. Da fiel Julie der Teddy ein, den sie von Merideths Bett mitgenommen hatte. Sie eilte in den Flur, wo die Jacke, die sie nachts getragen hatte, am Kleiderhaken hing. Mit der Jacke in der Hand stürmte sie wieder in die Küche und nestelte den Teddy aus der Jackentasche. Er war noch genauso unversehrt wie in der Nacht, als Julie ihn mitgenommen hatte. Wäre er, wie alles andere auch, in den letzten Stunden gealtert, hätte man ihn wohl kaum mehr in die Hand nehmen können.

»Was sagst du jetzt?«, fragte sie, als sie Donnie den Bären entgegen hielt.

»Woher hast du den?«, fragte Donnie.

»Aus dem Kinderzimmer, in dem ich war! Du musst zugeben, dass er noch sehr gut aussieht. Wäre er so alt wie zum Beispiel die Porzellanpuppe, die wir gefunden haben, würdest du ihn wohl kaum anfassen können!«

Donnie sah auf den Teddy in seinen Händen. Er sah aus wie ein geliebtes Spielzeug aber nicht, als ob er achtzig Jahre irgendwo im Staub gelegen hätte. Donnie suchte Julies Augen.

»Sonderbar!«, sagte er nur. Er konnte nur schwer erfassen, dass Julie vielleicht doch die Wahrheit gesagt und das Haus durch einen vollkommen intakten Keller betreten hatte.

»Glaubst du mir vielleicht jetzt?«, fragte Julie und baute sich vor Donnie auf.

»Ich weiß nicht, was ich glauben soll, Julie. Irgendwas geht hier nicht mit rechten Dingen zu.«

»Meine Worte! Und jetzt lass uns noch einmal zum Haus gehen. Ich will, nein, ich muss in die oberen Räume!«

Donnie erhob sich wortlos. Er reichte Julie den Teddy, die diesen sorgsam im Flur auf die Kommode setzte. Dann machten sie sich auf den Weg. Als sie das Haus verließen, sah Julie sich noch einmal nach dem Tor um. Es war geschlossen und mit der Dornenhecke überwuchert, so wie es immer gewesen war. Julie konnte selbst kaum glauben, dass sie in der Nacht durch dieses Tor hindurchgegangen war. Sie verstand auch nicht, warum die Bilder, die sie gemacht hatte, alle schwarz waren und man nichts darauf erkennen konnte. Julie hatte sie doch alle kontrolliert! Und warum war der Teddybär nicht auch gealtert, so wie die Mauer um Finnlay oder das Haus selbst? Wie würde sie Donnie beweisen können, was sie gesehen hatte? Glaubte er ihr nun? Über all diese Fragen waren sie und Donnie am Kellerabgang angekommen. Er war noch genau so, wie sie ihn tags zuvor verlassen hatten.

»Ich kann dir genau beschreiben, wie es einst ausgesehen hat«, sagte Julie. Donnie schwieg aber er sah sie auffordernd an. So berichtete Julie, wie sie den Kellerabgang in der Nacht gesehen und auch benutzt hatte.

»Hier standen zwei große Fässer«, sagte Julie und deutete auf einen Stapel vor sich hin modernder Bretter. »Die Tür war auch noch vollkommen intakt. Und es roch überall nach Bohnerwachs.«

Donnie antwortete nicht. Er ging voraus und mahnte Julie bei der Steintreppe um Vorsicht. Sie gingen ohne Umwege direkt in die Empfangshalle. Donnie leuchtete die Treppe nach oben, die von der Empfangshalle aus nach oben führte. Dann setzte er vorsichtig Fuß um Fuß auf die Stufen. Erst, nachdem er diese ausgiebig genug geprüft hatte, durfte Julie folgen. Die Holztreppe knarrte zwar, war aber unversehrt und nach wie vor robust und begehbar. Oben angekommen sah Donnie zu Julie und fragte:

»Wohin jetzt?«

»Also glaubst du mir doch! Nach rechts. Da war das Elternschlafzimmer.«

Donnie leuchtete auf die Tür, die sich rechts von ihnen befand. Vorsichtig gingen sie darauf zu. Ein paar Mal blieb Donnie stehen und horchte auf das knarren der Dielenbretter unter seinen Füßen. Doch der Boden war noch stabil. An der Tür angekommen stellten die beiden fest, dass diese nicht verschlossen war. Sie schwang unter lautem Quietschen und Knarren auf. Julie stockte der Atem. Das Bett, das sie gestern gesehen hatte, stand immer noch in diesem

Zimmer. Allerdings war der Baldachin an manchen Stellen heruntergefallen. Es war mit einer dicken Staubschicht bedeckt. Julie leuchtete in jeden Winkel. Es gab noch einen alten Stuhl in diesem Zimmer. Mehr aber nicht. Die Fenster waren dicht zugewachsen und kein Lichtschimmer drang von außen durch sie hindurch. Vorhänge gab es noch, aber die sahen sehr jämmerlich aus und hingen zum Teil nur noch an Fäden vor den Fenstern.

Donnie hatte genug gesehen und ging nun zum nächsten Raum. Bevor er die Tür öffnete, sah er Julie an. Diese erklärte:

»Das ist das Schlafzimmer einer Frau. Zumindest war es das heute Nacht noch!«

Auch hier stand das große Bett mit einem Baldachin im Raum. Auch die Schränke waren da, doch sie waren allesamt leer. Julie suchte den kleinen Schminktisch und fand ihn an der Stelle, wo er schon in der Nacht gestanden hatte.

»Sieh doch nur!«, flüsterte sie und deutete auf einige Flacons, die auf dem Tischchen standen. »Parfum!«, sagte sie. »Das da habe ich gestern ausgetestet!« Das Fläschchen stand noch immer an Ort und Stelle, bedeckt mit dem Staub von Jahren. Julie nahm es vorsichtig hoch und kippte es ein wenig, um den Inhalt zu prüfen. Er war eingetrocknet.

»Unglaublich. Donnie, das war alles sehr ordentlich und die Schränke waren voll mit wunderschönen Kleidern! Hier! Schnupper mal! Das ist dieses Parfum! Ich habe es heute Nacht auf meinen Arm gesprüht!«

Donnie schnupperte an Julies Arm, wo man immer noch den Duft des Parfums wahrnehmen konnte. Dann leuchtete er in alle Winkel und schwieg. Erst nach einer Weile fragte er:

»Wollen wir weiter gehen?«

Julie nickte. Sie war von dem, was sich ihren Augen bot, so ergriffen. Sie hatte die Bilder noch vor Augen, wie es heute Nacht hier ausgesehen hatte. Jetzt sah man den Räumen an, dass hier seit Jahren keine menschliche Hand mehr gewesen war. Es machte sie traurig, das alles so zu sehen.

»Das ist das Kinderzimmer«, sagte sie zu Donnie, ehe der die Tür öffnete. Es bot sich das gleiche Bild wie in den anderen Schlafzimmern: Bett und Schrank waren noch vorhanden. Der Schrank war leer und das Zimmer vollkommen ausgeräumt. Keine persönlichen Gegenstände, kein Spielzeug.

»Auf dem Bett lag der Teddy«, gab Julie zu verstehen. Donnie nickte nur und deutete ihr so an, dass er sie gehört hatte, doch er sagte nichts. Ehrfürchtig leuchteten sie dieses Zimmer aus. An der Decke hingen noch die Reste einer Lampe. Die Gläser waren zerbrochen und voll mit Spinnweben und Staub. Es war keine elektrische Lampe, wie man unschwer feststellen konnte. Offensichtlich wurde sie mit Öl oder sogar noch mit Kerzen bestückt.

»Hier ist nichts weiter«, sagte Donnie.

»Jetzt kommt nur noch ein Zimmer, das heute Nacht allerdings verschlossen war«, berichtete Julie, während sie aus dem Raum in den Flur gingen. Donnie leuchtete die Tür an und wollte diese öffnen. Sie war jedoch verschlossen. Er drückte mit voller Kraft dagegen. Sie blieb zu. Dann warf er sich mit seinem ganzen Gewicht gegen die Tür und sie flog mit einem schrillen Quietschen auf. Das Geräusch war fast so, als schrie eine Frau. Julie hatte Gänsehaut am ganzen Körper. Sie leuchteten in das Zimmer, bevor sie es betraten. Auch hier stand ein Bett, jedoch ein wesentlich kleineres als in den anderen Zimmern. Im Gegensatz zu den anderen Betten, die Donnie und Julie vorgefunden hatten, war dieses noch mit Bettzeug ausgestattet. Eine dicke Staubschicht lag über Kisten und Spielzeug, welches einmal einem kleinen Jungen gehört haben musste. Hölzerne Eisenbahnen, Blechspielzeug, das angerostet war, eine kleine, kaputte Trommel. Julie schluckte. Das hier war das Zimmer eines Jungen! Also musste es auf Finnlay tatsächlich zwei Kinder gegeben haben! Offenbar hatte man dieses Zimmer irgendwann verschlossen und nie wieder betreten, auch als man das Haus ausräumte! Was war mit dem Jungen passiert?

Donnie war inzwischen zum Kleiderschrank getreten und hatte diesen geöffnet. Er war prall gefüllt mit Hosen, Hemden, Schuhen und Wäsche. Alles für einen etwa zehnjährigen Jungen. Die Sachen waren sehr porös und zum Teil auch mottenzerfressen. Julie leuchtete in alle Ecken und Winkel. Wäre die Staubschicht nicht gewesen und die vielen Spinnweben, dann hätte man glauben können, das Kind sei nur schnell aus dem Zimmer gelaufen und käme gleich wieder. Julie sah nun auch, dass die schmale Lücke im Bewuchs der Hauswand, die sie von außen an einem der Fenster entdeckt hatte, zu diesem Zimmer gehörte. Was sie weiß dahinter hatte hervor blitzen sehen war der Rest einer Gardine.

»Unglaublich!«, hörte sie Donnies Kommentar. Sie blickte hinunter zu ihren Füßen und bemerkte, dass sie auf einem dicken Teppich stand. Dieser war zwar auch durch Motten angefressen, aber man konnte noch gut sein Muster erkennen.

»Es gab also zwei Kinder auf Finnlay«, sagte Julie.

»Komisch. Es wird immer nur von dem Mädchen berichtet, nie von einem Jungen«, antwortete Donnie.

»Und warum hat man das Zimmer irgendwann verschlossen und nie wieder geöffnet?«, wagte Julie nun zu fragen. Donnie zuckte die Schultern.

»Keine Ahnung!«, sagte er und sah sich weiter um. In einem Regal standen einige Bücher. Donnie wollte eines herausnehmen. Als sich sofort bei seiner Berührung Einband und Seiten lösten, ließ er es bleiben. Auf dem Nachtkästchen neben dem Bett fand Julie einen Bilderrahmen.

Als sie ihn anhob, stellte sie fest, wie schwer er war. Vorsichtig rieb sie den Dreck vom Glas herunter. Unter der Staubschicht kam ein Gesicht zum Vorschein. Julie ließ beinahe das Bild fallen, als sie dieses sah. Es war das Gesicht Daniels, des Bistrobesitzers aus New York. Donnie sah ihr über die Schulter und meinte: »Ah, wieder Sir Henry!«

Nun fragte sich Julie, ob es nicht dieser Daniel, dem sie auf dem uralten Foto in die Augen sah, war. War es Sir Henry? Oder doch Daniel?

»Lass uns gehen. Wir haben genug gesehen«, meinte Donnie.

»Der Dachboden!«, sagte Julie und stellte das Foto auf seinen Platz zurück.

»Gibt es einen? Warst du da auch schon?«

»Nein, aber es muss einen geben. Lass uns nach dem Aufgang suchen, ja?«

Donnie ging aus dem Zimmer und leuchtete nach allen Seiten. Schließlich fanden sie eine Luke in der Decke des Flurs, an der ein Stahlring befestigt war. Donnie zog an diesem und die Luke öffnete sich. Es gab auch eine Leiter, doch die lag auf dem Dachboden. Nur ein kurzes Stück war von ihr durch die Luke zu sehen.

»Die muss man doch irgendwie herunterholen können!«, sagte Julie und sah sich um. Wenn diese Leiter schon immer so auf dem Dachboden lag, dann musste es hier unten ein Hilfsmittel geben, das es ermöglichte, die Leiter herunterzuziehen.

»Hier!«, rief Donnie. Er hatte in der Ecke neben der Tür zum Schlafzimmer des Hausherrn eine Stange gefunden, an der ein Haken befestigt war. Mit Hilfe dieser Stange konnte man die Leiter erreichen und herunter ziehen.

»Ich geh zuerst!«, sagte Donnie, als Julie Anstalten machte, die Leiter emporzusteigen. Julie trat zurück und sah Donnie zu, wie er Sprosse um Sprosse testend nach oben stieg. Als er oben angekommen war, sagte er:

»OK, du kannst auch hochkommen. Aber sei trotzdem vorsichtig!«

Julie machte sich an den Aufstieg. Donnie half ihr, als sie auf dem Dachboden angekommen war. Hier oben war die Luft ziemlich schlecht. Dicke Staubschwaden wirbelten auf, wenn man sich bewegte. Donnie zog das Halstuch über Nase und Mund und bedeutete Julie, dasselbe zu tun. Das Dach war nicht isoliert, so wie es in den heutigen Gebäuden üblich ist. Man konnte zwischen den Dachziegeln an manchen Stellen das Tageslicht erkennen. Dementsprechend war es nicht ganz dunkel. Da draußen die Sonne schien, konnte man durch die Ritzen, durch die das Licht fiel, Staubkörner flirren sehen.

Es gab etliches zu entdecken hier oben. Abgedeckte Möbelstücke, Kisten voll mit Kleinkram, ein alter Schreibtisch. Der Dachboden verbarg so manchen Schatz. Julie sah sich zunächst nur um, während Donnie eine der herumstehenden Kisten öffnete.

»Bücher«, sagte er enttäuscht und ließ den Deckel der Kiste wieder nach unten gleiten. Julie stieg über einige Stangen zu dem Schreibtisch, der an der Giebelseite des Hauses stand. Auch hier lag auf dem dunklen Holz eine dicke Staubschicht. Julie zog an einer der Schubladen, welche sich zu ihrer Verwunderung ganz leicht öffnen ließ. In ihr lag ein Stapel Papiere.

»Sieh mal!«, sagte sie zu Donnie gewandt.

»Briefe?«, fragte der, nur kurz von der Kiste aufsehend, über die er sich gerade gebeugt hatte.

»Nein, das scheinen irgendwelche Dokumente zu sein!«

Julie tat sich schwer, die zierlich geschwungene Handschrift auf den Papieren zu entziffern. Die Lichtausbeute ihrer Taschenlampe war nicht stark genug und zudem schienen die Papiere in Gälisch geschrieben zu sein. Julie dachte nicht weiter darüber nach und steckte das Bündel einfach in ihre Jackentasche.

Die weiteren Schubladen des Schreibtisches waren leer. Hier auf dem Dachboden gab es einiges an persönlichen Gegenständen der früheren Bewohner von Finnlay. Sogar einige Töpfe und Pfannen fanden sich in einer Holzkiste, in der auch tote Mäuse lagen. Julie schauderte. Nach diesem Fund zog sie es vor, die weiteren Kisten Donnie zu überlassen. Sie sah sich noch einen alten Kleiderschrank an. In diesem fand sie einige Herrenmäntel, die allerdings schon sehr mottenzerfressen waren. Sonst war der Schrank leer.

»Ob die wohl Sir Henry gehört haben?«, fragte sie Donnie.

»Möglich!«, antwortete der. Er hatte inzwischen alle erreichbaren Kisten inspiziert und außer Büchern und Küchenutensilien der damaligen Zeit nichts gefunden.

»Lass uns wieder gehen«, meinte Donnie.

»Schon?«, fragte Julie enttäuscht. Sie hätte gern noch einige Zeit hier auf dem Dachboden zugebracht und sich durch die Kisten gewühlt, die aufgestapelt an der dem Schreibtisch gegenüberliegenden Giebelwand auf Untersuchung warteten.

»Wir haben für heute genug gesehen«, beschloss Donnie. »Wir sollten jetzt wirklich gehen!«

Julie machte sich an den Abstieg. Donnie beschloss, die Leiter zum Dachboden an Ort und Stelle zu belassen.

»Hier kommt eh kein Mensch her. Die können wir ruhig so stehen lassen, bis zum nächsten Mal«, sagte er. Julie war es nur recht.

Als sie wieder jenseits der Mauer ankamen war es schon vier Uhr nachmittags. Julie war nicht bewusst gewesen, wie lange sie in Finnlay zugebracht hatten. Donnie führte Julie nun auf einem kleinen Umweg am Pförtnerhaus vorbei, wo mit Sicherheit Brandon auf sie wartete. Der Weg führte weiter an der Schafweide entlang. Julie war müde und sie hatte keine große Lust mehr, noch weiter zu gehen. Dass Donnies Wohnung so weit vom Pförtnerhaus entfernt lag, hatte er ihr nicht gesagt. Nach einem einstündigen Fußmarsch kamen sie endlich an einem kleinen, eingeschossigen und weiß getünchten Häuschen an. Hier also wohnte Donnie! Das Häuschen war sehr einfach und zweckmäßig, mehr aber auch nicht. Trotzdem fand Julie es urgemütlich. Es hatte eine Küche mit angrenzender Wohnstube und ein Schlafzimmer. Die Möbel waren alt aber gepflegt.

Während Donnie einen Kaffee zubereitete, kramte Julie die Dokumente aus der Jackentasche, die sie aus dem Schreibtisch auf dem Dachboden mitgenommen hatte.

»Was hast du denn da?«, fragte Donnie, durch das Geraschel neugierig geworden.

»Die Papiere aus der Schreibtischschublade. Leider kann ich sie nicht lesen. Sie sind in Gälisch, schätze ich mal.«

Donnie nahm die Papiere an sich und sah sie durch.

»Hm, ich kann zwar noch ein wenig Gälisch aber das hier kann selbst ich nicht entziffern.«

»Wen könnten wir denn da um Hilfe bitten?«

»Keine Ahnung. Vielleicht in Edinburgh jemand aus dem Archiv, in dem du warst?«

Julie nickte geistesabwesend. Donnie hatte ihr die Papiere wieder gegeben und sie versuchte, sie zu lesen.

»Sonderbar«, meinte sie dann.

»Was?«

»Hier taucht ein paarmal der Name Jeremiah auf.«

»Was ist daran sonderbar?«

»Die Schreibweise. Und der Umstand, dass mein Vater genau so hieß und sich genau so schrieb!«

»Bitte?« Donnie starrte Julie entgeistert an.

»Mein Vater hieß auch Jeremiah«, wiederholte Julie.

»Moment!« Donnie setzte sich an den kleinen Küchentisch in seiner Küche, an dem auch Julie saß, und starrte ihr in die Augen.

»Quatsch, nicht das, was du denkst!«, lachte diese. »Bestimmt nur ein Zufall. Außerdem müsste ich dann ja mit Mädchennamen McDonald heißen, oder?«

»Heißt du nicht?«

»Nein. Mein Vater hieß Sullivan.«

»Ach so! Aber trotzdem ein sonderbarer Zufall. Findest du nicht auch?« Donnie sah Julie immer noch an.

»Denke ich auch«, meinte sie. »Vielleicht hieß der Junge ja Jeremiah?«

»Könnte sein.« Donnie stand auf, um etwas zu essen aus dem Küchenschrank zu holen und auf den Tisch zu stellen. »Wir müssen jemanden finden, der das entziffern kann, was da steht.«

»Dann werde ich wohl noch einmal nach Edinburgh müssen. Kannst du mich nicht fahren?«

»Ich habe kein Auto und ich glaube nicht, dass McNab mir noch einmal seinen Rover borgt.« Donnie lächelte schief, nachdem er das gesagt hatte.

»Hat er das denn schon einmal?«, fragte Julie neugierig nach.

»Ja«, machte Donnie gedehnt. »Er hat ihn dann mit einer hässlichen Beule zurückbekommen!«

»Oh! Dann kann ich verstehen, dass er dir das Auto nicht noch einmal ausleiht.« Julie kicherte.

»Wenn er uns den Wagen leiht, kannst du doch fahren«, meinte Donnie.

»Ich habe zwar den Führerschein, aber links zu fahren, das trau ich mich nicht.«

»Ach so!« Donnie grinste.

»Ob Brandon wohl schon lange auf mich wartet?«, fragte Julie nun übermütig kichernd.

»Bestimmt schon den ganzen Tag!«

Julie lachte laut und griff dann herzhaft zu. Sie hatte wirklich Hunger und das Brot, was Donnie auf den Tisch gegeben hatte, schmeckte wunderbar. Es war aus der Dorfbäckerei, wie Donnie erzählte, als Julie ihn danach fragte. Sie fand es wirklich großartig.

Nach dem Essen lagen beide zusammengekuschelt auf Donnies Sofa und sahen fern. Keiner von ihnen aber sah wirklich hin. Beide waren sie noch in Gedanken in Finnlay und bei allem, was sie dort zu sehen bekommen hatten.

»Du hast doch sicher dein Handy dabei«, fragte Donnie plötzlich.

»Sicher, warum fragst du?«

»Und die Fotos? Sind die auf einer Speicherkarte?«

»Ja.«

»Gib mal her. Wir ziehen sie mal auf meinen PC!«

Julie reichte Donnie die Speicherkarte und folgte ihm dann zu seinem Rechner, der auf einem viel zu kleinen Tischchen am Fenster stand. Donnie lud die Fotos von der Speicherkarte auf den Rechner und danach sahen sie sich diese gemeinsam an. Jetzt, wo die Bilder größer waren, konnte man doch einiges erkennen. So sah man zum Beispiel ganz deutlich die Umrisse des heruntergefallenen Baldachins von dem Bett im ersten Schlafzimmer. Ganz genau so, wie sie es heute angetroffen hatten.

»Das kann unmöglich sein!«, protestierte Julie und weigerte sich vehement, das anzunehmen, was offensichtlich war.

»Du hast die Zimmer so gesehen, wie sie wirklich sind!«, gab Donnie zu verstehen.

»Nein, habe ich nicht! Donnie, die Räume waren vollkommen in Ordnung und hell erleuchtet. Das Bett war völlig intakt!«

Donnie schwieg und Julie rang um Fassung. Sie wusste doch, was sie gesehen hatte! Die Räume waren sauber, bewohnt und sogar beheizt! Sie konnte sich immer noch den Geruch nach Bohnerwachs ins Gedächtnis zurückrufen! Sie hatte doch nicht geträumt. Das würde ja bedeuten, dass sie schlafwandelte!

Donnie sah sich die nächsten Bilder an. Auch hier konnte man schwach erkennen, dass das Foto ohne Blitz den jetzigen Zustand der Räume dokumentierte, nicht aber das, was Julie gesehen haben wollte.

»Ich begreife das nicht!«, seufzte sie. »Ich habe die Fotos zwei Mal kontrolliert!«

»Sonderbar«, murmelte Donnie und nahm die Speicherkarte aus dem Kartenlesegerät. Als er sie Julie reichte, sagte er: »Wir fahren morgen nach Edinburgh und gehen noch einmal in das Archiv, in dem du bereits warst. Vielleicht finden wir ja zu diesem Jeremiah irgendetwas.«

»Gut. Und wie kommen wir nach Edinburgh?«, fragte Julie.

»Mit dem Bus natürlich.«

»Natürlich!«

»Oder du fragst Brandon, ob er uns fährt«, alberte Donnie.

KAPITEL 16

Der Bus nach Edinburgh fuhr in aller Frühe. Julie hatte die Nacht bei Donnie verbracht. Sie wollte auf keinen Fall Brandon über den Weg laufen. Es war ihr klar, dass dieser auf der Suche nach ihr den ganzen Ort auf den Kopf stellen würde. Er würde sie sicher auch finden, irgendwann. Aber eben nicht gleich.

Die Fahrt mit dem Bus dauerte eine gefühlte Ewigkeit. Als sie endlich in Edinburgh ankamen, suchten sie auch gleich das Archiv auf, in dem Julie einige Tage zuvor schon einmal gewesen war. Sie suchten nach Informationen, die einen Jeremiah McDonald betrafen, fanden jedoch nichts.

»Nicht einmal eine Notiz, dass das Kind einen Unfall hatte oder sonst wie gestorben ist«, seufzte Julie nach einigen Stunden vergeblicher Suche. »Es muss ein Todesfall gewesen sein. Wer verschließt sonst einen Raum und betritt ihn nie wieder, wenn es nicht höchst schmerzlich sein muss, sich in diesem Zimmer aufzuhalten?«

»Klingt plausibel«, meinte Donnie. »Hast du die Papiere dabei?«

Julie nickte. Sie hatte sie immer noch in der Jackentasche. Donnie nahm sie an sich. Gemeinsam gingen sie nun durch die große Halle des Archives auf der Suche nach einer älteren Person, die ihnen beim Lesen der Unterlagen behilflich sein könnte. Es gab hauptsächlich Studenten, die hier ihre Recherchen für ihr Studium betrieben. Fast am Ende des Saales saß ein älterer Herr über einige Papiere gebeugt. Donnie stieß Julie mit dem Ellenbogen an und deutete mit dem Kinn auf den Mann. Julie nickte. Beherzt ging Donnie zu dem Tisch, an dem der Mann saß, und sagte höflich:

»Entschuldigen Sie, dass wir Sie stören. Aber wir hoffen, Sie können uns helfen.«

Der Mann hob den Kopf und Julie blieb fast das Herz stehen. Vor ihr saß Daniel, der Inhaber des Bistros in New York!

»Wenn Sie meinen, dass ich Ihnen helfen kann, so entschuldige ich Sie gerne!«, lächelte er. Sogar seine Stimme war die gleiche! Julie musste sich an einem Stuhl festhalten, sonst wäre sie einfach umgekippt. Der Mann schien sie nicht zu erkennen, sie aber ihn sehr wohl! Sie trat heimlich nach Donnie, der nun ziemlich ärgerlich fragte, was sie denn habe. Sie flüsterte ihm ihre Entdeckung ins Ohr und Donnie sah sie verwirrt an.

»Wobei kann ich Ihnen denn helfen?«, fragte der Mann. Donnie wusste im ersten Moment nicht, ob er dem Mann die Papiere geben sollte oder nicht. Auch ihm fiel jetzt die verblüffende Ähnlichkeit zu Sir Henry auf. Immerhin hatte er dessen Foto auf dem Nachttisch des Kinderzimmers gesehen! Donnie schaltete schnell. Er bot dem Mann seine Hand und sagte:

»Wir dürfen uns vorstellen? Mein Name ist Donnie Murdoch und das ist Julie Miller.«

Der Mann nahm die Hand und lächelte freundlich:

»Daniel McDonald.«

»McDonald?«, fragte Julie nun und ließ sich einfach auf einem der Stühle an dem Tisch, an dem der Mann saß, sinken. Der nickte und lächelte immer noch freundlich.

»Sind Sie verwand mit den Finnlay McDonalds?«, fragte Julie frei heraus. Der Mann schüttelte den Kopf.

»Sollte ich?«

Julie spürte förmlich, dass er log. Das konnte er auch durch sein freundliches Lächeln nicht überspielen.

»Waren Sie schon mal in Amerika?«, fragte sie einfach weiter und ignorierte Donnies böse Blicke.

»Auch das nicht, Miss«, antwortete der Mann und Julie spürte seine Lüge erneut auf. Sie schwieg aber. Ihr Gehirn versuchte zu verstehen, warum sie hier den Mann antraf, der in New York ein Bistro führte und was dieser Mann mit Finnlay House zu tun hatte. Dann fiel ihr wieder ein, dass es das Bistro laut Shirlys Recherche ja gar nicht gab. Und doch sah Julie vor sich den Mann, der ihr vor einigen Tagen noch einen Cognac eingeschenkt hatte. Ihr wurde schwindelig.

»Ich habe gehofft, Sie könnten vielleicht besser Gälisch als ich und Sie könnten mir das hier vielleicht erklären. Wir wüssten gerne, was das für Papiere sind.« Donnie hatte sich offenbar schon wieder gefangen. Er reichte dem Mann nun die Papiere. Der sah sich diese lange an und schüttelte dann den Kopf.

»Was ich daraus lese ist, dass das eine Geburtsurkunde von einem gewissen Jeremiah ist. Sehr alt, denke ich. Jeremiah – der Nachname ist leider unleserlich.«

»McDonald!«, sagte Donnie trocken.

»Oh? Tatsächlich?« Der Mann sah Donnie lächelnd an.

»Tatsächlich«, sagte der und hielt dem Blick Daniel McDonalds stand.

»Das kann aber unmöglich McDonald heißen. Ich tippe eher auf – hm, ja, auf Sullivan?«

»Was?«, schrie Julie auf und fuhr in die Höhe. Für einen Moment vergaß sie, wo sie sich befand. Sie hatte das Gefühl, keine Luft mehr zu bekommen und flüsterte immer wieder nur: »Was? Was?« Donnie versuchte, sie zu beruhigen und es gelang ihm nach einer ganzen Weile auch, dass Julie sich wieder hinsetzte. Sie starrte in die Augen Daniel McDonalds und flehte ihn stumm an, die Wahrheit zu sagen. Diese Augen kamen ihr so vertraut vor. So unendlich vertraut.

»Sehen Sie selbst«, meinte der jetzt und reichte Donnie das Papier. Donnie schwieg zunächst und sagte nach einer ganzen Weile:

»Das könnte wirklich Sullivan heißen.«

»Das Kind, um das es hier geht, hieß also –«

»Jeremiah Sullivan«, fiel Julie Daniel McDonald ins Wort.

»Das kann Zufall sein, Julie«, versuchte Donnie, Julie zu beruhigen. Die aber schüttelte den Kopf und starrte weiter in die Augen Daniels.

»Sie waren nie in Amerika?«, fragte sie ihn. Er lächelte nur und schwieg.

»Sie haben auch nichts mit den McDonalds zu tun, die in der Nähe von Salesburry wohnten?«

Wieder schwieg Daniel. Er hielt aber Blickkontakt zu Julie. Donnie beobachtete dies. Ihm wurde das Ganze ein wenig unheimlich.

»Äh, steht da noch mehr auf dem Papier, was wichtig wäre?«, fragte Donnie endlich. Daniel schüttelte schweigend den Kopf, ohne jedoch den Blick von Julies Augen abzuwenden. Dann erhob er sich, nahm seinen Mantel, der neben ihm auf der Bank gelegen hatte, auf den Arm und sagte:

»Es tut mir leid, doch ich muss weiter. Sehen Sie auf Finnlay nach dem Rechten.« Mit diesen Worten verließ Daniel den Tisch und auch den Raum. Julie starrte immer noch auf die Tür, durch die er eben verschwunden war.

»Du glaubst im Ernst, dass der verschwundene Finnlay-Sohn dein Vater ist?« Donnie hatte die Frage gestellt. Er setzte sich auf die hölzerne Bank, auf der eben noch Daniel gesessen hatte.

»Ich weiß nicht. Aber es ist schon mehr als seltsam!«, stammelte Julie. »Wieso ist uns das nicht aufgefallen?«

»Weil der Name beinahe unleserlich ist. Nur mit viel Fantasie kann man daraus Sullivan lesen.«

»Also könnte es auch was anderes heißen?« Julie bedachte Donnie mit einem hoffnungsvollen Blick. Der aber schüttelte den Kopf.

»Ich fürchte, der alte Knabe hatte tatsächlich recht. Das

heißt Sullivan!«

»Der alte Knabe war dieser Daniel aus dem Bistro!«

»Du verwechselst ihn sicher!«

»Nein Donnie! Ich war zwei Mal dort. Ich habe mir sein Gesicht sehr gut eingeprägt. Das ist der Mann aus dem Bistro gewesen!«

Donnie schwieg.

»Und was meinte er damit, dass wir auf Finnlay nach dem Rechten sehen sollen?«, fragte Julie. Donnie erkannte, dass sie kurz davor war, überzuschnappen.

»Lass uns doch mal annehmen, bei diesem Jeremiah handelte es sich wirklich um deinen Vater!«

»OK!« Julie ließ sich darauf ein.

»Könne es denn sein?«

»Wie meinst du?«

»Vom Alter her?«

»Niemals! Ich weiß, dass mein Vater 39 Jahre alt war, als ich zur Welt kam. Er ist 1940 geboren!«

»Dieser Jeremiah ist im Jahr 1910 geboren und war somit 6 Jahre alt, als Merideth ertrank.«

»Also ist die Namensgleichheit zu meinem Vater nur zufällig?«, fragte Julie mehr, als dass sie es feststellte.

»So gesehen ja. Es kann sich nicht um den gleichen Jeremiah Sullivan handeln. Zumindest was die Jahre angeht.« Donnie starrte auf die Papiere in seiner Hand. In seinem Kopf schien es fieberhaft zu arbeiten.

»Lass uns nochmal nach einem Jeremiah Sullivan suchen«, sagte er dann. Gemeinsam stürzten Julie und er sich auf diese Aufgabe. Kurz bevor das Archiv schloss, wurden sie fündig.

»Hier: Er steht auf einer Passagierliste eines Schiffes nach –«, Donnie schwieg das Ende des Satzes aus.

»Wohin?«, fragte Julie und drängte ihn beiseite.

»Nach New York!«, las sie und hielt sich die Hände vor den Mund.

»Julie, das kann immer noch Zufall sein!«, beruhigte Donnie sie. Er versuchte es zumindest. Julie aber schüttelte den Kopf.

»Ich habe meinen Großvater nie kennengelernt. Es wurde auch nie über ihn gesprochen«, flüsterte sie.

»Das ist Zufall, glaube mir!«

»Ein wenig viel Zufall. Das Bistro, die Anzeige, Finnlay. Der Drang, unbedingt auf das Grundstück zu wollen! Jeremiah Sullivan, der im Alter von sechs Jahren nach Amerika ausgewandert ist.« Julie sank auf einen Stuhl.

»Ich stand im Zimmer meines Großvaters!«, sagte sie nun leichenblass.

»Das ist doch überhaupt nicht gesagt, Julie!«, versuchte Donnie abermals, Julie zu beruhigen.

»Doch, Donnie! Ich spüre es, dass es so ist.«

»Können wir deinen Vater nicht fragen, ob er noch etwas weiß. Von seinem Vater zum Beispiel?«

»Mein Dad ist sehr früh gestorben. Ich war gerade fünf Jahre alt. Ich kann mich nur noch wenig an ihn erinnern.« Julie sah auf ihre Hände und bemerkte nicht, wie ihr die Tränen über die Wangen liefen.

»Wir müssen herausfinden, warum der Junge Finnlay verlassen musste!«, sagte sie.

»Dem Datum nach nur wenige Tage nach dem Tod seiner Schwester«, gab Donnie zu verstehen. Dann sah er auf und klappte mit den zu einer Rolle geformten Unterlagen auf seine Handfläche.

»Wo könnte man das herausfinden?«, überlegte er laut denkend.

»Vielleicht müsste ich in Amerika anfangen, zu suchen?«, fragte Julie.

»Das denke ich weniger. Hier hast du viel mehr Chancen, an die Daten heranzukommen, sofern sie noch irgendwo gespeichert oder hinterlegt sind.«

»Gibt es denn in Salesburry nicht so was Ähnliches wie

ein Standesamt?«

»Ein was?« Donnie sah Julie verdutzt an.

»Ein Amt, wo man sich melden muss, wenn man zum Beispiel umzieht?«

»Hm!« Donnie klappte immer noch mit der Papierrolle auf seine Handfläche. »Das nicht gerade und schon gar nicht direkt in Salesburry. Aber hier in Edinburgh!«

»Jetzt ist es wohl schon zu spät, sich da umzusehen, oder?«

»Leider ja. Und der Bus ist auch schon weg«, seufzte Donnie nach einem Blick auf seine Uhr.

»Lass uns hier übernachten und morgen früh gleich zum Einwohneramt gehen«, schlug er daraufhin vor. Julie war es nur recht. Sie spürte, dass sie des Rätsels Lösung einen gewaltigen Schritt näher gekommen waren.

Donnie und Julie besorgten sich in einem großen Einkaufscenter, was für die Übernachtung nötig war. Danach nahmen sie sich ein Zimmer in einem Hotel. Sie ließen sich das Abendessen auf das Zimmer kommen. Während sie aßen, meinte Julie:

»Es ist nicht ungewöhnlich, dass der Sohn den Namen seines Vaters bekommt. Mein Dad hieß außerdem mit zweitem Vornamen Luke nach seinem Taufpaten. Auch das ist nicht ungewöhnlich.«

»Mir fehlen noch die Beweise, dass Jeremiah McDonald wirklich dein Großvater war«, gab Donnie zu verstehen.

»Welche Beweise brauchst du denn noch?« Julie sah ihn verständnislos an.

»Bis jetzt haben wir doch nichts in den Händen außer Vermutungen. Und die Aussagen von einem –«

»Von einem Gespenst?«

»Ach Julie!«, lachte Donnie auf. Wenn er vieles glaubte, aber dass Daniel McDonald ein Geist gewesen sein sollte, das konnte er nicht glauben! »Sein Händedruck war höchst real! Außerdem denke ich hier wirklich, dass die Ähnlichkeit nur zufällig ist.«

»Und wie erklärst du dir, dass ich genau diesen Mann in New York in deinem Bistro kennen lernte, das es offenbar gar nicht gibt?«

»Er hat uns eben angelogen, als du ihn fragtest, ob er schon einmal in Amerika war.«

»Du hast die Bilder von dem Haus gesehen, in dem das Bistro gewesen war«, erinnerte Julie. »Ich suche auch nach rationalen Erklärungen. Aber die gibt es hier einfach nicht!«

Donnie schwieg. Er musste Julie zustimmen. Doch dass Daniel McDonald kein menschliches Wesen gewesen sein soll, das konnte und mochte Donnie nicht glauben!

»Was meinte dieser Daniel damit, wir sollten auf Finnlay nach dem Rechten sehen?«, dachte Julie laut nach.

»Keine Ahnung!« Donnie lehnte sich auf seinem Stuhl zurück und sah Julie nachdenklich an.

»Er sagte doch zuerst, er habe mit den McDonalds von Finnlay nichts zu tun?«, fragte Julie weiter.

»Dieser Mann gibt mir Rätsel auf«, gestand Donnie.

»Nicht nur dir!«

»Vielleicht solltest du Shirly darauf ansetzen, ob sie in New York mehr über deinen Vater herausfindet?«, schlug Donnie vor.

»Ich denke, da wird sie nichts finden können, was ich nicht sowieso schon weiß. Die Lücke muss hier geschlossen werden«, antwortete Julie nachdenklich.

»Und ich denke, wir drehen uns im Kreis«, meinte Donnie. »Lass uns noch ein wenig in die Stadt gehen. Vielleicht lenkt uns das ja etwas ab. Vor Morgen kommen wir sowieso nicht weiter!«

Julie stimmte dem zu. Wenig später fanden sie sich auf der Princes Street wieder und bummelten an den hell erleuchteten Schaufenstern der Geschäfte entlang. Sie schwiegen beide. Julie konnte sich kaum auf das konzentrieren, was sie sah. Ihre Gedanken drehten sich immer nur um die eine Frage: Was, wenn Jeremiah McDonald wirklich ihr Großvater war? Auch in der Nacht fand Julie kaum Schlaf. Genauso wenig wie Donnie. Auch er schien die halbe Nacht grübelnd wach zu liegen. Es war beinahe eine Erlösung, als es Zeit war, aufzustehen.

Nach einem herzhaften Frühstück bezahlten sie das Zimmer. Donnie übernahm die Führung. Nach einer knappen Stunde fanden sich die beiden in einer Art Einwohnermeldeamt wieder. Der Bedienstete hinter dem Schalter staunte nicht schlecht, als er die Jahreszahl hörte, nach der Julie und Donnie fragten. Er suchte eine Weile in seinem Computer herum und sagte dann:

»Das tut mir leid. Diese Daten sind offensichtlich noch nicht in unser System abgespeichert. Da müssen Sie ein Stockwerk nach unten gehen und dort noch einmal nachfragen, bitte.«

Julie und Donnie bedankten sich und gingen die große Treppe nach unten. Dort wiederholten sie ihre Anfrage und eine ältere Dame verschwand daraufhin zwischen unzähligen Reihen von Regalen. Es dauerte lange, bis sie wieder zurückkam und in den Händen ein Buch hielt.

»Das müssten die Jahre sein, in denen die betreffenden Geburten und Sterbefälle in Salesburry aufgeführt sind. Auch die Umzüge. Sehen wir doch mal, ob wir etwas finden.«

Sie blätterte eine ganze Weile hin und her. Julie und Donnie wollten schon aufgeben, als sie mit dem Zeigefinger auf eine Stelle in dem Buch hinwies und sagte: »Da haben wir es ja schon. Hier ist der Unfalltod der Merideth McDonald verzeichnet.« Sie las weiter. Dann sah sie auf und sagte: »Von einem Umzug eines Jeremiah Sullivan steht hier leider nichts.«

»Haben Sie auch genau nachgesehen?«, fragte Julie.

»Natürlich!«, sagte die Dame hinter dem Schalter leicht

entrüstet. Sie wirkte sehr britisch, hatte eine schmale Brille auf der Nase und trug ihr schulterlanges Haar akkurat in großen Locken frisiert.

»Sind hier auch Adoptionen verzeichnet?«, fragte Julie.

»Das nicht, junge Dame. Diese werden hier nicht aufgeführt und selbst wenn, dürfte ich Ihnen darüber keine Auskunft geben.«

»Ja, schade«, seufzte Julie enttäuscht. Sie hatte sich von dem Besuch hier viel mehr versprochen. Auch Donnie war die Enttäuschung anzumerken. Dann fragte sie, ob die Geburt eines Jeremiah McDonald auf Finnlay aktenkundig wäre. Die Dame hinter dem Schalter verschwand erneut zwischen den Regalen, um nach einiger Zeit mit einem anderen Buch in der Hand wieder aufzutauchen.

»Zweiter August 1910«, sagte sie. »Jeremiah Henry Daniel. Aber der Nachname lautet Sullivan.«

»Daniel?«, fragten Julie und Donnie wie aus einem Munde.

»Daniel. So steht es hier«, bestätigte die Frau.

Julie und Donnie sahen sich an. Hatten sie den Zusammenhang zwischen Daniel und den McDonalds gefunden?

»Sind da vielleicht auch die Taufpaten angegeben?«, fragte Julie aufgeregt.

»Eine Joanna und ein Rory McDonald«, las die Dame vor.

»Wie kommt dann der Daniel in den Namen?«, fragte Julie.

»Vielleicht ein Ahne aus der Sullivan Linie?«, überlegte Donnie laut.

»Möglich. Das werden wir wohl nie herausbekommen. Auf jeden Fall vielen Dank für Ihre Hilfe.« Julie verabschiedete sich und ging nachdenklich die Treppe hinauf.

»Viel haben wir ja nicht herausbekommen«, sagte sie zu Donnie, der neben ihr ging.

»Nicht wirklich und doch einiges«, meinte der.

Sie blieben noch ein paar Stunden in der Stadt und bummelten durch die Straßen, bis der Bus nach Salesburry fuhr. Dort angekommen gingen beide erst einmal in Richtung des Pförtnerhauses. Als es in Sichtweite kam, hielt Julie Donnie am Arm zurück.

»Brandon ist immer noch da!«, sagte sie.

Der schwarze Mietwagen, mit dem Brandon Miller unterwegs war, stand vor dem Pförtnerhaus.

»Der hat vielleicht eine Geduld!«, meinte Donnie.

»Eigentlich nicht. Es wundert mich, dass er immer noch hier ist!« Julie kannte Brandon ja sehr gut und sie wusste, dass es ganz und gar nicht seine Art war, auf jemanden zu warten. Schon gar nicht so lange.

»Es ist mir jetzt egal, ob er da ist oder nicht! Ich muss ins Haus.« Julie beschleunigte ihre Schritte und ging geradewegs auf das Auto zu, bereit, Brandon die Meinung zu sagen. Doch das Fahrzeug war leer.

»Nanu? Wo steckt er?«, fragte sie und sah sich um.

»Vielleicht hat Iain ihn ins Haus gelassen?«, mutmaßte Donnie.

»Meinst du?« Julie schloss auf und rief nach Brandon. Doch im Haus war niemand.

»Das ist ja echt sonderbar! Wo steckt der nur?«, fragte sie, als sie die Jacke auszog und an den Haken hängte.

»Möglicherweise spazieren gegangen, sich die Füße vertreten«, orakelte Donnie weiter. Julie sah noch einmal zu dem Auto, das immer noch verwaist vor dem Haus stand.

»Das ist gar nicht Brandons Art!«, kommentierte sie.

»Er wird schon wieder auftauchen«, meinte Donnie und setzte Teewasser auf. Julie aber fühlte eine seltsame Unruhe in sich. Sie sah zur Uhr und stellte fest, dass sie es noch schaffen könnten, zu dem umgestürzten Baum zu kommen, ehe es dunkel werden würde.

»Lass uns bitte mal bei dem Baum nachsehen, Donnie«, bat sie. »Ich habe ein ganz komisches Gefühl!«

»Ich bitte dich! Von dem Baum weiß kein Mensch, und schon gar nicht dein Exmann! Selbst wenn, würde ihn so etwas interessieren?«

»Ich kann es nicht sagen, Donnie. Mag sein! Vielleicht denkt er, dass er uns dort findet?«

Donnie sah die Besorgnis in Julies Gesicht und stellte den Wasserkessel vom Herd. Julie schlüpfte in ihre Jacke und wenig später waren sie schon auf dem Weg zu dem Baumstamm. Man konnte nichts erkennen. Donnie stieg hinauf und rief plötzlich:

»Julie, komm nach! Hier muss jemand herunter geklettert sein! Eines der Seile ist unten!«

Julie beeilte sich. Hatte sie ihr Gefühl doch nicht betrogen! Als sie bei Donnie anlangte, sagte sie:

»Vielleicht meinte Daniel das damit, als er sagte, wir sollten nach dem Rechten sehen! Womöglich ist Brandon hier und ihm ist etwas zugestoßen!«

»Du siehst Gespenster. Wenn Brandon hier ist, hat er das hier durch Zufall entdeckt. Und wenn, dann treibt er sich bestimmt noch auf dem Grundstück herum!« Donnie machte sich an den Abstieg. Julie folgte ihm. Unten angekommen sagte sie:

»Hoffen wir, dass du Recht hast!«

Sie suchten eine ganze Weile das Gelände ab. Es wurde bereits dunkel, als sie in den Keller hinab stiegen. Doch auch hier war niemand zu sehen. Donnie ging voraus in das Haus. Sie lauschten und hörten nichts. Kein verdächtiges Geräusch.

»Wir sollten oben nachsehen!«, meinte Julie. Das bedrückende Gefühl hatte sich bei ihr noch nicht gelegt. Irgendetwas stimmte nicht. Donnie ging voraus. Oben angelangt fasste Julie allen Mut zusammen und rief Brandons Namen. Es blieb still. Sie sahen in alle Zimmer, stiegen sogar auf den Dachboden. Doch auch dort war keine Spur von Brandon zu finden.

»Vielleicht ist das Seil nur vom Wind herunter geweht worden«, meinte Donnie. »Vielleicht ist er gar nicht hier und wir sorgen uns umsonst!«

»Ich habe ein ganz eigenartiges Gefühl, Donnie«, gab Julie zu verstehen. »Ich kann nicht einordnen, was es ist. Ich weiß nur, dass es mit Finnlay zu tun hat.«

Sie standen beide auf dem Dachboden und leuchteten mit den Taschenlampen in die Ecken. Julies Lichtkegel traf den Schreibtisch und sie ging erneut zu ihm. Abermals zog sie alle Schubladen auf, doch sie fand nichts. Dann versuchte sie es noch einmal, klopfte aber bei allen Schubladen auf den Boden, und bei einer hatte sie Glück! Das Klopfen klang anders als bei den vorangegangenen Schubkästen. Julie zog die Lade komplett heraus. Von außen betrachtet war sie um einiges tiefer als sie innen tatsächlich war. Da musste es einen doppelten Boden geben!

»Leuchte mal zu mir herüber!«, bat sie Donnie. Daraufhin probierte sie, den Zwischenboden der Schublade zu öffnen. Donnie verstand nicht gleich, was sie da tat.

»Was machst du da?«, fragte er.

»Die Schublade hat offenbar einen doppelten Boden!«, kommentierte Julie ihr Tun.

Donnie ging zu ihr hinüber und gab ihr seine Taschenlampe, die ein wesentlich stärkeres Licht ausstrahlte als Julies. Dann versuchte er sich an der Schublade.

»Meist ist es ein ganz einfacher Trick«, sagte er, während er an der Holzlade zerrte und zog. Schließlich kramte er sein Taschenmesser aus der Hosentasche und öffnete den Zwischenboden mit Gewalt.

»Noch mehr Papiere!«, sagte er und nahm ein weiteres Bündel Papiere aus dem Fach. Er sah sie kurz an, schüttelte dann den Kopf und meinte, indem er die Papiere in seine Jackentasche steckte:

»Das müssen wir uns in Ruhe ansehen. Also Brandon ist nicht hier. Nicht im Haus und auch nicht auf dem

Grundstück. Wo zum Geier steckt er dann?«

»Ich habe keine Ahnung!«, seufzte Julie. »Vielleicht war er wirklich nur die Beine vertreten und ist wieder beim Auto.«

»Wir gehen zurück«, beschloss Donnie und Julie folgte ihm. Sie hatte auch keine große Lust, weiter bei Dunkelheit hier auf Finnlay herumzuturnen.

Zurück beim Pförtnerhaus fanden sie Brandons Mietwagen immer noch leer vor dem Haus stehend.

»Ich verstehe das nicht«, meinte Julie und zog ihre Jacke enger um sich. Es war ihr mit einem Mal sehr kalt. Sie ahnte, was das bedeutete. Doch würde dieser Geist auch in der Gegenwart Donnies hier auftauchen?

»Spürst du diese Kälte auch?«, fragte sie Donnie.

»Allerdings«, antwortete der. »Was ist das?«

Julie schwieg. Sie standen auf der Veranda des Pförtnerhauses und waren unfähig, in das Haus hinein zu gehen. Beide starrten sie in Richtung des Dorfes. Die Kälte nahm zu und man konnte inzwischen schon den Atem sehen. Julie war die Erste, die sich abwandte und daraufhin einen spitzen Schrei tat.

»Siehst du?«, fragte sie und zerrte an Donnies Arm.

»Ich sehe ihn«, sagte der. Auf der Veranda in einem der beiden Gartenstühle saß Sir Henry.

»Unglaublich!«, flüsterte Donnie.

»Er war schon mal hier«, gab Julie zu verstehen. Sie sprach sehr leise, so als könnten laute Worte diese Erscheinung vertreiben.

»Er sieht wirklich aus wie Daniel!«, stellte Donnie fest. Kaum hatte er das gesagt, erhob sich die Gestalt und wehte förmlich an Julie und Donnie vorbei. Je näher diese Erscheinung den beiden dabei kam, umso kälter wurde es. Als die Gestalt sich vor dem Haus befand, drehte sie sich um und wartete, so als fordere sie Julie und Donnie auf, ihr zu folgen. Nur langsam lösten sich die beiden aus ihrer

Starre und gingen der Erscheinung nach, die jetzt in Richtung des Anlegestegs schwebte.

»Was will er da?«, fragte Donnie. Julie hielt seine Hand, während sie langsam dieser Erscheinung folgten. Als sie den Steg sahen, ahnte Julie, was passiert war. Sie sah neben der Stelle, an der sie neulich nachts eingebrochen war, noch weitere Bretter, die durchgebrochen waren.

»Brandon!«, rief sie entsetzt auf und rannte zum Ufer. Mit ihrer Taschenlampe leuchtete sie in die Wogen des sich am Ufer brechenden Wassers. Auch wenn dieser See ein Binnensee war, so hatte er doch einige Untiefen und bedingt durch den ständig wehenden Wind auch ziemliche Wogen. Donnie begriff nur langsam, was Julie fürchtete. Doch dann eilte er ihr hinterher und suchte ebenfalls das Wasser ab. Er ging sogar ein Stück auf den Steg hinaus.

»Hier!«, rief er nach einer Weile. Ohne lange nachzudenken, warf er die Taschenlampe ans Ufer und sprang kopfüber in das Wasser. Julie schrie auf. Sie wusste nicht, ob Donnie ein guter Schwimmer war. Mit fiebernden Händen wählte sie McNabs Nummer und beobachtete Donnie, wie er im Wasser an irgendetwas herumzerrte. Als McNab sich endlich meldete, konnte Julie nur Bruchstücke stammeln:

»Am Steg, im Wasser. Kommen Sie schnell!«

KAPITEL 17

Brandon Millers Leichnam wurde abtransportiert. Donnie saß in eine Decke gehüllt im Wohnzimmer des Pförtnerhauses. Die Polizei untersuchte gerade den Mietwagen, mit dem Brandon unterwegs gewesen war. Julie hatte alle Angaben gemacht, die sie machen konnte. Sie hatte auch gesagt, dass Brandon sie besucht habe. Er wäre auf der Durchreise gewesen. Wohin, das wüsste sie nicht. Warum Brandon zu dem Steg gegangen war, wusste ebenfalls niemand. Nun war er tot.

Julie fühlte zunächst gar nichts. Sie funktionierte und hängte Donnies nasse Sachen im Bad über die Duschwand, als ihr die Papiere wieder einfielen, die sie auf dem Dachboden vorhin noch gefunden hatten. Sie waren vollkommen durchnässt und aufgeweicht. Julie legte den Stapel sorgfältig in der Küche neben den Herd. Dann ging sie zu Donnie.

»Ich dachte, er würde noch leben«, sagte der, als er Julie sah.

»Hauptsache dir ist nichts passiert«, meinte Julie und setzte sich neben Donnie.

»Warum ist der nur zu dem Steg gegangen?«, fragte Donnie und starrte vor sich hin.

»Ich weiß es nicht«, antwortete Julie. »Vielleicht hat er, wie ich damals, das Kind dort stehen sehen.«

»Möglich.«

Sie schwiegen beide. Julie starrte zum Fenster hinaus auf das Wechselspiel des Lichtes, das durch das flackernde Blaulicht der Streifenwagen erzeugt wurde. Es hatte eine ganze Weile gedauert, bis die Polizei hier war. McNab war sofort nach Julies Anruf aufgetaucht. Zusammen mit Donnie hatte er den Leichnam Brandons aus dem See gezogen.

Laut der ersten Untersuchung war Brandon bereits seit dem Vorabend tot. Sein Körper hatte sich unter dem Steg an gebrochenen Holzlatten verfangen, als er einbrach. So konnte er nicht mehr auftauchen und ertrank. Vermutlich waren diese Bruchstücke durch Julies Sturz entstanden. Julie fühlte sich schuldig an Brandons Tod. Sie sagte dies auch zu Donnie.

»Quatsch!«, machte der. »Das war einfach ein Unglück, mehr nicht. Du hast keine Schuld an seinem Tod! Er ist auf dem Steg eingebrochen wie du neulich. Dir hätte das auch passieren können!«

»Ich habe ihn gehasst für all das, was er mir angetan hat. Aber das habe ich ihm nicht gewünscht«, sagte Julie leise.

»Niemand kann etwas dafür«, meinte Donnie erneut und zog Julie in seine Arme.

Endlich konnte sie weinen. Sie hatte noch nie in ihrem Leben einen Toten gesehen. Als Brandon am Ufer gelegen hatte und ihr bewusst wurde, wer da vor ihr lag, spürte sie zuerst nichts. Kein Schmerz, nichts! Es war, als hätten Donnie und McNab einen völlig Fremden aus dem Wasser gezogen. Erst jetzt drang in Julies Bewusstsein, dass Brandon Miller nicht mehr lebte und erst jetzt fühlte sie einen sonderbaren Schmerz in der Brust.

Sie brachte es nicht fertig, Brandons Vater anzurufen, der noch in New York lebte. Er hatte Julie sowieso nie gemocht und sie ihn auch nicht besonders. Sie überließ das der Polizei, diesen Anruf zu tätigen. Der Beamte, der das übernahm, wollte sich dann wieder bei Julie melden, was mit Brandons Leichnam geschehen sollte. Sie vermutete, dass Brandons Vater ihn nach Amerika überführen lassen würde. Sie brauchte sich sicherlich um eine Bestattung und alles andere nicht zu kümmern. Was mit Brandons Nachlass geschehen würde, war Julie egal. Sie erwartete nichts von ihm, zumal sie auch den Unterhalt hatte einklagen müssen. Brandon hatte ihr freiwillig nicht einen Cent überwiesen.

Trotz all dieser nüchternen Gedanken fühlte Julie eine Art Schmerz. Warum nur war Brandon hier aufgetaucht? Was hatte er von Julie gewollt? Wenn er ihr endlich den ausstehenden Unterhalt hätte zahlen wollen, hätte er das auch vorgestern gekonnt. Warum also war er hier?

Einer der Beamten brachte Julie den Autoschlüssel. Was mit Brandons persönlichen Sachen geschehen war, wusste Julie nicht. Der Beamte meinte, es wäre nett, wenn Julie den Wagen nach Edinburgh bringen könnte. Sie hätten im Moment wenig Zeit und Julie wüsste ja, wie das ist. Julie antwortete nicht darauf. Sie nahm den Schlüssel mechanisch an. Dann endlich kehrte wieder Ruhe ein.

»Fährst du mit mir morgen nach Edinburgh, den Wagen zurückbringen?«, fragte Julie Donnie, während sie etwas zu essen richtete. In all der Aufregung hatten weder sie noch Donnie etwas gegessen. Nun verspürte Julie einen mächtigen Hunger.

»Wieso geben sie dir Brandons Autoschlüssel?«, fragte Donnie.

»Keine Ahnung. Der Beamte meinte, sie hätten im Moment zu wenig Personal und keine Zeit und so weiter.«

»Tz!«, machte Donnie, dann sagte er: »Sicher fahre ich.«

»Gut«, nickte Julie abwesend.

Sie verbrachten den Abend meist schweigend. Jeder hing seinen Gedanken nach. Julie dachte darüber nach, wie sonderbar es doch gewesen war, dass ausgerechnet der Geist Sir Henrys ihnen gezeigt hatte, wo Brandon zu finden war. Das sagte sie auch so zu Donnie.

»Darüber habe ich auch gerade nachgedacht«, ließ der vernehmen. »Bis jetzt wurde immer nur von dem Mädchen gesprochen, wenn es um die Spukgeschichten hier auf Finnlay ging. Jetzt habe ich mit eigenen Augen noch etwas anderes gesehen!«

»Sir Henry«, sagte Julie.

»Genau den!«

»Ich wusste, dass er auftauchen würde, weil es auf einmal so kalt wurde. Genauso weiß ich, dass von ihm für uns keine Gefahr ausgeht. Es ist nur die Art und Weise, wie er erscheint, die mir immer Angst macht.«

»Mir machen beide Angst, er und das Kind«, lachte Donnie bitter. »Ich meine, erzähl das mal jemandem. Das glaubt dir doch kein Mensch!«

»Ich wollte es zu Anfang auch nicht wahrhaben!«, gab Julie zu. »Ich hielt solche Geschichten immer für Hirngespinste!«

»Geschichten!« Wieder lachte Donnie. »Klar! Hab ich auch gedacht. Bis ich das Kind selbst einmal gesehen habe. Aber dann redet man sich alles Mögliche ein, nur um das nicht als wahr anzunehmen, was man gesehen hat.«

»Ob vor uns jemand Sir Henry schon mal gesehen hat?«

»Das wirst du nie erfahren«, meinte Donnie und biss herzhaft in eine Scheibe Brot. Sie beendeten das Mahl schweigend. Ebenso schweigend gingen sie zu Bett.

Als der nächste Tag anbrach, war Julie schon wieder auf den Beinen. Sie versuchte vorsichtig, die Papiere voneinander zu lösen, die Donnie während seiner Rettungsaktion in der Nacht in der Tasche gehabt hatte. Es war unmöglich! Auch auf der ersten Seite war die Schrift sehr zerlaufen und unleserlich, bis auf ein paar Worte. Julie gab schließlich auf. Man konnte die Bögen nicht mehr voneinander trennen.

Nach dem Frühstück ging Donnie zu seinen Tieren. Julie setzte sich mit einem Buch auf die Veranda, konnte sich aber nicht auf das konzentrieren, was sie las. Ihre Gedanken waren immer noch damit beschäftigt, herauszufinden, was Brandon in Salesburry gewollt hatte. Sie empfand auch Trauer. Immerhin hatte sie diesen Mann sehr geliebt und war nur schwer über seinen Trennungswunsch hinweggekommen. Ja, sie hatte ihm einiges gewünscht, nachdem er seinen wahren Charakter gezeigt hatte und sie beinahe mittellos hatte sitzen lassen. Sie hatte ihm vieles gewünscht, aber nicht den Tod.

Ein Motorgeräusch riss Julie aus ihren Gedanken. Es waren Fiona und Iain McNab, die vorgefahren kamen. Fiona stürzte sich sofort auf Julie und fragte, ob sie ihr irgendwie helfen könnte. Julie wäre viel lieber allein gewesen und weiter ihren Gedanken nachgehangen. Stattdessen bereitete sie für ihren Besuch einen Kaffee zu und versicherte zum einhundertsten Mal, dass alles in Ordnung sei und sie keine Hilfe bräuchte.

»Sie haben ja auch Donnie«, hörte Julie gerade Fiona sagen. »Der kümmert sich ja um Sie.«

»Ja, er schaut ab und zu vorbei«, log Julie. Das Lächeln auf Fiona McNabs Gesicht verriet ihr aber, dass diese sehr wohl wusste, dass Donnie nicht nur ab und zu im Pförtnerhaus war. Julie hatte überhaupt nicht mitbekommen, was Fiona alles gesagt hatte. Sie war nur froh, als die McNabs sich wieder verabschiedeten, nicht ohne Julie das Versprechen abzunehmen sich zu melden, sollte sie Hilfe brauchen. Kaum waren die beiden weggefahren, klingelte Julies Handy. Es war Shirly.

»Wie ist das passiert? Ich hatte eben einen Anruf von einer Bekannten von Brandons Vater! Und in den Zeitungen steht es auch schon!«

»Die Welt ist offenbar ein Dorf«, meinte Julie.

»Wie ist das passiert, Julie?«, wiederholte Shirly ihre Frage.

Julie berichtete, dass sie nicht im Haus war, als das alles passiert sein musste und sie somit auch keine Angaben machen konnte.

»Dann wird ja auch bald die Presse hier aufschlagen!«, schloss sie ihren Bericht.

»Das nehme ich auch an!«, meinte Shirly. »Komm doch

am besten nach Hause, Julie.«

»Nein. Da werden die Aasgeier mich auch finden. Ich bleibe hier.« Julie war fest entschlossen, ihren Urlaub nicht abzubrechen. Sicher wäre es das Vernünftigste gewesen, doch irgendetwas hielt sie hier fest. Sie hatte keine Ahnung, was es war.

»Donnie wird die Presseleute schon verjagen«, meinte Julie.

»Dein Schäfer«, kommentierte Shirly ihre Aussage.

»Genau. Mein Schäfer!«

»Verrenn dich nicht zu sehr in diese Liaison!«, mahnte Shirly. »In ein paar Tagen fliegst du nach Hause und er bleibt auf der Insel!«

Julie schwieg. Ganz kurz flackerte der Gedanke in ihr auf, dass sie genauso gut auch hier in Schottland bleiben könnte. Wer wartete denn schon in Amerika auf sie, außer Shirly? Julie hatte keinen Job, keine Verwandten und auch sonst nichts mehr, was sie daran hindern würde, einfach hier zu bleiben.

»Bist du noch da, Julie?«, hörte sie Shirly fragen.

»Ja, klar«, antwortete Julie. Während Shirly weiter sprach, festigte sich der Gedanke in Julies Kopf. Was, wenn sie einfach hier blieb? Bei Donnie? Was würde er dazu sagen?

»Du hörst mir ja gar nicht zu!«, protestierte Shirly gerade am anderen Ende der Leitung, als Julie sich mit dem Gedanken, in Schottland zu bleiben, anfreundete.

»Doch, natürlich!«, antwortete Julie mechanisch. Ihre Gedanken aber waren ganz woanders. Sie überlegte, wie sie das Leben hier in Schottland finanzieren könnte. Nun, da Brandon tot war, konnte sie nicht mehr auf Unterhalt hoffen. Dass er ihr etwas hinterlassen hätte, das glaubte Julie am allerwenigsten. Mit ihren Büchern verdiente sie gerade so viel, dass sie sich die Miete für eine kleine Wohnung in New York leisten konnte. Wie weit sie hier damit kam, konnte sie einfach nicht einschätzen.

»Du solltest Donald anrufen«, hörte Julie gerade ihre Freundin sagen. Donald war Brandons Vater. Donald Miller. Julie wusste, dass Shirly ihn über drei Ecken kannte.

»Warum sollte ich das tun?«, fragte sie nach.

»Weil er Brandons Vater ist und sicher einige Fragen hat!«, meinte Shirly.

»Er kann sich ja auch bei mir melden. Er hat ja meine Handynummer! Außerdem weißt du doch, dass wir beide uns nicht gerade grün sind.«

»Gerade deswegen. Ihr solltet euch wenigstens an Brandons Grab vertragen!«

»Sag mal, wessen Freundin bist du eigentlich?«

»Deine natürlich!«, seufzte Shirly.

»Also, zum einen ist noch nicht heraus, wann Brandons Leichnam freigegeben und nach Amerika überführt wird. Ich schätze schon, dass sein Vater sich darum kümmert. Zum anderen weiß ich noch nicht, ob ich zur Beerdigung überhaupt erscheinen soll.«

»Julie!« Shirly schient entsetzt.

»Was? Immerhin hat Brandon mich regelrecht aus seinem Leben komplett ausgeschlossen. Und das vor über einem Jahr!«

»Aber etwas muss ihm doch an dir gelegen haben, sonst wäre er ja nicht nach Schottland gefahren!«

»Du hast recht. Irgendetwas Eigennütziges!«, unkte Julie verbittert. »Glaub nicht, dass er mir aus Liebe nachgereist ist. Er wird seinen Grund gehabt haben, ja. Aber einen sehr Eigennützigen! Glaub mir!«

»Ach Julie«, seufzte Shirly erneut. Dann verabschiedete sie sich, da sie merkte, dass man mit Julie immer noch nicht über Brandon reden konnte. Selbst jetzt nicht, wo er tot war. Sicher, Julie hatte nach der Trennung eine Menge durchzustehen. Aber sollte man nicht am Grab eines Menschen endlich Frieden schließen können? Shirly ahnte nicht, welche Gedanken sich tatsächlich im Kopf ihrer besten Freundin manifestierten.

Es war während dieses Telefongesprächs, dass Julie beschloss, in Schottland zu bleiben. Bei dieser Entscheidung spielte natürlich auch Donnie eine große Rolle. Julie mochte ihn einfach schon zu sehr. Zudem liebte sie Land und Leute. Warum also nicht einfach bleiben?

Als Donnie wieder im Pförtnerhaus ankam, standen schon zwei Reporter im Vorgarten. Es sprach sich also sehr schnell herum, wo Brandon Miller sein Leben gelassen hatte. Julie verweigerte jede Auskunft, obwohl die Herren von der Presse ziemlich hartnäckig waren.

»Dein Ex war wohl eine große Nummer bei euch in den Staaten«, meinte Donnie.

»Ziemlich«, war Julies kurze Antwort darauf.

»Politik?«, fragte Donnie weiter.

»Auch. Er war im Finanzbereich tätig.«

»Aha. Und?«

»Was und?« Julie sah Donnie fragend an.

»Na ja, war er reich?«

»Ja.«

»Dann hast du ja jetzt ausgesorgt.«

»Wir hatten einen Ehevertrag und waren geschieden. Und Unterhalt hat er mir bis heute nicht bezahlt.« Julie war ein wenig sauer auf Donnie. »Und falls du weiter fragen willst: Nein, erben werde ich mit Sicherheit auch nichts!«

»Na, nicht gleich sauer werden«, lachte Donnie. »Ich habe doch nur gefragt.« Er nahm Julie in die Arme. Sie entschuldigte sich gleich bei ihm, wagte es aber nicht, ihn mit ihrer Entscheidung zu konfrontieren. Dazu sollte es wohl einen besseren Zeitpunkt geben.

»Das braucht dir nicht leidzutun. Es ist OK. Ich habe verstanden, dass du auf ihn nicht gut zu sprechen warst«, meinte Donnie und küsste Julie, ehe er fragte: »Sag mal, wo hast du die Papiere hin, die ich gestern aus dem Schreibtisch mitgenommen habe?«

»Die liegen in der Küche. Allerdings sind sie durch dein Bad unbrauchbar geworden.« Julie ging voraus in die Küche. Donnie folgte ihr und sah sich das zusammengeklebte Bündel Papiere an.

»Das ist ja ziemlicher Mist!«, meinte er.

»Allerdings. Ist nicht mehr viel zu lesen!«

»Ein paar Worte noch.« Donnie ging mit den Resten der Dokumente ans Fenster, um besser sehen zu können.

»Wir sollten uns überlegen, ob wir in Finnlay unsere Spuren beseitigen und die Leiter wieder heraus holen«, sagte Julie.

»Warum gerade jetzt?«, fragte Donnie leicht irritiert.

»Es werden noch mehr Presseleute hier auftauchen. Dann können wir nicht mehr einfach so unbeobachtet über die Mauer klettern. Die werden an mir hängen wie die Kletten!«

»Okay«, machte Donnie gedehnt. »Ich bin allerdings eher dafür, dass wir zunächst alles so lassen, wie es ist. Irgendwann verliert die Presse die Lust daran, dir aufzulauern. Dann können wir auch wieder in das Haus.«

Julie spürte, dass dies ein guter Moment war, um vorzufühlen, was Donnie wohl sagen würde, wenn sie blieb.

»Vergiss nicht, in wenigen Tagen bin ich wieder weg«, sagte sie und beobachtete genau Donnies Reaktion. Der hatte gerade noch auf die Papiere gesehen. Nachdem Julie das gesagt hatte, sah er auf und blickte in ihre Augen, so als hätte er die Worte nicht verstanden.

»Schon?«, fragte er dann, ehrlich entrüstet.

Julie nickte. »Es sei denn«, fing sie an.

»Es sei denn was?«

»Es sei denn, ich könnte mich dazu durchringen, hier zu bleiben.«

»Hier?!« Donnies Augen wurden groß.

»Ja, hier. Vielleicht genau hier, vielleicht in Edinburgh.«

»Aber deine Familie, deine Freunde?«

»Meine Freunde können mich hier besuchen, wenn sie mögen, und Familie habe ich keine mehr.« Julie sah lange in Donnies Augen, ehe sie fragte: »Was hältst du von dieser Idee?«

Donnie schwieg zunächst, legte dann die Papiere auf die Seite, die er die ganze Zeit über in den Händen gehalten hatte, schloss Julie in seine Arme und sagte: »Das wäre wundervoll!«

»Dein Ernst?«, fragte Julie erneut vorsichtig nach.

»Mein voller Ernst. Wenn es irgendwie geht, dann bleib am liebsten hier in Salesburry.«

»Ich mach wirklich keinen Scherz, Donnie!«

»Das hoffe ich doch!« Donnie verschloss Julies Lippen mit einem langen Kuss. Sie spürte, dass es ihm ebenfalls ernst war mit seiner Antwort.

»Vielleicht kann ich dieses Haus hier dauerhaft mieten«, sagte sie leicht atemlos, als Donnie wieder aufsah.

»Iain wird das bestimmt freuen. Aber willst du dein Leben wirklich mit diesen Erscheinungen hier zubringen?«

»Du meinst Sir Henry und Merideth?«

»Die meine ich. Inzwischen wissen wir beide, dass sie keine Einbildung sind.«

Julie schwieg einen Moment, ehe sie sagte:

»Weißt du, sie machen mir eigentlich keine Angst. Nicht mehr. Ich weiß auch, dass ich von beiden nichts zu fürchten habe.«

»Wie willst du das wissen?« Donnie sah Julie erstaunt an.

»Das spüre ich!«, antwortete sie. »Außerdem hätte der Geist Sir Henrys uns gestern nicht zum Steg geführt, wenn er nicht gewollt hätte, dass wir Brandon finden. Ich denke einfach, er will uns was sagen.«

»Warum tut er es dann nicht einfach?« Donnie lachte amüsiert. Julie knuffte ihn sachte und meinte:

»Lach nicht! Vielleicht hat er das schon und wir haben es übersehen?« Sie dachte einen Moment nach, nahm die unleserlich aufgeweichten Papiere wieder in die Hand und sagte: »Vielleicht hatten wir es schon in den Händen und haben es wieder verloren?«

»Mein Gälisch ist nicht gut genug um die letzten lesbaren Worte auf dem Papier entziffern zu können«, gab Donnie zu. »Womöglich hilft uns das Internet weiter?«

»Gute Idee, doch hier habe ich keine Verbindung und wenn, dann läuft es schrecklich langsam!«

»Dann sollten wir es von mir aus versuchen!«

»Das musst du allein machen, Donnie. Wenn ich mich hier wegbewege, habe ich die ganzen Reporter am Hals.« Julie deutete mit dem Kinn in Richtung der Straße, wo inzwischen drei weitere PKW standen. »Es reicht, wenn die uns nachfahren, wenn wir den PKW nach Edinburgh zurückbringen!«

»Schmeißfliegen!«, schimpfte Donnie. Dann nahm er Julie die Papiere aus der Hand und sagte: »Okay, ich versuche mein Glück.«

»Und ich frage McNab wegen des Hauses. Die Reporter scheinen ja alle hinten am Steg zu sein. Als ob es da noch etwas zu sehen gäbe!«

Julie und Donnie zogen sich ihre Jacken an und verließen das Haus. Vor dem Grundstück trennten sich ihre Wege. Julie ging in den Ort während Donnie in die andere Richtung zur Schafweide lief. Julie war sich ziemlich sicher, dass den Reportern nicht entgangen war, dass sie das Haus verlassen hatte. Genauso sicher war sie sich, dass man ihr folgen würde. Sie beeilte sich, zu McNabs Haus zu kommen.

Wie Donnie bereits angenommen hatte, war McNab von Julies Idee begeistert. Julie hoffte natürlich auch, dass sie auch etwas über die momentanen Besitzverhältnisse des Pförtnerhauses herausfinden würde. Es gehörte ja zu

Finnlay und wem das Pförtnerhaus gehörte, dem gehörte doch sicher auch das Herrenhaus! Nachdem sie also McNab ihre Idee kundgetan hatte, fragte sie frei heraus, wem denn das Anwesen gehörte.

»Das ist eine gute Frage!«, antwortete McNab. Sie saßen zusammen in seinem Wohnzimmer bei einem Glas Whisky. »Das Anwesen wird seit Jahren, ach seit Jahrzehnten von einer Anwaltskanzlei in Edinburgh verwaltet. Soweit ich informiert bin, seit dem Henry McDonald tot ist.«

»Gab es denn keine Erben?«

»Nein, die Tochter der McDonalds kam doch ums Leben«, sagte Iain McNab. Er wusste also nichts von dem Jungen, dem Sohn Sir Henrys!

»Keine Verwandten?«

»Niemand, der sich um das alles kümmern könnte.«

Julie fragte nicht weiter. Sie bat Iain McNab, er möge sich doch bei diesen Anwälten erkundigen, wie hoch diese die Miete für das Pförtnerhaus veranschlagen würden und es sie dann wissen lassen. Dann verabschiedete sie sich und ging zurück. Wie sie schon angenommen hatte, waren ihr zwei der Reporterautos gefolgt. Sie hatte das Gefühl, als umkreisten diese sie wie Aasgeier. Julie spürte einfach, dass sie immer da waren, egal wohin sie sich auch bewegte. Wie Schatten. Sie fragte sich, wie lange die Reporter dieses Spiel wohl spielen würden!

Beim Pförtnerhaus angekommen suchte Julie in dem Handschuhfach von Brandons Mietwagen nach der Adresse, wohin dieser zurückgebracht werden musste. Sie wühlte das ganze Handschuhfach durch, nahm alles heraus, was sich darin befand und fand einen Schlüssel. Offensichtlich war das Brandons Hotelzimmerschlüssel! Es gab einen Anhänger daran, der besagte, dass er zum Holiday Inn auf der Princes Street gehörte. Zimmer 208. Julie nahm den Schlüssel an sich und wunderte sich, dass die Cops ihn bei ihrer Suche nicht entdeckt hatten. Danach fand sie auch die Anschrift des Autoverleihs. Mit beiden Fundstücken ging sie ins Haus und wartete auf Donnie. Der kam gegen Abend. Julie berichtete ihm sofort, was sie von McNab über Finnlay erfahren hatte. Dann zeigte sie Donnie Brandons Zimmerschlüssel.

»Sollten wir den nicht der Polizei übergeben?«, fragte sie ihn.

Donnie überlegte, indem er den Schlüssel in der Hand hin und her drehte.

»Sollten wir«, sagte er dann. »Aber zuerst sehen wir uns in dem Zimmer um. Vielleicht finden wir ja irgendetwas, was uns erklärt, warum dein Ex hier aufgetaucht ist.«

Julie fand das eine gute Idee. Sie beschlossen, den Wagen am nächsten Tag nach Edinburgh zurückzubringen. Zuvor aber wollten sie sich Brandons Zimmer genauer ansehen, bevor sie den Schlüssel bei der Polizei abgaben.

KAPITEL 18

Sie gelangten am folgenden Tag ungehindert in Brandon Millers Zimmer. Julie sträubte sich innerlich dagegen, Brandons Jackentaschen und Schubladen zu durchsuchen, während Donnie den Koffer inspizierte. Sie fanden nichts, was seine Anwesenheit hier in Edinburgh geschweige denn in Salesburry erklären konnte. Julie klappte das Notebook auf, das auf einem kleinen Tischchen neben dem Fenster stand. Noch zeigte der Akku Betriebsbereitschaft an.

»Vielleicht finden wir hier was«, meinte sie. Der Laptop war jedoch passwortgeschützt. Julie versuchte einige Wörter, die ihr im Zusammenhang mit Brandon einfielen. Dann besann sie sich. Bevor sie bei ihm auszog, war sein Passwort ihr Geburtstag gewesen. Sie hatte das zufällig auf einem Zettel gelesen, den Brandon einst neben dem Laptop hatte liegen lassen.

»Er wird doch nicht so dumm sein!«, dachte sie und tippte die Zahlen ein. Es funktionierte. Er hatte also sein Passwort nie geändert! Julie schüttelte den Kopf und klickte sich durch die Dateien, die der Rechner anzeigte. Die meisten sagten ihr überhaupt nichts und bestanden aus Excel-Mappen. Dann fand sie im Speicher die Daten, die Brandon eingetippt hatte, als er den Flug nach Schottland und den Mietwagen buchte. Sie suchte in seinem Kalender nach Zusammenhängen. Es gab eine Notiz über einen Anruf von einer Kanzlei Slim & Jackson. Leider stand nicht dabei, was dieser Anruf mit Brandons Entschluss, nach Schottland zu reisen, zu tun hatte. Mutlos klappte Julie das Notebook zu. Donnie und sie beschlossen, es mitzunehmen. Donnie suchte nach dem Ladekabel. Dann verließen sie das Zimmer, fuhren zur Polizei und gaben den Schlüssel dort ab. Der nächste Weg führte zur Adresse der Autovermietung. Brandon hatte den Mietwagen für zwei Wochen bezahlt. So entschieden Donnie und Julie, den Wagen auch zu nutzen. Sie fuhren zurück nach Salesburry.

Es waren inzwischen noch einmal zwei Reporterteams mehr, die vor dem Pförtnerhaus parkten. Diesmal wurde Julie auch auf dem Weg vom Auto zur Haustür von den Reportern direkt angesprochen. Bislang hatten die sich doch noch ziemlich im Hintergrund gehalten. Julie kannte das bereits. Sie nannte es Stufe zwei. Während des Zusammenlebens mit Brandon hatte sie solche Situationen mehrfach durchlebt. Ihrer Meinung nach gab es immer drei Stufen, in denen sich so eine Belagerung abspielte: Stufe eins war die, dass die Reporter einfach nur da waren, aber nichts unternahmen, außer ihrem Opfer ständig zu folgen. Stufe zwei war die, dass das Opfer mit vor die Nase gehaltenen Mikrofonen beinahe erschlagen wurde und ohne die lärmende Traube hinter sich herzuziehen nirgends mehr hingehen konnte. Stufe drei war dann die, dass die Reporter das Interesse verloren, weil nichts herauszubekommen war oder irgendwo etwas Interessanteres passierte. Bis zu dieser Stufe allerdings konnte es noch dauern!

Julie und Donnie kämpften sich durch die sich dreist ihnen in den Weg stellenden Reporterteams und schlossen tief durchatmend die Tür hinter sich.

»Geschafft!«, seufzte Julie.

»Wie lange dauert das noch, bis die wieder verschwinden?«, fragte Donnie.

»Bis ich ihnen alle Fragen bis ins kleinste Detail beantwortet habe oder irgendwo was passiert, wo sich die Geier drauf stürzen können!«

»Na, das kann ja noch dauern!«

»Von mir erfahren die nichts!«, sagte Julie bitter und sah zum Fenster hinaus. »Die können meinetwegen da stehen bis zum Jüngsten Tag und darüber hinaus!«

Sie wandte sich zu Donnie um und fragte: »Hast du etwas lesen können auf den Dokumenten?«

»Tja«, machte Donnie und setzte sich an den Küchentisch. »Was wir da in den Händen gehalten haben, war anscheinend das Testament von Sir Henry gewesen!«

»Wie bitte?« Julie setzte sich gegenüber von Donnie und starrte ihn an. Der zuckte die Schultern und meinte:

»Es war zumindest ein Entwurf. So stand es auf dem Dokument. Ob es die endgültige Fassung gewesen war, kann dir wahrscheinlich nur diese Anwaltskanzlei beantworten, die den Grundbesitz verwaltet.«

»Meinst du, die wissen etwas darüber?«

»Mit Sicherheit, Julie!«

»Schade, dass wir an die nicht herankommen. McNab hat mir mit keiner Silbe verraten, wie die heißen.«

»Das muss er aber, wenn die mit der Vermietung des Hauses einverstanden sind. Du musst dein Geld ja irgendwohin überweisen!«

»Das stimmt. Es sei denn, McNab fungiert hier auch als Mittelsmann.«

»Das wäre natürlich dumm.«

»Ob ich ihm das mit Jeremiah Sullivan erzählen soll?«, dachte Julie laut.

»Du könntest es versuchen. Nur, ob er dir glaubt? Sieht es dann nicht auch so aus, als wolltest du dir den Besitz hier unter den Nagel reißen?«

»Du hast recht«, gab sich Julie geschlagen.

»Außerdem müssten wir dann gestehen, dass wir uns auf Finnlay herumgetrieben haben. Ob das so gern gesehen wird? Ich glaube nicht.«

Julie holte statt einer Antwort Brandons Laptop in die Küche.

»Ich möchte mich noch ein wenig bei seinen Dateien umsehen«, erklärte sie. »Nicht, dass wir in der Eile was übersehen haben.«

Donnie zog seinen Stuhl neben den von Julie und gemeinsam gingen sie nun die Dateien erneut durch. Irgendwann kam Donnie auf die Idee, auch die versteckten Dateien anzusehen. Julie hatte bis dahin noch nicht einmal gewusst, dass es so etwas gab. Mit ein paar geübten Klicks machte Donnie vier Dateiordner sichtbar, die bislang nirgends aufgetaucht waren. In den ersten drei waren nur weitere Zahlenkolonnen und Arbeitsblätter, die Julie und Donnie zunächst nichts sagten. In der vierten Datei allerdings fanden die beiden eine eingescannte Kopie eines Briefes, der an Julie gerichtet war. Was sie darin lasen, ließ sie schwindlig werden! Es war ein Schreiben der Kanzlei Slim & Jackson in Edinburgh, gerichtet an Julie Miller. In dem Schreiben wurde Julie aufgefordert, sich wegen einer Erbsache dringend in der Kanzlei zu melden. Der Brief trug das Datum von vor eineinhalb Wochen und musste der Grund gewesen sein, dass Brandon Julie nach Schottland gefolgt war. Doch wo war das Original?

Julie ließ keine Zeit verstreichen und wählte die Nummer, die auf dem Brief angegeben war. Leider war es schon zu spät. Die Kanzlei war bereits geschlossen.

»So ein Mist!«, schimpfte sie und ließ das Telefon hart auf den Tisch fallen.

»Glaubst du allen Ernstes, dass dir Brandon wegen dieser Erbgeschichte hinterhergefahren ist?«

Nachdem Donnie das gefragt hatte, dachte Julie nach. Dann forderte sie Donnie auf, noch einmal die drei ersten Dateiordner zu öffnen. Sie sah sich die Auflistungen lange an und schließlich seufzte sie:

»Ich glaube schon!« Dann deutete sie auf die erste Nummer der Aufstellung und sagte zu Donnie:

»Ich weiß, dass das die Kontonummer von Brandons Privatkonto ist. Allem Anschein nach hat er hier Ausgaben aufgelistet. Ziemlich hohe Ausgaben, wie man sehen kann! Alles in den Tausendern, Zehn- und Hunderttausendern.«

Julie scrollte das Blatt weiter nach rechts und stellte fest:

»Das hier sind alles Namen von Casinos!«

»Wie bitte?«

»Brandon war ein Zocker!«, seufzte Julie und starrte in Donnies Augen. »Wie es aussieht, konnte er mir keinen Unterhalt bezahlen, weil er alles verspielt hat!«

»Du meinst, er hat das alles hier peinlich genau aufgelistet?«

Julie nickte. »Das hat er!«, bestätigte sie dazu. »Er war ein Pendant, was das anging. Ich musste auch immer ein Haushaltsbuch führen. Ja, Donnie. Brandon Miller war ein Spieler!«

»Dann hat er bei dieser Erbsache eine fette Beute gewittert –«

»Und wollte sich bei mir wieder einschleimen!« fiel Julie Donnie ins Wort. »Deswegen war er hier!«

»Obwohl er nicht mal wusste, was du erben würdest?«, fragte Donnie erstaunt.

»Scheinbar war seine Not so groß, dass ihm das egal war!«

»Du musst morgen früh unbedingt diese Kanzlei anrufen, Julie!«

»Worauf du dich verlassen kannst!«

Donnie und Julie verbrachten einen ruhigen Abend. Die Reporter saßen in ihren PKWs oder Bussen und belästigten sie nicht. Auch die Nacht verlief ruhig und friedlich.

Am nächsten Morgen rief Julie sofort in dieser Kanzlei an. Leider gab man ihr am Telefon keine Auskunft. So machten sich Julie und Donnie gefolgt von einigen der Reporter auf den Weg nach Edinburgh. Julie war enorm aufgeregt. Sie wusste immer noch nicht, wen sie beerbt haben sollte und vor allem, aus was ihr Erbe bestand.

Die Kanzlei befand sich in einem sehr herrschaftlichen Haus am Rande Edinburghs. Im Warteraum roch es wieder nach Bohnerwachs. Die Wände waren holzgetäfelt. Alles wirkte sehr edel und gediegen.

»Mr. Jackson erwartet Sie!«, wurde Julie mitgeteilt. Donnie musste im Wartezimmer bleiben.

Julie wurde in ein großzügiges Büro geführt, das von einem mächtigen Schreibtisch dominiert wurde. Der Mann, der hinter dem Tisch saß, wirkte beinahe verloren. Er war schon älter. Sein schütteres Haar hatte er von einer Seite des Kopfes auf die andere gekämmt, damit man seine Glatze nicht sehen konnte. Seine Augen waren graublau und hinter dicken Brillengläsern verborgen. Julie fand, dass die Hautfarbe des Mannes viel darüber verriet, dass er kaum aus dem Büro herausgekommen war. Er war sehr blass und fahl. Der Mann war schlank und etwa genau so groß wie sie selbst.

»Miss Miller!«, begrüßte er Julie. »Setzen Sie sich doch, bitte! Was führt Sie zu uns?«

Julie erklärte dem Mann, warum sie die Kanzlei aufgesucht habe. Dieser hörte mit hochgezogenen Augenbrauen zu und meinte dann:

»Hat Mister Miller Ihnen das denn nicht erklärt, um was es geht?«

»Er ist leider tödlich verunglückt, bevor er das tun konnte«, gab Julie zu verstehen.

»Ach, der Unfall! Ja, ja ich las davon in der Zeitung. Mein aufrichtiges Beileid. Nun, Miss Miller. Es geht um eine etwas delikate Geschichte. Erzählte Ihr Vater jemals etwas von Ihrem Großvater?«

Julies Herz begann, schneller zu schlagen. Die Gedanken überstürzten sich in ihrem Kopf.

»Nein«, antwortete sie wahrheitsgemäß. Mr. Jackson erhob sich und wanderte im Zimmer auf und ab, während er berichtete:

»Ihr Großvater war ein unehelicher Sohn eines, sagen wir mal ortsbekannten Mannes hier in Edinburgh. Eines sehr hochdekorierten Mannes. Eines sehr reichen Mannes!«

Julie fürchtete zu hyperventilieren.

»Er war das Kind von Henry McDonald und dessen Köchin Samantha Sullivan.«

»Sullivan!«, japste Julie. Also nahm ihr Großvater den Namen seiner Mutter an!

»Geht es Ihnen nicht gut, Miss Miller?«

»Doch! Doch, alles gut. Erzählen Sie nur weiter!«

»Nun, Sir Henry hatte auch noch eine Tochter. Merideth. Leider verstarb das Kind im Alter von zehn Jahren. Es ertrank und man gab dem kleinen Jeremiah die Schuld. Er lebte damals mit Mrs. Sullivan und der Familie McDonald zusammen. Nun, wie dem auch sei: Nach diesem Vorfall haben Mrs. Sullivan und der kleine Jeremiah das Haus verlassen müssen und sind nach Amerika ausgewandert. Dort heiratete Jeremiah Sullivan Ihre geschätzte Großmutter. Zusammen bekamen sie einen Sohn, Ihren Herrn Vater!«

Julie litt unter Schnappatmung.

»Gleichwie!«, machte Mr. Jackson und wippte auf den Zehenspitzen. »Wir haben sehr lange nach einem lebenden Erben von Henry McDonald gesucht. Das war nicht einfach, da der uneheliche Junge in keinem der Familienstammbücher geführt wurde und wir nur durch Zufall auf ihn stießen. Wie auch immer, die Nachkommen aus dieser Linie sind die Erben von Finnlay House und dem dazugehörenden Land und Vermögen.«

Julie bat um ein Glas Wasser. Während man ihr das holte, überstürzten sich die Gedanken in ihrem Kopf. Sie war also tatsächlich im Kinderzimmer ihres eigenen Großvaters gestanden! Man hatte dies nach dem Tod von Merideth und der Abreise von Samantha und Jeremiah Sullivan für immer verschlossen und nie wieder betreten, weil man dem Jungen die Schuld am Tod der kleinen Merideth gab. Sie, Julie Miller, war die Erbin von Finnlay House!

Julie trank das Wasser in großen Schlucken. Mr. Jackson

war inzwischen um den Schreibtisch herum gegangen und setzte sich wieder.

»Jeremiah Sullivan, Ihr Großvater, war Besitzer einiger sehr gut gehenden Bistros in New York. Nachdem wir hier die Zusammenhänge klären konnten, konnten wir auch unseren geschätzten Kollegen in den USA helfen, die die Erben der Bistrokette „Daniels" suchten. Das sind dann ebenfalls Sie, Mrs. Miller.«

»Was?!«

»Es klingt etwas ungewöhnlich doch es ist so, dass Ihr Großvater und Ihr Vater sich einst ziemlich gestritten haben und Ihr Großvater Ihren Herrn Vater auf die Straße setzte. Im Testament ersetzte er den Namen seines Sohnes durch die Worte: Meine lebenden Nachfahren«, erklärte Mr. Jackson. »Erinnern Sie sich an den Brand in dem Stadtarchiv New Yorks vor einigen Jahren?«

»Daran erinnere ich mich!«, gab Julie zu.

»Keine große Sache, doch es fielen dem Feuer einige wichtige Unterlagen zum Opfer. Unter anderem die Meldekarteien ST bis SU. So verlor sich die Spur!« Jackson rückte seine Brille zurecht und klappte einen Aktendeckel auf, den er vor sich liegen hatte.

»Soweit, so gut«, sagte er. »Das Erbe schließt also die Ländereien und Gebäude von Finnlay ein, ebenso wie das Vermögen von Henry McDonald und Jeremiah Sullivan. Wir sprechen hier von einem zusammengefassten Vermögen von ...!« Julie hörte die Summe und sackte in sich zusammen.

Als sie wieder zu sich kam, sah sie direkt in die Augen von Donnie. Nachdem Julie in Ohnmacht gefallen war, hatte man nach ihm gerufen.

»Geht es wieder?«, fragte er. Julie lag auf dem Ledersofa, auf das sie sich zu Beginn der Unterhaltung mit Mr. Jackson hingesetzt hatte.

»Danke, ja«, bestätigte sie.

»Wir sind allein. Was ist denn vorgefallen? Dieser Jackson meinte, du würdest mir erzählen, was ich wissen müsste«, meinte Donnie besorgt. Julie rappelte sich auf und setzte sich hin. Vor ihr auf dem Tisch stand eine Flasche Single Malt und zwei Gläser. Sie schenkte sich und Donnie großzügig ein, ehe sie anfing, zu berichten. Donnie hörte ihr mit großen Augen zu.

»Daniels Bistro«, sagte Julie, »das gibt es wirklich! Vielleicht nicht gerade in dem Haus, in dem ich es aufgesucht hatte. Aber das gibt es!«

»Und das gehört jetzt alles dir?«

»Offensichtlich!«

»Finnlay auch?«

»Ja, Donnie!«

»Und Bargeld?«

»Das können wir in unserem ganzen, restlichen Leben nicht ausgeben.«

»Ach du Scheiße!« Donnie kippte den Whisky in einem Zug hinunter.

»Darum war Brandon hier! Er war auch in dieser Kanzlei, angeblich in meinem Auftrag. Er hatte meine Unterschrift auf einer Vollmacht gefälscht. Ja, und als er erfahren hat, um was für eine Summe es ging, suchte er mich auf. Er hatte tatsächlich vor, mich wieder rumzukriegen!«

Donnie schenkte sich noch einen Whisky ein.

»Also gehört dir Finnlay ganz offiziell?«, fragte er noch einmal.

»Ganz offiziell, Donnie.«

Donnie kippte den zweiten Whisky hinterher, hustete und stellte das Glas auf den Tisch.

»Das wollte uns der Geist von Sir Henry sagen!«, meinte er.

»Und der in dem Bistro und im Archiv. Erinnerst du dich? Ich denke, das war mein Großvater!«

»Ich wünsche mir, dass wir Finnlay wieder aufbauen,

Julie. Für uns beide und genau so, wie es war! Wir lassen die Dornenranken am Tor beseitigen und die am Haus. Dann wird alles modernisiert und wir ziehen dort ein!«

Julie fiel Donnie um den Hals und lachte.

»Wir werden dort glücklich sein!«, sagte Donnie, bevor er Julie lange küsste.

»Und wenn meine lieben Verwandten weiter herumspuken?«, fragte Julie.

»Ich habe keine Angst vor ihnen. Du vielleicht?«, entgegnete Donnie.

»Nicht mehr!«, antwortete Julie glücklich.

EXTRABLATT

ENTDECKUNG BEI DEN RESTAURIERUNGSARBEITEN AUF FINNLAY!

Bei den jüngst begonnen Restaurierungsarbeiten in Finnlay House machten die jetzigen Besitzer, Donnie Murdoch und Julie Miller, eine Entdeckung, die viele Mythen, die sich um Finnlay House rankten, beendet.

Auf dem Dachboden des Anwesens wurde ein Koffer gefunden, der unter anderem auch Tagebücher des ehemaligen Besitzers von Finnlay House, Sir Henry McDonald, enthielt. In diesen Tagebüchern ist genau aufgezeichnet, dass es außer der Tochter Sir Henrys, die im Kindesalter im angrenzenden Loch Salesburry ertrunken ist, noch einen unehelichen Sohn gegeben hat. Diesem wurde die Schuld am Unfalltod der kleinen Merideth zugeschrieben. Nach dem Unglück wurden er und seine Mutter von Finnlay House verbannt. Der Junge sollte später in Amerika eine erfolgreiche Kaffeehauskette betreiben.

Der Junge lebte bis zum Zeitpunkt des Unfalls wie die eheliche Tochter der McDonalds im Haus. Nach dem Sir Henry die beiden, Mutter und Sohn, von Finnlay verbannt hatte, wurde dessen Zimmer abgeschlossen und nie mehr durch einen der

Bewohner betreten.

Als Sir Henrys Ende nahte, versuchte er verzweifelt, den Jungen wiederzufinden. Ihm blieb dafür nicht genügend Zeit. Er verstarb, bevor er seinen Sohn noch einmal in die Arme schließen und ihm sagen konnte, dass er sich im Bezug seiner Schuld an Merideths Tod geirrt hatte.

Sämtliche Fundstücke aus diesem und den anderen Räumen von Finnlay House sind in einem eigens dafür in Salesburry eingerichteten kleinen Museum, dem ehemaligen Pförtnerhaus, zu finden.

Nach der erfolgten Renovierung von Finnlay wollen die Besitzer den Park des Anwesens der Öffentlichkeit zugänglich machen.

Julie klebte den Zeitungsausschnitt sorgfältig in das Album, in dem alle Fotos der erfolgten Restauration von Finnlay House eingeklebt waren. Darunter schrieb sie:

Jetzt ist Frieden. Weder die kleine Merideth noch Sir Henrys Geist ist seither noch einmal aufgetaucht und es gab auch keine Panikattacken mehr.

ÜBER DIE AUTORIN

Moira Ashly ist gebürtige Schwarzwälderin und wohnt seit dem Jahr 2000 zusammen mit ihrem Mann in einem kleinen Dorf in der Lüneburger Heide.

Ihre Leidenschaft für Bücher fing bereits sehr früh an. Sie las sehr gerne und ließ dabei ihre Fantasie spielen. Irgendwann begann sie damit, die Geschichten, die sie sich ausdachte, aufzuschreiben. Von da an bekamen ihre Geschwister jeden Abend eine Gute Nacht Geschichte vorgelesen.

Mit zunehmendem Alter wandelte sich Moiras Lektüre von Abenteuergeschichten über Krimis und Fantasy-Romanen hin zu positiver Denkweise, Magie und Spiritualität. In dieser Zeit schrieb sie die Fantasy-Trilogie "Ghoromari". Ihre Vorliebe aber blieben Mystery-Geschichten und Krimis.

Zusammen mit dem Hang zu Esoterik und Geistererscheinungen und auch dem Interesse für verlassene Häuser entstanden die Bücher "Das Geheimnis von Frazer Manor", "Der Fluch von Stonefield" und "Finnlay House." In diesen Büchern spiegelt sich auch Moiras große Verbundenheit zu Schottland wieder.

Mehr Informationen über Moira Ashly und ihre Bücher gibt es auf ihrer Website und auf Facebook:

Website: www.moira-ashly.com
Facebook: www.facebook.com/ghoromari

DAS GEHEIMNIS VON FRAZER MANOR

In Amerika schließen zwei obdachlose Männer Freundschaft. Sie teilen viel miteinander, jedoch gibt es ein Geheimnis, welches das Leben des Einen vollkommen verändern und das des Anderen beenden wird.

Viele Jahre später finden die Seelen der beiden Männer in Annie Forster eine Verbündete. Gemeinsam mit ihr decken sie ein altes Familienschicksal auf. Da Annie allerdings überhaupt nicht an Geister glaubt, braucht es zunächst eine Weile, bis sie endlich begreift, dass es zwischen Himmel und Erde mehr gibt, als sie sich jemals vorstellen konnte.

Auf ihrer abenteuerlichen Reise begleitet sie ein Arbeitskollege, den sie eigentlich nie wahrgenommen hat. Sie kommen dem Geheimnis um das Schicksal der beiden Männer immer näher. Ein Schicksal, das vor mehr als hundert Jahren seinen Anfang genommen hat.

Taschenbuch: ISBN 978-3-9820637-0-6
E-Book: ISBN 978-3-9820637-1-3

DER GEIST UND DER URBAN EXPLORER

Ein verschollener Bauernhof, zwei verlassene Häuser und drei Leichen. Die Kommissare Dreier und Grabow ermitteln in zwei Mordfällen, die sonderbarer nicht sein könnten.

Doch manchmal ist das Unglaubliche eben doch die Wahrheit, auch wenn ein Geist darin eine Rolle spielt.

Ob die Freunde Mike und Patty mit dieser Wahrheit ihre Unschuld beweisen können? Sie wollten doch nur die verlassenen Häuser aufsuchen, den verschollenen Bauernhof finden und Fotos für ihre Website machen.

Diese Lost Places entpuppen sich zunächst tatsächlich als wahre Schätze, entwickeln sich allerdings bald zum Alptraum, der offenbar kein Ende nehmen will.

Taschenbuch: ISBN 978-3-9820637-3-7
E-Book: ISBN 978-3-9820637-2-0

GHOROMARI

(Fantasy-Trilogie)

Josefine Wolters erfüllt sich ihren Traum vom Leben und Arbeiten auf dem Land.

Bereits in der ersten Nacht in ihrem neuen Heim erscheint auf ihrem Grundstück ein fremder Mann.

Mit dieser Erscheinung häufen sich die Ereignisse, die nicht nur dazu führen, dass ihre Beziehung in die Brüche geht. Es eröffnet sich ihr eine Welt, die 399 Jahre in der Zukunft liegt und in der Josefine Wolters Vergangenheit ihren Anfang nimmt.

Diese Fantasy-Trilogie handelt von Zeitreisen, einer großen Liebe, Spiritualität und fantastischen Abenteuern:

» GHOROMARI Band I - Der Weg zurück
» GHOROMARI Band II - Das Vermächtnis
» GHOROMARI Band III - Die Gründerväter

Alle Bände sind als E-Book und als Taschenbuch erhältlich.

Printed in Poland
by Amazon Fulfillment
Poland Sp. z o.o., Wrocław

58826564R00157